汉风烈烈 3

清秋子 著

河南文艺出版社
·郑州·

目 录

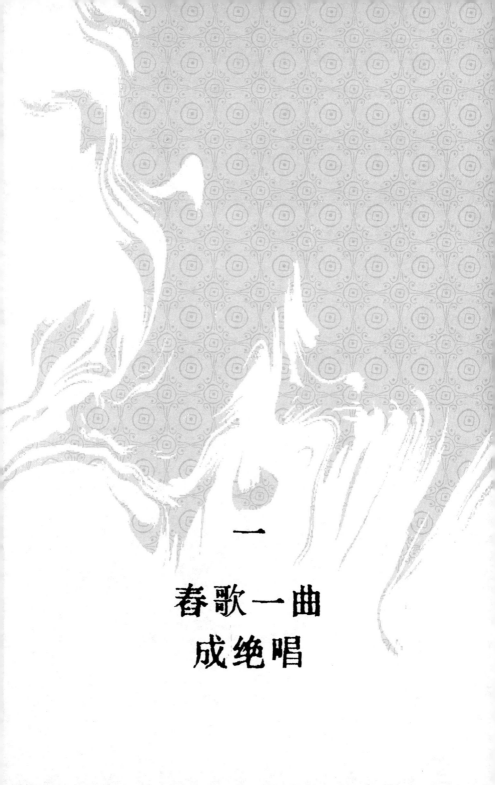

一

春歌一曲
成绝唱

刘邦驾崩这日，正是高帝十二年（前 195 年）四月，风日晴和，天已渐热。长安城内，官民心虽悬悬，却未曾察觉有何异常。那长乐宫中，有近臣周緤、徐厉披甲持剑，把守在前殿门。甲辰这一日，忽见涓人籍孺悲泣奔出，徐厉便知大事不好，弃剑于地，放声大哭。吕后在殿内听闻哀声，顿时心生怒意，抢步出了殿门来，厉声喝住。

　　见周、徐二人值守殿门多日，形容憔悴，吕后这才容色稍缓，训诫道："二位将军，今上之安危，老身比你二位忧心更甚。堂堂伟丈夫，理当多担待，何必做哀哀小儿女状？你等都是老臣了，跟从陛下日久，如何事到临头就慌了手脚？陛下自有天佑，匈奴单于尚奈何不得他，区区箭伤，如何就能掀翻了他？"

　　两人闻听此言，面露狐疑。徐厉拾起掉在地上的剑，插入剑鞘，拱手一揖，回道："陛下圣躬有恙，臣一月以来寝食难安，唯恐有失。今闻皇后之言……陛下之恙，似无大碍。"

　　吕后便叱道："徐厉，莫非你也通医术？如若不通，今上的病况，你便无须多嘴，只守牢了这宫禁，便是大功。自今日起，长乐宫内外戒严，非持我所颁符节者，不得出入。所有官门落锁，唯留北阙进出。你二人，将卧榻也移至北阙下，昼夜轮替，一刻也不要合了眼。有私自出入者，先斩了再说！"

周鳏、徐厉互望一眼，心中惴惴，勉强领了命，正要转身退下，吕后又唤住二人，从袖中取出一个错金符节来，吩咐道："速去辟阳侯来。"

周鳏接过符节，略一迟疑："唯辟阳侯一人吗？"

吕后面露威严，高声道："正是！你二位记住，唯此一人，可任由出入宫禁。今日起，便无须老身另行宣召了。"

二人闻命，面色都一沉，虽有满心的怨愤，也只得唯唯而退，自去布置了。

吕后见二人走下阶陛，方转身回殿，集齐了前殿的涓人，疾言厉色道："今上虽已宾天，然天下事并非乱了章法，自有哀家一人担待，无须惊惶。自今日起，前殿诸人不得出殿，有事在殿门交代谒者，饭食由御厨送入。殿内之变，若有一人泄露，诸人都连坐，尽数笞死，并夷三族，谁个也逃不了！莫怪我今日话没说到。"

众涓人听了，心知吕后欲瞒住皇帝死讯，不拟发丧，便都面色惨白。犹豫片刻，终不敢言声，只能伏地应诺。仅有亲信宦者宣弃奴，壮起胆子道："启禀皇后，时交孟夏，天气已渐热了……"

吕后浑身一颤，怒视宣弃奴一眼，喝道："还禀报甚么！速令少府多送冰来，堆在榻上。"

掌灯时分，审食其奉吕后宣召，仓皇来至宫内。在寝宫门口，见吕后一脸肃杀，心知情形不妙，正要开口问，却见吕后目光凌厉，高声道："如何来得这般迟？快随我来，去偏殿商议。"

至偏殿，两人屏退左右，隔案坐下。吕后便扯住审食其衣袖，急道："审郎，今夜起，这天下，便由你我二人共担了！"

审食其不由大惊失色："甚么？ 今上他……"

"不错。 那失心翁，终是走了。 白日里，我已吩咐好，阻断了宫内外交通，圣驾宾天之事，一时尚不至外泄。 这汉家天下，该如何摆布，今夜里，你我就要有个章法出来。"

审食其闻言，登时汗出如雨，结结巴巴道："万事如麻，教臣如何说起？ 不知皇后有何打算？"

吕后甩开审食其衣袖，叱道："我已不是皇后，今日起便是女主了！ 生死安危，与你也大有干系。 你只须说，那老翁一走，天下以何事为大？"

"自然是太子继位，总要坐得稳方可。"

吕后眉毛一挑，诧异道："太子乃刘氏嫡长子，如何便坐不稳？"

审食其摇头道："只恐功臣诸将，没有几人能服……"

吕后不由面露怒意："彼等皆封侯食禄，光耀门楣，连子孙万代都得福荫了，还有何不服？"

"不然。 皇后请思之：沛县举事之时，诸将与先帝皆为秦编户民，名分无有高下；只怕是萧何、曹参之辈，身份还在先帝之上。 然举事以来，这班故旧北面为臣，能不常怀怏怏？ 想那未封侯之际，在洛阳南宫外，即有旧部聚议欲谋反。 今先帝升遐，诸臣改事少主，他们不谋反才怪！"

吕后不禁惊惧而起，倒抽一口凉气："如此说来，哀家身旁，尽是些虎狼之辈了？"

审食其沉吟片刻，应道："皇后明见。 那秦二世在位时，陈胜吴广之流，尽都在野；而今刘盈继位，陈胜吴广辈，却早已在庙堂之上了。"

吕后浑身一震，双目灼灼，直盯住审食其道："与你相识二十余年，终听你说了句有见识的话！ 你意是说……诸功臣故旧，若不趁这几日族诛，则天下便永不得安宁了？"

此时偏殿内外，沉寂如死，案上一盏膏油灯摇摇曳曳。 审食其惶悚起身，浑身战栗，应道："理是此理，然生杀之谋断，皆操于皇后。"

吕后睨视审食其一眼，嗤笑道："你这人，就是胆小！ 哀家若有不测，你还活得了吗？ 如今倒要谢那失心翁了，将彭越、英布除掉了才走，不然若倚赖你去杀贼，只怕是比登天还难了！"

审食其脸色发白，仍不能回神，只试探道："皇后如有决断，今夜当如何布置？"

吕后便拉了审食其一同坐下，缓缓道："失心翁在世时，我常怪他心不狠，今日方知：他到底还是厉害！ 没有了他，诸事顿觉不易摆布。 好在除了前殿涓人之外，世上还无人知皇帝已升天，这几日，我挟他威名，内外还是镇得住的。 今日这诛功臣之计，乃惊天大计，容不得有半分疏漏。 失心翁病危之际，曾遣陈平、周勃往燕地樊哙军前；临驾崩，又急召陈平转回，与灌婴同率十万军驻荥阳，不知布的是甚么局？ 你我这几日，且谋划周全再说。"

审食其低头想想，道："虽有那几人在外，然功臣大多在朝，总比彭越、英布之流好应付。 可依照除韩信之计，诈称圣躬恢复，集诸将于殿前朝贺。 届时，只须百十个禁军甲士，便可一并了结。 在外统兵的那几人，只须遣使持节前往，矫诏密诛，就如探囊取物耳。 事毕，再拟先帝遗诏，布告天下，举哀立嗣，其后之事便都顺了。"

"话虽如此，亦不可急。 且以从容示外，免得惊动了诸将，坏了大事。"

"那么今夜……"

吕后睨视审食其一眼:"这几日,你不可再留宿官中了! 官内外交通已断,我二人若都住在宫中,不知长安城内情势缓急,岂不是双双成了盲聋?"

审食其连忙一揖:"臣知道了。 臣这便回去,与家人好好商议。"

"诸吕那里,也须由你分头去知会。 切记,谋而后动。 事成与否,不在这一两日内,只不要泄露风声才好。 唉! 上苍逼我,竟要做出这等鬼祟事。 当年被囚楚营,常听刘太公唠叨,唯恐刘邦身边有赵高,败坏大事。 今日想来,若大事逼到头上,人也只能做赵高了!"

审食其不禁瞠目:"这……这是哪里话! 以皇后之尊,扶正祛邪,万不可以赵高自比。"

吕后冷冷一笑:"只须做成了事,便不是赵高!"

审食其不由一凛,凝视吕后良久,纳罕道:"臣已追随皇后多年,自以为知皇后者,莫如臣,然……帝未崩时,却为何不见皇后胸中有如此大格局?"

"不见? 你以为我乃小家妇吗?"

"这……"

吕后便又笑:"审郎,你看得倒准。 不错,哀家就是小家妇!只知姑嫂勃豀,婆媳斗法。 然哀家出身,岂是刘氏卖饼之家可比,又怎能是个小家妇?"

审食其慌忙道:"先帝他……毕竟有特异之才。"

"哼,不通文墨之家,所生之子,其俗在骨。 少时或还天真,老来做事便无一不俗。那失心翁不顾道统，宠姬妾而欲废太子，哪有甚么特异之才？"

"先帝治天下，到底还是有胸襟。"

"他那胸襟，苟苟且且，连山贼英布都不服他。"

"垂拱而治，天下除先帝而外，却也再无第二人了。"

"垂甚么拱？你只蒙了眼说话。他在位，今日这里反，明日那里反，终究还不是被英布射死？看老娘我今后治天下，才要端坐垂拱，令四方无刀兵之险，必不似他那般狼狈。"

审食其又是一惊，不由起身，失声道："皇后，你……你往日为何深藏不露？"

吕后便仰头大笑："审郎，你看我自归汉营以来，是否愈发粗蠢了？"

审食其嗫嚅道："确是见你器局日渐小了……"

吕后便逼视审食其，低声道："你终究还是不聪明。器局不小，哀家还能活到今日吗？"

审食其立时倒吸一口凉气："原来如此！皇后处世，原是如此不易！"

吕后忽就闭口默然，半晌才道："还说那些作甚？我那老父，也算是县中名流了，可怜我这名门闺秀，却受了那田舍翁半辈子的气，连妖姬都敢来撒泼。算了，不提了！今日事，才是生死攸关。你且回吧。诸将心机，都似山贼一般，不知有几百个洞眼，万勿看轻了。白日里，要多多打探，明晚再来。"

审食其抹了抹额上汗，唯唯而退，急忙出了宫门。

听那谯楼上传来更鼓，此时已近夜半。审食其心中忐忑，不欲回家，便吩咐御者，驱车直奔建成侯吕释之的府邸。

且说吕氏这一门，乃单父（今山东单县）吕公之后，有两男两女。吕后排行第三，上有二兄，长兄吕泽，昔年驻军下邑，曾接应过刘邦败军，后封为周吕侯，惜命祚不长，已于高帝八年战殁了，所生两子吕台、吕产，皆为侯。

吕后次兄吕释之尚健在，封为建成侯，此人生性勇武，可以倚赖。前不久，因废立太子事，吕释之曾出面为胞妹解难，逼迫张良献计，请了"商山四皓"出来，护佑刘盈坐稳了太子位。如今皇帝崩逝，变故迫在眉睫，诛功臣之密议，当然要首先告知吕释之。

此时，吕释之早已睡下，在梦中被家仆唤醒，闻说是审食其登门，便知宫中有大事，连忙披衣起身，迎至中庭。见了审食其，心照不宣，拉了他步入密室，屏退了左右。

审食其四下看看，犹自不安。吕释之便笑笑，一掌拍在审食其肩头："审公，你慌个甚么？我这里，鬼都不敢隔墙来听。吾阿姊有何吩咐，你只管说来。"

审食其这才安下心来，移膝向前，附于吕释之耳畔，将吕后诛杀功臣之计，轻声道出。

吕释之好似听到惊雷一般，霎时双目圆睁，拍掌道："宫中近日无声无息，满长安都在猜疑，妹夫果然是宾天了。好啊，好啊！皇后有这般旨意，我诸吕当仁不让，率些家丁入宫去相助，自是不费事的。"

审食其便深深一拜："在下以为，宫中之事，有百十名甲士便可办妥；然诸将即便杀光，仍有文臣在，恐须建成侯亲率家臣，前去进占相国府、太尉府、御史台等处，以震慑朝野。此事倒也急不得，这几日，且召诸吕子弟商议好。宫中如今已不准出入，唯我一人可以通行；明日起，我每日必来贵府一趟，为两厢传递消息。"

"如此甚好。事成，审公功高盖世，权位当是不输于萧、曹了。"

审食其一笑，起身告辞道："有皇后在内，将军在外，事焉有不成之理？只是万勿泄露风声，以免惊动了诸将，那倒是难以收拾了。"

吕释之笑道："今上未崩时，我还可让他们一让；今上驾崩了，一群织席卖浆者流，我还怕他们甚么？"

送审食其出门，吕释之反身回来，便去叫起长子吕则、次子吕禄，进了密室，父子三人商议至天明。待平旦时分，又差人去唤了吕泽次子吕产来，一同谋划。

如此秘不发丧，挨过了三日。长安官民早便有疑惑，这几日又见宫城戒严，宫门紧闭，无半个人影出入，就越发惊疑。市上流言四起，都在揣测皇帝生死。有那胆小的商家为祈福，在门前焚起香来，随即家家效仿，香烟四溢。远望闾巷内，竟如冬至祭日般，一派氤氲。

却不料，吕后千叮咛万嘱咐"事机务密，不得走风"，这深宫帷幄中的密谋，偏就泄露了出去。

原来，老将军郦商之子郦寄，与吕禄年纪相仿，平素两人走得近，斗鸡走狗，驰骋鹰扬，几乎无日无之。刘邦崩后第四日，郦寄又邀吕禄出城围猎，却见吕禄睡眼惺忪出来，不大有精神。郦寄心生疑惑，便打趣道："吕兄，昨夜良宵，又收了美姬入帐吗？竟是这般气色。"

吕禄闻此问，精神便一振："哪里！郦兄请上马，你我去郊外说话。"

　　两人带了家臣，驰往骊山脚下。驰至半途，见随从渐渐甩得远了，吕禄便面露诡异之色，望住郦寄道："天下从前姓刘，自今日起，天下便要姓吕了。日后，我免不了要封王，也须为郦兄讨个王来做做。"

　　那郦寄本是机敏之人，听出弦外之音，立时勒住马，脱口道："吕兄不可玩笑！你是说，君上他……"

　　吕禄也勒了马，前后瞄瞄，压低声音道："君上已宾天四日，宫中戒严，瞒过了四海万民。汉家天下，如今只由皇后一人做主了。"

　　"哦！这个……秘不发丧，皇后是何打算？"

　　"那刘盈小儿，懂得甚么？如何坐得稳皇位？皇后所谋，还不是要诛尽功臣，讨个眼前清净。"

　　郦寄闻言，顿时脸色发白："功臣遍布朝中，如何能诛得尽？"

　　吕禄便一扬鞭，催郦寄疾行："走走！你怎就吓得丧胆了？可知韩信是如何伏诛的，还不是如狐兔入笼一般？皇帝生死，并无人知，诈称今已病愈，命诸将入宫谒见，诸将岂能有疑？到时有百十个甲士动手，任他是顶破了天的列侯，也要乖乖交出头颅来。"

　　郦寄便不再言语，满面都是阴霾色。吕禄见了，不禁纳罕："郦兄怎的了？诛功臣，与你有何干？"

　　郦寄便道："吾父亦是功臣。"

　　吕禄一怔，随即仰头大笑，指点着郦寄，责怪道："你这人，真是呆了！你我莫逆之交，我怎能听任皇后杀你父？且安度几日吧，转告令尊切勿进宫，在家中静候，自有消息。"

郦寄心中大骇,与吕禄敷衍了一回,草草射了几只鼠兔,便匆忙赶回府邸,滚下马来,疾奔入中庭,大呼道:"阿翁! 阿翁!"

郦商闻声出来,厉声呵斥道:"如此高声,还有体统吗?"

郦寄连忙跪下,顾不得左右有人,急禀道:"阿翁,事急矣!适才闻吕禄相告,今上已驾崩四日,皇后秘不发丧,欲尽诛诸将,将这天下交付诸吕。"

郦商便一震:"当真?"

"乃吕禄亲口所言。"

郦商早也是疑心重重,闻此言,恍然大悟,不由大骂道:"皇后焉能狠辣如此? 又是审食其那个鬼……你马匹还在门外吗?"

"在。"

"今日事,教左右随从禁言。 有泄露者,笞死不饶! 我且赴辟阳侯府邸说话。"郦商吩咐毕,便大步抢出门外,跃上马背,连连加鞭而去。

到得审食其府门,正是夕食过后,日将斜时。 阍人识得郦商,连忙迎上,郦商跳下马来,将缰绳甩给阍人,口称:"下臣郦商,前来拜见审公!"便大步迈入门内,于中庭背手而立。

阍人拴好马,急忙入内室通报,那审食其正与几个心腹商议,闻曲周侯来访,心里就一跳,连忙教众人散了,自己出中庭来迎。

连日来,为谋诛功臣,审氏阖府都在磨刀霍霍。 此时见郦商突至,其面色如铁,审食其不由心就虚了,连忙赔笑道:"曲周侯屈尊前来,真是喜事临头。 请,请! 且入内室相谈。"

郦商只略略一揖,双脚并不挪动,道:"免了免了! 我来,哪里有喜事,只恐是有祸事临头。 你我皆君子,不必去密室说话,就在这天日底下好了。"

见郦商来者不善，审食其只得强作镇静，吩咐仆人，将案几搬至庭树下，端上瓜果盘，两人便隔案坐下。

甫落座，审食其便连连拜道："将军近年随君上，连破臧荼、陈豨、英布三贼，功高惊世，封邑五千一百户，当世有几人能及？在下每与人论及，诸人无不折服。"

郦商也未客套，只仰天望望，叹口气道："老矣！明日，恐要随君上赴黄泉了。"

审食其闻言大惊，竟冒出一头汗来："将军，此事可玩笑不得！"

"哼！玩笑不玩笑，旁人不知，辟阳侯你也不知吗？"

审食其听出不是言语，连忙屏退左右，恭恭敬敬拜道："愿闻将军赐教。"

"吾今日闻传言，君上已驾崩！居然四日不发丧，却是何故？又闻皇后与足下密议，欲尽诛诸将，讨个眼前干净。此固是好计，然此计若成，天下恐就再无宁日了。"

审食其脸色一白，心头乱跳，几欲瘫倒在茵席上，暗暗骂诸吕口风太松。

郦商见审食其失色，这才略略一笑："足下多谋，朝野尽知。老臣这里有些道理，要说与足下听。今有灌婴，接任太尉职，将兵十万，守于荥阳，由陈平辅之；又有樊哙、周勃讨伐卢绾，统二十万兵游于燕代。汉家雄兵，尽在彼处，即便要与项王对阵，也是足够了。这几人在外，若闻皇帝已崩，诸将尽诛，能坐以待毙吗？彼等必连兵回乡，直捣关中。届时，文臣叛于内，悍将反于外，足下之亡，跷足可待也。审公，你究竟是何居心？回看秦末，二世而亡，不就是你这等人弄出来的吗？"

审食其惶悚不敢抬眼，知此事抵死不能认账，便低首嗫嚅道："将军所言，当是至理；然将军所闻，或为谣诼。在下……在下实不曾闻有此等事，或是诸将心焦，才疑皇后刻薄。在下以为，事必不至此，稍后我即入宫，向皇后谏言。"

郦商望住审食其，笑道："是谣诼最好！只怕是箭在弦上，也由不得你了。皇后若事败，足下岂可独活？想来，足下必不会做蠢事；不如趁天色未暮，火速入宫，劝一劝皇后。"

审食其脱口道："在下愿从命。"

郦商便起身，似不经意间，看了看席上案几，赞道："好案，好个老榆木！"

审食其笑道："将军好眼光。此乃秦宫之旧物，流落民间，在下以重金购得，今愿奉送将军。"

却不料，郦商猛地抬起脚，朝木案一只腿狠狠踹去！只听"咔嚓"一声，案足折断，案板倾覆，瓜果散落了一地。

审食其大惊，口大张而不能合拢。

郦商便回首道："足下看到了，若断了案足，这案，还叫个甚么案？"说完，便冷笑一声，拂袖而去。

审食其这才领悟，连忙起身，追上郦商，送至府门外，拱手谢道："将军救我于险境，实乃天助我审某！"

郦商摆摆手道："虚言大可不必了。吾与诸吕，亦是情同手足。今日与你所言，天知地知而已，也请足下放心。"说罢便上了马，扬鞭而去。

那审食其已全无主张，急唤家臣备好车驾，片刻未停，便驰往长乐宫去了。

待郦商返家时，恰好日暮，见郦寄率家臣聚于府门，持剑而立，便觉奇怪，忙问道："孩儿，这般张皇，有何变故吗？"

郦寄便迎上前道："阿翁若再有片时不归，我便要往辟阳侯邸，向他索人了。"

郦商叱道："莽撞！他敢把我怎样？"

"那辟阳侯，连皇帝都敢欺，又有何事做不出来？"

郦商笑笑，拉了郦寄进门，低声嘱道："都散了吧。若是陈平、周勃谋诛功臣，你我逃也逃不掉。今是妇人帷幄中密谋，事泄，便不敢再下手了。你只管好好去睡觉。"

郦寄颔首会意，恨恨道："诸吕心狠，再不可与之为友了！"

郦商却道："吾与诸吕，素无仇隙。看今日情势，更是不可得罪，你且装作无事，照常交往便是。"

且说那厢，审食其连夜奔入长乐宫，见了吕后，将郦商造访之事详尽道出。

吕后怫然大怒道："那郦商怎得闻之？定是吕禄辈得意忘形，随口泄露。如此豚犬，其命也薄！这天下，如何还敢托付于他们竖子辈！"

审食其连忙劝道："皇后息怒，也不必责备子侄了。事既泄，便不能防人之口，想那诸将闻风，必也有所防备，或早已勾连了陈平、周勃也未可知。郦商所言，确也不谬，如今再假称陛下康复，诓功臣进宫来，哪个还敢来？矫诏一出，必生激变，不如就此作罢。待来日，慢慢栽培诸吕子侄，封王封侯，占据要津，又何愁功臣不服？"

吕后向后一仰，背靠木几上，颓然道："近路不走，偏要走远路，枉费了我一场心思，如今也只得忍下，再与功臣慢慢较量。你今夜，也无须合眼了，去召叔孙通来，共拟出先帝遗诏吧。"

至次日，宫中果然有遗诏发出，为先帝发丧，大赦天下，并召百官众臣入宫哭灵。百官闻之，虽早在预料之中，却也不无震恐。

丁未日，正是吉日，入殓之后，楠木梓官便移置于前殿正中。太子太傅叔孙通，率百余名弟子，素服免冠，为先帝守灵。百官依序上殿，伏地致哀，一时素服如雪，哀声震天。

百余名功臣全不知这几日蹊跷，都争相进殿，伏地恸哭。唯有郦商托病不入，只在家中焚香，流泪遥祭。

如此哭祭了二十余日，至五月丙寅日，大行奉安，在长安城北下葬，号为"长陵"①。

长陵所在，离长安三十五里，在渭水之北，背山面水，端的是一块宝地。当年萧何修建长乐官时，此陵地便已择好，与宫室同时起造，费时五年方告完工。此陵东西长一百二十步，高十三丈，状如覆斗，夯土而成。其规制宏大，好似城邑一座，其顶摩天，望之俨然。历两千年风雨剥蚀，至今犹存，堪与骊山始皇陵相媲美。

经萧何筹划，在陵北还建有城邑一座，是为陵邑。数年间徙来齐楚大姓、功臣贵戚，计有数万人。此时进了陵邑，满眼都是朱檐彩栋、深宅广院，路上车马相接、人烟稠密，已俨然一处大邑矣。

陵园之东，日后便成了功臣勋戚的陪葬地。后世有人曾作《长陵》曰："长安高阙此安刘，祔葬累累尽列侯。"想来，刘邦长

①位于今咸阳市渭城区窑店街道三义村附近。

眠于此，终日可与臣属相对，倒也不至于寂寞了。

出殡这天，骄阳似火，长安城内却如阴霾压顶。闾巷歇市，酒肆关门，百姓争相伏于道旁送灵。卤簿过处，一片哀声，老幼妇孺亦涕泗不止。此时长安尚未修起城垣，四周仅以壁垒设防。出殡队列自北阙出，穿过市廛街衢，从木栅门出城，却见栅旁有数十名监门卒，伏地哀哭，如丧考妣。

原来，刘邦起自乡野，深知民间疾苦，做了皇帝，也并未气焰熏天，总不忘恤孤怜寡。每逢过城门时，见戍卒辛苦，都要招呼一声。戍卒皆知皇帝亲切，无不心怀感念，当此际，自是悲从中来，大哭不止。

这日，众人在炎阳下缓缓而行，绵延竟有十里之长。前导引幡为六十四人，所执铭旌、绢马、雪柳等物，繁密如同一片雪海。继之为千人卤簿，浩浩荡荡，一如刘邦生前。

卤簿过后，才是"大杠"，三百八十名壮士皆左袒，轮流抬着梓官前行。梓官之后，紧随大队文武百官、皇亲国戚，人数不知凡几，各队之间，都杂有吹鼓倡优，一路奏乐，不绝于耳。

队伍行走了一整日，至暮，在渭水畔歇宿。次日晨，人马渡过渭水，抵达陵寝，依礼入葬，由太子刘盈主祭。诸臣闻少年储君读悼文，读到"吾恐不足以胜天下之重"，忽觉凄凉，便一齐大放悲声。那萧何原本就体虚，恸哭片刻，竟险些瘫倒，众人连忙上前，七手八脚将他搀下。

落葬毕，群臣拥刘盈返城。越两日，又赴太上皇庙，告祭祖先，并为刘邦拟议庙号。叔孙通代群臣上奏道："帝起自细微之民，拨乱反正，平定天下，为汉太祖，功最高。应上尊号'高皇帝'。如此，上合三王之礼，下抚万民之情。"

刘盈此时年方十七，尚在弱冠，然与叔孙通日夕相处，也深明老师这一套奥妙所在，当下便应允："诸臣既已议妥，事不宜迟，可急上尊号，以示中外，尽早安抚人心。"

刘邦庙号，便由此议定，以太子诏令颁布天下。汉初的高帝纪年，便是缘于此。因刘邦为汉之始祖，故后世都习称他为"汉高祖"，相沿至今。

此诏之中，又令各郡国修建高帝庙，岁时祭享，不得轻慢。后又过了数年，刘盈想起，乃父曾在沛县洒泪作《大风歌》，大有深意在。便又降诏，在沛县亦建起高帝庙一座，以不忘根本。刘邦曾教过的歌儿一百二十名，皆收为庙中乐手。

告庙当日，刘盈继位，尊吕后为皇太后；所有官吏都升爵一级，又特意重赏了郎官、宦官、谒者、太子骖乘等官，各赐爵二三级，并赦免天下轻罪刑徒，显是有一番布德行仁的用心。因刘盈身后谥号为"惠"，故史家便称他为"惠帝"。

一代豪雄刘邦，至此盖棺论定。

高祖此人，起于草野间，提三尺剑而定天下，为华夏史上首位布衣出身的帝王。一生行迹，多在战阵上驰骋，起伏跌宕，终成万世大业。晚年虽多有疑心，诛杀了几个功臣，然尚不至于滥杀。终其一生，位虽高而知悲悯，对百姓常存怜惜之心。以往秦税"十收其五"，汉家则"十五税一"，两下有天渊之别，庶民得以脱离暴秦之苦，享仁政之惠，才算是不再做猪狗，而做回了人来。高祖知民间疾苦，登帝位后，起居仍尚俭，不忍建造奢华殿宇，亦可见一片仁心。

太史公司马迁论及高祖，推崇有加，称上古三代忠敬崇文，至周秦间，世风日下，小人屡使诡诈，秦政又大施酷刑，便越发地不堪了。 幸而有高祖扭转世风，重开礼教，方得延续大统。

史家班固亦赞曰高祖虽"不修文学"，然生性明达，好谋断，能听谏。 曾命萧何、韩信、张苍、叔孙通、陆贾等各司其职，明定法令仪礼之规，可谓筹划宏远，惠及万代。

这些史家之论，还是很有道理的。

话说刘邦驾崩一事，传遍天下，百姓唏嘘感叹，私心里却掂量不出：老皇帝走了，究竟是祸是福？ 然而世上有两个人，却是立即察觉：时运变了！

这头一个人，便是卢绾。

卢绾身为燕王，经略北地，无端被刘邦猜疑，满心都是委屈。灰颓之余，弃国政于不顾，在属臣范齐家中躲藏了多日。 忽闻朝中以樊哙为将，率汉军十万东出，会同代赵之兵，前来征讨，就更是悲愤满腔。 他既不甘心就擒，亦不愿公然叛汉，只得率了亲眷故旧数千骑，逃往塞下，在长城一线游弋，不与汉军相抗。

如此飘荡两月余，睁眼即见荒草遍地，故国之思愈难遏制，便想等到刘邦病愈，索性自缚了，去朝中谢罪，要死要活，随他刘季处置便罢。 却不料，入夏五月，忽闻刘邦驾崩，卢绾失神良久，方对亲信范齐道："刘季若在，念及乡谊，必不欲置我于死地。 今太子继位，小儿懂得甚么，还不是吕后专国政！ 我若复归，必入虎口，看来只能投匈奴了。"

范齐道："昔日臣劝谏主公，可召汉使审食其、赵尧，当面剖白，主公不愿屈从。 今日回汉之路，眼见是断了。"

卢绾举目怅望南方良久，双泪横流道："我投匈奴，逐水草而居，幕天席地，倒也罢了，不过是受些风霜之苦。 而要抛了祖宗衣冠，更换胡服，那才是锥心之痛！"哀伤多日后，才狠了狠心，召集部下，言明苦衷，率众人拔营而去，投了冒顿单于。

冒顿年前在燕代失地折将，心中多有怨恨，闻汉帝崩，正喜上心头，忽又见卢绾率众来投，更是大喜，当即封卢绾为东胡卢王。

卢绾安顿下之后，诸事却并不遂心，所率旧部仅数千，终究势单力薄，寄人篱下，常为周围杂胡所侵扰，不胜其烦。蜷曲在穹庐中借酒浇愁，不由就生出了复归之意来，然想到吕后刻薄，又不敢贸然返归。如此迁延一年有余，竟病死于塞外，终难瞑目，此为后话不提。

另一个为刘邦死讯所惊动之人，便是陈平。

陈平佯作押解樊哙，实则与樊哙每日酣醉，走走停停，等的就是朝中传来丧报。

这日，一行人驱车至氾水关西，见日头已偏斜，便早早入住馆驿。眼见前面是崤函古道，过了古道，便是关中，没有多少时日可以延宕了。在馆驿门前，陈平眺望西边叠嶂万重，心中不免焦躁。

正在此时，忽见有一大队使者，各骑快马，旋风般驰来。于馆驿门前停住，打尖换马。因嫌驿吏接应不周，众使者呼喝连声，颐指气使，猛地见陈平在此，这才敛了声，都上前来揖礼问候。

陈平心中一动，忙问："何事东去？"

为首使者答道："禀曲逆侯：今上已于日前驾崩。我等奉遗诏，分赴各郡国宣谕。"

陈平心头一震，勉强忍住狂喜，故意板起脸，申斥道："这等大事，片刻也延误不得，你等在此处吵闹甚么？快换了马，即刻上路！"

使者闻言，不敢怠慢，都赶紧换好马，匆匆走了。 望望使者渐远，陈平这才抢步进了馆驿，拉住樊哙道："今上已宾天数日了！ 樊兄你这条性命，算是从黄泉底下拾了回来。 我为樊兄庆幸，然也心忧——若是皇后迁怒于我，反倒是我命难保了！ 我意先行一步，返长安面谒皇后，尽力辩白。 随从、囚车都留与你，你且慢行。"

樊哙闻言，恍如梦寐，也不知该忧该喜，久久未发一语。 陈平也顾不得他了，唤住一辆过路的邮传车，亮了亮符节，便命邮传吏掉头载他回长安，限期抵达。 那邮传吏领了命，连忙掉转车头，准备启行。 忽又有一使者乘车而至，远远望见陈平，连声大呼道："有诏下，请曲逆侯接旨！"

陈平连忙恭立听旨。 原来，此诏乃刘邦驾崩前一日，仓促所下，命陈平与新晋太尉灌婴，率十万军往驻荥阳。 樊哙首级，则交与来使携回。

陈平听罢宣诏，脱口便问："灌婴将军今在何处？"

使者答道："已集齐人马，取道武关东行了。"

陈平沉吟片刻，对那使者道："足下使命已毕，可转回长安，然相国樊哙并无首级，活人倒有一个，就在这馆驿中待罪。 今上驾崩，事急如火，我须抢先一步回朝。 将那樊相国托付于你，请好生伺候，乘车于后，缓缓还都。"

那使者摸不着头脑，正欲细问，陈平却不容他再问，跳上邮传车，便喝令邮传吏加鞭，一阵烟尘远去了。

诏使望着陈平背影，惊得张口不能合拢。 此时，樊哙从馆驿内慢慢踱出，拍了拍使者肩膀："呆甚么？ 我这里好酒甚多，足下陪我，饮好了再走。"

三日后，陈平乘邮传车进了长安，便疾奔入宫，趋至前殿高祖灵位前，伏地大哭，痛不欲生。未料在殿上哭了很久，却不见吕后出来，陈平便使足了力气，号啕大哭，其声之嘹亮，惊动了左右殿。

在椒房殿，吕后早已闻报，知陈平已归，因心中厌恶旧臣，便不欲立即召见。此时听陈平哭得越发没了节制，几成民间号丧，这成何体统？便只得换了装束，来至前殿宣慰。

吕后立在帷幕后，侧耳听了片刻，才走出来，问道："陈平，日前先帝密遣你赴燕，宫中盛传，乃是奉诏问樊哙之罪，可有此事？"

陈平止住号啕，抹一把泪，答道："臣确曾奉密诏，与周勃同赴军前，要立斩樊哙……"

吕后脸色便一白，打了个趔趄，险些站立不稳："大胆！你、你果然将那樊哙杀了？"

"臣岂敢？臣念及樊相国功高，不忍行刑，只想汉家岂能自毁干城，于是与周勃商议，抗旨不遵，由周勃在军前代将，臣擅自偕樊相国回朝。行至半途，忽闻先帝驾崩，臣如闻天塌，急急赶回，赴灵前举哀。因囚车迟缓，故樊相国尚在路上，三五日内即至。"

吕后抚了抚胸口，脸色方转白为红，喘了几口气道："这失心翁，吓人不浅！只不知他为何竟要杀樊哙？"

"这……诏旨上并未言明。"

"未言明？我看，他卧入楠木棺材，你也还是怕他！杀樊哙，莫非为赵王母子？"

陈平不敢答，只伏地俯首，算是默认了。

吕后便微微一笑："原来如此！ 君与周勃，到底是老臣，知道深浅。 那失心翁的乱命，你抗得好！ 无怪他弥留之际，嘱哀家重用你等老臣。 你有如此大功，哀家心甚慰，改日定要厚赏。"

陈平知此事已无险，心便放下，又伏地哀哭，叩首叩得咚咚作响。 吕后看了一会儿，心中不忍，嘱咐道："君劳累了，且出宫，歇几日再说吧。"

陈平止住哭声，沉吟片刻，心中仍是悬悬——想自己一旦出宫，便只能任由人摆布，若樊哙之妻吕嬃进谗言，则不等辩白，人头恐早已落地了。 于是忍泣请道："臣投汉家，寸功未建，便蒙先帝一手提拔，荣宠备至。 先帝猝然升天，臣实不舍，请太后允臣在宫中宿卫，陪伴先帝神位数月。 再者，宫内逢大丧，万事如麻，臣为新帝执戟，也是理所当然事。"

吕后不知陈平暗藏的心思，见他神情哀戚，话又说得恳切，便道："君若有此心，也好。 哀家便加你为郎中令，名正言顺，统领宫禁守卫，护我母子，有闲暇则教我儿读书。 我儿虽做了皇帝，文武却都还欠缺，你只管将那种种诡计教予他。 世上之诈，非君莫属；此儿之愚，也是非君不能救也。"

陈平强掩住内心之喜，抹干了泪，向高祖灵位拜了三拜，才领命退下。

待陈平领了郎中令职，便去找了王卫尉，将宫中禁卫重新布置，守护更加严密。 自此时起，陈平亲执长戟，自率郎卫一队，于北阙值守，宫内外气象便顿觉森严。

如此值守才两日，果然见吕嬃乘车前来，叩门求见皇太后。那吕嬃见了陈平，眼角瞟也没瞟一下，便昂然直入，至椒房殿，急急对吕后道："阿姊，都中盛传，先帝升天之前，曾遣陈平持密诏往军前，要拿问樊哙，果有此事吗？"

吕后道："岂止是拿问，是要当场砍头！"

吕媭脸色便一白，险些瘫倒："啊？　那么真的砍了？"

"你慌甚么？　陈平并未遵旨，樊哙现已押回，不日即至。"

吕媭便怒道："那陈平，是个甚么货色？　这主意，定是他出的！　不然，姐夫何能恨樊哙至此？　陈平未遵旨，是闻听姐夫崩了，他还有胆量杀樊哙吗？"

吕后便上前，拉了吕媭坐下，劝慰道："阿娣，你且息怒，我说与你听。　先帝恨樊哙，还能是何事？　还不是为妇人之事……"

"哦！　是为戚夫人？"

"不错。　樊哙不知走漏了甚么风，惹得你姐夫震怒，遣陈平、周勃往军前，要就地诛杀。"

"那也无怪乎。　樊哙与我，当众咒戚夫人死，已不知有多少回了。"

"好在赴燕途中，陈、周二人商议，不忍骨肉自残，于是抗旨，由陈平将樊哙带回。　燕地距此，相隔几千里，陈平便是再有神通，如何又能知先帝驾崩？　你若怪罪陈平，那便是错了。　先帝临终托孤，只点了萧何、曹参、王陵、陈平、周勃这几人，眼光还不差。　若非陈平老成，你那夫婿回不回得来，倒还难说了。"

"宫门前我见了陈平，他既回来，樊哙又何在？"

"只在这几日吧，也该到了。　待樊哙回来，我立赦他无罪，官复原职，就此百事皆消，你倒要好好谢陈平了。"

吕媭脸色虽缓了下来，却仍含有余恨："他那个鬼，总不会出好主意。　不敢杀樊哙，也还是惧怕阿姊你。　今番算他押对了赌注，然也轮不到我去谢他。"

吕后便起身，笑道："夫婿毫发未损，这总是好事！ 你快回家去等着，见了面，叮嘱那粗人，不要再酒后狂言了。 这次险些掉头颅，全因祸从口出。"

吕媭气不平，道："今日姐夫走了，天下便是阿姊的，我又有何惧？"

吕后便指点吕媭额头，笑道："今日说这话，算得甚么胆量？ 我在往日，还不是要装作村妇，不然那老翁窥破我心机，不一刀斩了我才怪。 今日你虽无险了，也要知收敛才是，阿姊岂是能活万年的？"

吕媭哪里听得进，只觉天地皆已在股掌之中，笑个不止。 出宫时，见陈平还在值守，便疾步上前，似有话要说。 陈平回首望见，吃了一惊，以为吕媭要破口大骂。 却不料，吕媭来至陈平面前，也不搭话，只白了一眼，又道了一个万福，转身便走了。

如此三日过后，朝使果然将樊哙送回。 车至霸上，朝使招呼御者停车，与樊哙商议道："相国，前日之诏，乃夺足下所有爵邑并立斩，迄今未有赦免令下来。 今日还都，恐还须委屈足下，在后面囚车里歇息片刻。 入宫后，且听太后吩咐。"

樊哙本不耐烦，然想到朝使一路上待己甚恭，仪规亦不好违拗，只得自己脱去衮服，钻进囚车里坐了，又笑问了一声："还须绑缚吗？"

那朝使忙满脸赔笑道："哪里哪里！"

车行至长乐宫北阙，谒者通报进去，未及片刻，便有太后懿旨出来，命赦免樊哙之罪，复爵位、食邑如故，立即宣召。

樊哙听了，哈哈大笑，一脚端开囚车栅门，跳下车来，穿好衮服，大摇大摆进了宫。

见了吕后，樊哙一改往日粗鲁，伏地行了大礼，口称："罪臣樊哙，谢太后大恩。"

吕后便笑："几日不见，你倒改了不少山林气。"

樊哙道："哪里改得掉？实不惯称阿姊为太后，好似称呼老妪一般。"

吕后笑笑，忽而敛容问道："可知你鬼门关上走了一回，是何人护佑你无事？"

"唯有阿姊了。能救我命者，天下还能有谁？"

"岂止是我，还有陈平呢！你那昏头姐夫，当日发的密诏，命陈平赴军前。我与吕媭全然不知，故也救不得你。往日斩首令一下，任你是王侯公卿，也要头颅落地；你侥幸得保全，多亏了陈平知权变。"

樊哙这才想起，拍额道："阿姊若不提，我倒还忘了。陈平本是奉诏去索我命的，他刀下救了我，我哪里能忘。只不知姐夫如何就迷了心窍，连自家人也要杀。"

吕后便嗔道："你那大嘴，有多少海水怕也要漏光了！我问你，是何时咒了戚夫人？"

"岂止是咒？那几日，我逢人便讲：姐夫一走，我便要夺那母子的命。"

"果然如此！粗人，成得了甚么大事？且回府去吧，告诫你那浑家，不要再忌恨陈平了。再来乱讲，便是进谗，我绝不能容。"

樊哙诺了一声："这个自然。"

"你受惊吓不小，且于家中将养些时日。那相国一职，你还是不要做了，弄得险些掉了头颅。你同周勃，能操练兵马就好。天下事琐碎，武人摆不平，还是由萧何来办吧。"

樊哙便笑："甚好甚好！我也觉弄不妥朝中事，还是随了周勃，操练兵马去为好。"

"那便如此，近畿一带兵马，即由你二人统带。你掌兵，便是吕氏掌兵，我也睡得安稳。"

"但问阿姊，姐夫走了，天下事何者为大，我也好鼎力相助。"

"我倒要问你：你日前缘何险些丧命？此事，就最大。"

"哦！是戚夫人……"樊哙忽然领悟，连忙将后面的话咽下了。

"不错。那失心翁生前，几个宠姬何其张扬，动辄给老娘脸色看，不想也有今日！明日起，便教那戚夫人，还有魏王豹撇下的甚么管夫人、赵子儿、唐山夫人之流，尽都幽禁在宫中，不得出入。何日死了，何日了之。"

樊哙一惊，想了想便道："自魏王豹后宫掳来的美人，固不足惜，然那薄夫人仁善，不与诸姬同，朝野口碑都还好，今随代王在边地，也要召回吗？"

吕后一笑："薄夫人？就免了吧。哀家也知，失心翁最不怜爱的，便是薄夫人，直与我同病相怜。今日在代国为王太后，也算苦尽甘来了，且予优容便是。"

樊哙便道："阿姊之意，我明白了。戚夫人如何，你尽管处置；群臣中敢有说不的，管教他吃我一通老拳！"

此时的长信殿中，却是另一番景象。戚夫人自刘邦驾崩后，终日埋首垂泪，只觉万事浑浑噩噩。在长信殿各处走动，触目都是伤情，晨昏起居，了无滋味。欲在梁上结一个缳，随夫君一走了之，却又舍不得如意，只盼将来母子能重聚。

想那先帝在时，自己恃宠而为，两次闹出废立之争来，那吕后焉能不衔恨？日后在宫中的日子，怕是不好过了，少不得要看悍妇脸色。想到吕后那副狠恶嘴脸，戚夫人便打了个寒战，日后，还不知会生出些甚么祸端来。然转念想道：自己毕竟是先帝宠姬，得专宠于一身，天下无人不知。吕后再如何霸道，也要顾及先帝脸面，或不致公然凌辱，自己只须收敛些便是了。

却不料，高祖下葬尚未出一旬，长信殿内便闯入一群宦者来，手持绳索，如狼似虎。戚夫人见厄运来得如此之快，脸色骤变，厉声喝问："何人胆大？敢来此地撒泼？"

为首的宦者宣弃奴，斜睨戚夫人一眼，冷笑道："还以为是昨日吗？"便凶神恶煞般冲过来，将手中符节一举："戚夫人听旨，新帝有诏：戚氏秽乱宫闱，罪不容赦，着即发往永巷刑役。"

戚夫人抢前一步，戟指宣弃奴鼻尖，大声叱道："新帝仁厚，怎能有如此乱命？先帝尸骨未寒，你们便如此待我，纲常何在？廉耻又何在？"

宣弃奴双手叉腰，傲慢答道："戚夫人如有话说，可往黄泉禀告先帝。我等今日奉诏行事，劝夫人还是听旨为好，免得我手下人动粗！"说罢一招手，众宦者便一拥而上，要来拿人。

戚夫人愤然道："放肆！往永巷，我自去好了。世事虽变，此处还是汉家，先帝之灵，饶不过你这等鼠辈！"

刚刚走了几步，便听宣弃奴又一声令下："所有戚氏宫婢，全数拿下，送往后庭勒毙。"

戚夫人大惊，回首骂道："宫人何罪，竟遭此毒手！堂堂太后，可还存一丝天良吗？"

话音还未落，众宦者便捂住戚夫人口，捉手捉脚，拖出殿去了。

那永巷，乃是宫中一条长巷，有屋舍若干，平时有宦者在此，专门打理宫人各项事宜。依旧例，亦常在此处关押有罪宫人。

戚夫人被推至永巷，尚未回过神来，宣弃奴便下令道："援照髡钳之例，着戚氏在此舂米①服役，日有定限，不得偷懒。"

那戚夫人一惊，正要挣扎，却被数名宦者紧紧捉住，拿了剃刀便剃；眨眼之间，一头青丝已落地。少顷，又有数名宫女上来，掳去戚夫人身上锦衣，换了刑徒的赭衣。

戚夫人不禁仰天悲鸣一声："夫君……"本欲破口大骂，然想到吕后并不在此，宦竖们只是鹰犬，骂亦无用，只得忍了，任那泪流如注。

自这日起，戚夫人便形同囚徒，整日粗茶淡饭，舂米不停。至日暮时分，若定限未及舂完，监守阉宦便黑着脸上前，破口大骂。

那戚夫人本为小户女子，擅长弹唱，平素只知邀宠，在朝臣当中全无奥援，尤与沛县旧部素无往来，待刘邦一走，便顿失庇荫。心腹又全数被处死，失了耳目，已与一无助平民妇人无异。

后宫诸宫人闻之，都大起恐慌，纷纷缄口，谁也不敢多言。如此，一场宫闱变故，就成了一桩隐秘，外面大臣无从得知。坊

---

① 舂(chōng)米，在石臼内捣击谷物，使之粉碎或去皮。

间虽有些传闻，然谁都不愿为后宫事惹祸上身，也就无人为戚夫人鸣不平了。

天气渐渐入暑，酷热难当。那永巷苦刑，从早到晚，更是生不如死。不过才数日，戚夫人便形销骨立，往日光彩尽失。那一双纤纤素手，能举起木杵来，就已属不易；在石臼中千万次地捣，更是力不能胜，思之愈加痛楚，唯有以泪洗面。有那老宫人前来送饭，看得心酸，只能悄悄劝慰："夫人且自宽心。太后严令，无人能违；我辈有心相助，也是不敢。"

戚夫人不胜劳苦，想起刘邦生前优柔寡断，不由心生怨意，脱口恨道："那彭越、英布远在天边，能害得了谁？你去杀了他们，有何用处……"

又想起老父戚太公已病殁，定陶（今属山东省菏泽市）故里，已不可归。这世上，唯有爱子如意在赵地，算是有个依托，然山河阻隔，却是难见一面。想到此，心中便愈加哀伤。自编了一支歌谣，且舂米且吟唱，以抒怨愤。那歌词曰：

> 子为王，母为虏！终日舂薄暮，常与死为伍。相离三千里，当谁使告汝？

此歌于后世收入《乐府诗集》，名为《戚夫人歌》，又名《舂歌》。当日戚夫人唱起，其声哀婉，回荡于永巷内，邻近宫人听了，无不心伤。

如此唱了数日，便有好事的宦者，暗伏于墙后，将歌词默记，禀报了吕后。吕后听了，大怒："妖姬，还想倚赖你那儿子吗？'当谁使告汝'？我便来告诉他！来人！"当下，便遣了使者往邯郸，召赵王如意入朝；打算等如意归来，便在官中诛杀，以断了戚氏的侥幸之念。

哪知两旬之后，使者垂头丧气而返，禀报道："赵相国周昌抗旨，不允赵王入朝。"

吕后怔了一怔，倒也未恼怒，笑道："这个木强人！"遂又遣一使者快马北上，嘱使者务必言明，是皇太后宣召赵王。

如是三回，迁延半年有余，三名使者均碰了壁。那周昌只对使者道："吾遵先帝之命，辅佐赵王。赵王之安危，乃臣之性命所系，你辈区区一个朝使，便想拿走我的命吗？若戚夫人召，倒还有个道理。太后素怨戚夫人，今召赵王归，则老臣就是个痴子，也知这是要谋害赵王。你只管折返回去，空手复命，就说赵王有病，不能成行，日后亦如是。只要老臣在，赵王便不可离赵，何日老臣死了，再任你们摆布！"

周昌强直，朝野无人敢与之相抗，使者亦不敢多言，只得怏怏而归，照实复命。

吕后闻报，大怒而起："这个老榆木！"随手摔烂了一个羹碗，正想发狠话，忽想起周昌昔年曾力保刘盈嗣位，不禁又摇头苦笑，"罢罢，不去惹这老木头了，老娘另想办法。"

转年初春，周昌忽然收到朝中传诏，命他速返长安，新帝要面询匈奴事宜。

周昌满腹狐疑，只恐有诈，然朝令既至，又不得不遵，只得先至赵王宫中，嘱如意要小心，严加禁卫。国中诸事，待他返回后再行举措。

那如意不过总角少年，远离戚氏在邯郸起居，全赖周昌照料。他平素待周昌如同事父，乍闻周昌要入朝，不禁惶恐："相国入朝，请勿淹留过久。"

周昌便笑道："新帝召我，并无大事。老臣任赵相多年，国中上下要枢，皆为我亲信，大王只须在邯郸不动，便可保万全。"

入夏后，周昌一路劳顿，驰入长安待召。当日，并未闻惠帝宣召，传他入宫的，却是吕后。

在长乐宫偏殿，吕后见了周昌，神色便颇不悦："周昌，你是先帝老臣了，如何却不懂规矩？年前，朝使三赴邯郸，召赵王入朝询问，你倒推三阻四的做甚么？"

周昌心中有数，一揖答道："禀太后，臣系沛县旧臣，岂不知所任天下之责？汉家寸土，皆是先帝率臣等流血夺得，欲保这天下，便要尊崇先帝。先帝曾嘱我，须以命保赵王，臣岂敢任由赵王身赴险境？"

吕后闻言，立即变色："清平年月，入朝如何就成了赴险境？"

"臣昨入长安，四下里打探戚夫人消息，竟无一人知晓。想那戚夫人曾经专宠，先帝一去，则命如飘蓬，不知现下安危如何？赵王如意若贸然返长安，何人又能为他护翼？"

"周昌，你许是老糊涂了。先帝在时，你尚能抗命，力阻废长立幼，保全太子嗣位；如今先帝崩了，你却为何要袒护那妖姬之子？"

周昌将脖颈一挺，亢声道："太后圣明！知老臣心中唯有道统。赵王如意，乃新帝手足，亦是先帝骨血。先帝生前，对之钟爱有加，将我外放赵地，实是为赵王计。老臣昔年护太子，是为道统；今日护赵王，也是为道统。汉家新立，天下都在看这一朝能否长久。臣以为：长久不长久，全看这道统立与不立。若太后不问道统，只问亲疏，则周某……期期以为不可！老臣之心，望太后察之。”

这一番廷争，竟说得吕后哑口无言，只是呆望周昌。瞠目半晌，才愤愤道：“沛县旧臣，怎的多是你这般老榆木！罢了罢了，你且回家中歇几日吧，赵地之事，暂无须费心了。”

周昌立时警觉：“太后，若朝中无事，臣即返国。那匈奴未服，边事不可疏忽。”

吕后便起身，一挥袖道：“你且退下，朝中怎能无事？”

待周昌回到府邸宿下，一觉醒来，发觉门外有执戟郎把守，奉诏不许周昌外出。周昌大怒道：“是将我软禁了吗？”

为首一员中郎将，即是赫赫有名的季布，此时上前一步，不卑不亢道：“太后有令，称足下辛劳，须闭门歇息，无诏令不得外出。我等在此，是为拦阻访客，免得打扰足下。”

周昌当即血脉偾张，叱道：“惜死之徒，有何颜面与我说话！”遂以掌猛击大门，连声大呼道：“先帝，先帝！我一沛县旧臣，不能保你子嗣，反为一个楚降将所制。此等悖谬，到何处去寻天……天理呀！”边呼边击，竟拍至掌心开裂，血流不止。从人见了，慌忙上前劝阻，将他扶入室内。

吕后一面将周昌扣在长安，一面就遣使赴邯郸，假惠帝之名，命赵王入朝。如意接到诏令，六神无主，问来使道：“周相国何在？”来使自是巧言哄骗，只说惠帝留住周昌，正在详询边务。

如意迟疑了两日，未有答复，朝使便数度入宫相催，软硬兼施，问道：“大王不欲见戚夫人乎？”如意便想：有阿娘与相国在长安，入朝之事，当无甚大风险。若抗旨不入朝，终不是事。只得允了来使，与之同返长安，去见惠帝。

且说那惠帝年幼时，虽不得刘邦喜爱，然其生性十分宽厚，颇识大体。 日前闻母后将戚夫人打入永巷，心下便大不以为然，以为失之过苛。 只在心里盘算：总要寻个时机，将那戚夫人救出来，不能教天下人在背后指戳脊梁。 这日忽又闻报：赵王如意奉诏入朝，已近长安。 不由心下一惊，知是母后谋划，要加害这位幼弟了。

当下惠帝便传令左右，备好轻辇一乘，要亲赴霸上迎接。 未等吕后耳目传信，惠帝便亲率郎卫一队，微服出了宫，急赴霸上等候。

待如意车驾至，惠帝便在辇上连连招呼，如意抬眼望见，大喜过望。 两人便都跳下车来，执手寒暄，一刻也不愿松开手。

两人幼年时，常不在一处，对长辈间的纠葛，亦不甚了了。 如今阿翁不在了，兄弟两人相见，便更觉有骨肉之亲。 惠帝问过路上辛劳，拉住如意之手，登上车辇，一起入宫去见吕后。

吕后万料不到惠帝有如此心机，只在心中暗骂："小崽儿，你阿翁在时，怎的就没有这等心机？"然碍于体统，又发作不得，只得假意问东问西，对如意安抚了几句。

未等吕后想出头绪来，惠帝便抢先奏请："母后，如意弟千里入朝，实为不易，请允他与孩儿同住前殿，一般起居，我兄弟两人也好朝夕相叙。"

吕后心中恼恨，强忍着未脱口骂出，一拂袖，算是允了。

惠帝得了准许，故意不看阿娘脸色，拉了如意便走。 出得椒房殿来，便大笑道："如意弟，记得幼年时，阿翁常怪我懦弱少武，夸你是个好坏子。 如今我亦常自强，每隔三五日，便要围猎，身手大有长进。 你今后与我同住，万事休问，只好好教我武艺便罢。"

见惠帝诚恳，如意心中才觉稍安。惠帝先前妃子吴氏，不久前已病故，此时尚未立皇后，寝宫只他一人独住，此时便吩咐涓人：赵王来此，起居饮食，一律与自己相同，不得慢待。

如此住下，兄弟间有说有笑，倒也安然。如意惦记阿娘，又甚想见到周昌，然稍一提及，惠帝便婉言打住："如意弟，这个不要急。既回了宫中，只管赏花饮酒便是，诸事容日后再安排。"

如意甚是疑心：莫不是阿娘已遭了大难？然又不敢追问，只得忍下，终日陪着惠帝宴乐。那惠帝也知母后心思，不敢去劝谏，只能处处护住如意，形影不离。吕后得知，只恨不能一口吃掉如意，然亦深知，此事不可用强。只得吩咐宫中耳目，多多打探两兄弟消息，容日后再说。

如此一来，欲加害如意一事，便搁置下来。吕后想起便苦笑："这崽崽，倒与我斗起智来！"索性将此事放下，反倒常遣宦者前来嘘寒问暖，又时有酒肉赐予如意，似已捐弃前嫌。惠帝却不敢大意，凡太后有酒肉送至，必令近侍先尝，再令来人回去复命。如此周折，只为防着母后暗中下毒。

如此过了夏秋，倒也无事，惠帝渐渐放下心来，想着顽石亦可感，何况人心乎？母后既知我与如意相投，天长日久，必也能淡忘往日怨恨。想到此，心头便敞亮起来。

至惠帝元年十二月中，正是天寒地冻时。这日惠帝兴起，要去郊外狩猎，依例起了个大早。看看天色未明，如意还在酣睡，实不忍心将他唤醒。想想狩猎也不过大半日，午后便可归来，这半日，森严宫禁之内，还能生出何事来？于是任由如意贪睡，不去唤醒，自顾披挂整齐，带了左右出城而去。

待到午后，惠帝兴尽而归，马背上驮了些黄羊野雉，要与如意一同烤来吃。进得殿来，只见涓人神色惶惶，问之，皆支吾不能答，心下不由大惊，便直奔寝宫。见榻上帷帘低垂，宦者、宫女全都闪避一旁，当下情知不妙，抢步上去，撩起帷帘来，只见如意卧于榻上，七窍流血，躯体已然僵直了！

惠帝慌了，忙伸手去探如意鼻孔，哪里还有呼吸？

数月来，仅离开这大半日，如意便莫名暴毙。这等惨事，人何以堪？惠帝痛彻肺腑，抱尸大哭，心中也恨不能立即去死。

由暮入夜，也不知哭了多少时辰，有涓人看不过，上前劝慰。惠帝也不理，喝退众人，只留了一个心腹近侍阆孺，为如意清洗了身体。

见如意面如白垩，双目紧闭，如酣睡未醒，惠帝便更是心痛，压低声音问那阆孺道："这半日，有甚外人进殿？"

阆孺悄声回道："晨间天明后，椒房殿有太后身边一宦者至，携醴酒一卮，说是由长沙王进献，太后命专赐赵王。时赵王方醒，不欲饮酒；那宦者疾言厉色，喝令赵王当即饮下，说是太后立等复命。赵王不得已饮了，复又大睡。未几，小人掀帘探看，见赵王伏于榻上，情形有异。小的连唤数声，也未见动静，忙将他翻过身来看，竟是七窍流血了……"

惠帝不由大怒："殿中近侍甚多，为何不拦住那贼子？"

"陛下不在，何人敢阻挡太后身边人？"

"赵王便乖乖喝了？"

"哪里，哀恳半晌，却通融不得。"

"赵王如何说？"

"赵王求告，乞求宦者带话给太后，称愿为黑犬黄狸，为太后效命。"

惠帝闻之，泪如雨下，道："如此竟不放过？"

阂孺回道："来人只是恶语叱道：'皇子金贵，做狗也无须你来做！'便强灌毒酒与赵王。"

"那人是何姓名？"

"名唤田细儿。"

惠帝瘫坐于地，呆望殿角半晌，心知是母后趁隙下的毒手，倘若下令追究，又有谁敢去查？遂长叹一声，挥退了阂孺，复又流泪不止，独自抱着如意尸身至深夜。待眼泪流干，才唤涓人进来，料理赵王入殓事。又传令下去，明日为如意发丧，只说是因病暴薨，以王礼下葬。着人立时赴叔孙通府邸，将噩耗告知，征询应如何加谥。待天明，涓人回报：叔孙先生查了典籍，回复说应谥为"隐王"。

如意下葬当日，惠帝悲若失魂，又执意下诏：遍赏官吏，各赐爵一级；民有死罪者，可出重金免死。长安官民对赵王之死，原就多有猜测，此恩赏诏一下，众人更是感叹唏嘘。

忙碌完毕，惠帝唤来阂孺，命他密遣得力人手，窥得田细儿行踪，可放手惩处。

这阂孺，本是个少年郎官，聪明伶俐，容貌俊美。惠帝身边宫女虽众多，却独钟这俊美娈童。此人装束几近妖冶，冠插雉羽，带嵌珠贝，惠帝看了甚喜欢。于是，近侍诸郎也都纷纷效仿，一时间，未央宫内外，满眼都是摇摇曳曳。吕后见不得此等情景，却也无奈，只赌气不给这些郎官好脸色。

却说阂孺领了命，揣摩惠帝心思，决意要下个狠手。便带了几个少年宦者，在宫内僻静处看准，猛地拦下了田细儿。

那田细儿正行走间，忽遭人呵斥，抬头一看，见是惠帝亲信拦路，各个都虎视眈眈，心中便暗叫不好。只听阂孺低声喝道："贼子！那赵王金枝玉叶，你也配来谋害？"

田细儿吓得面无人色，连连求饶道："小人怎敢有此狗胆，我是奉……"未等他一句说完，阂孺便飞起一脚，将他踹翻。众人扑上来，剥去外衣，一顿乱拳狠脚。

田细儿吃不住痛，连声哀叫："诸位阿翁，饶命，饶命呀！"

阂孺冷笑一声："我饶得你，那赵王却饶不得你。"

田细儿情知阂孺要下死手，慌忙扯开喉咙大叫："太后呀，救我——"

阂孺叱道："天王老子也救不得你了！"说罢，便朝左右一使眼色。

众少年宦者会意，各个从身上掣出短棍来，死命殴击。那田细儿瘫倒在地，起先还能哀号数声，到后来渐渐声弱，动也动不得了。只片刻工夫，竟活活被殴死！

阂孺上前，踹了田细儿两下，冷笑一声："狗仗人势，也须是一条中用的狗！"便下令将尸身装入布袋藏了起来，又将田细儿的腰牌、鞋靴抛在宫墙下，布了个疑阵。

候到天黑，阂孺带领一众宦者，持了惠帝符节，谎称搬运细软，将布袋运至未央宫，坠上巨石，抛到太液池中去了。

虽如此，惠帝仍不能解心中之恨，神色常带忧戚，在长乐宫游走，无时不想到如意音容。旬日之后，竟是越发不能忍耐，便向母后奏请，要搬去未央宫起居，不愿再见长乐宫旧物。

吕后吃了一惊，冷笑道："你羽翼才丰满，便不想再见老娘这张脸了。可叹当初，为保你太子位，费了我多少心机！"

惠帝却淡淡道："此乃无利不起早也，就如商贾事。保住我太子位，便也保住了母后之位，这有何奇怪？"

吕后闻言，险些气结，指着惠帝鼻子叱道："竖子！竟如此说话！你这孽头，当年我若再生一子，也轮不到你做皇帝！"

宣弃奴见不是事，忙过来打圆场，朝吕后叩头道："儿大不由母，在民间也是常事，太后请息怒。新帝岂能不念母恩？不过是一时言语相激，有所唐突。想那天地之大，谁还能比嫡亲更亲？不在一处住，反倒天天想着，岂不是更好？"

吕后闻言，转念想了想，也乐得让儿子搬走，自己若与审郎行乐，将更是无顾忌，于是便允了："也罢，那未央宫原本就是为你建的，空闲了多年，岂不可惜？既搬过去起居，不妨就在那边理政，两宫之间，涓人多跑腿就是，我看也好！"

惠帝长出一口气，连忙谢恩道："儿初掌朝政，母后还须多多教诲。"

吕后便嗔道："你阿翁尚且教不好你，我又哪里能成？天下太平，你只管依着黄老之术做事，不折腾，不瞎闹，便是个好。那个……你如意弟既已病殁，哀也无益。你幼弟刘友，人还懂事，可由淮阳王徙为赵王，免得北地无主。"

惠帝遵命退下，等不及涓人搬运细软，当日就住进了未央宫。因未央宫在长乐宫之西，故君臣也将此处称为"西宫"。

惠帝在未央宫安顿好，便不再每日向母后请安。初几日，吕后颇感不安，然数日之后，觉眼前清净了许多，便不再多想。这日，忽有宫人来禀报：宦者田细儿不见了踪影，唯留有腰牌等物，弃置于宫墙下，疑似外逃了。

"他如何要逃？"吕后心中疑惑，忽地想起当日，田细儿来报，说如意饮下毒酒前，曾哀告"愿为黑犬黄狸以效命"。莫非如意于地下作祟？

略想了想，吕后便又摇头，自语道："新死之鬼，哪里有本事作祟？"不由得自语："定是他着了暗算……此等事，定是那刘盈所为！"便在室内徘徊，有心要追查，又恐牵连出毒酒案来，在众臣面前便不好看，想想只得作罢，遥望西宫冷笑道："小儿辈，杀了我的人，倒还有些性子！只可惜，你诡计百出，能阻得住他母子死吗？"

想到此，当即便唤来宣弃奴，命将戚夫人严刑处置。

宣弃奴道："此事易耳！然如何严刑，请太后吩咐，小的必亲手处置。"

"以烟火熏聋耳！"

"诺。"

"灌下致哑药！"

"诺。"

"剜去双眼！"

"这个……"

"再斩去手足！"

"……"

"扔到茅厕中去，任由生死。"

宣弃奴闻听此命，脸色便渐至惨白，伏地不起，久久未应命。

吕后心中纳罕，问道："你怕的甚？"

"回太后，小的……想起了田细儿。"

吕后便拍案叱道："想起他做甚么？新帝已迁去西宫，如何还能再来捣鬼？你畏惧新帝，难道就不怕哀家吗？"

宣弃奴连忙叩首道："不敢。 小的这便遵命，只是……赐戚夫人死，一绳索便罢，何须这许多手段？"

"放肆！ 莫非你也心存怜惜？ 你今日怜他人，他人却未曾怜你。 不见那戚氏猖獗之日，老娘我也只能佯作泼妇，稍露谋略，便是个死！"

宣弃奴听得愕然，大张口不能闭，良久才道："事竟如此？ 太后往日委屈，小的实不知。 我这便去处置戚夫人！"

吕后又喝道："且慢！ 先传令下去，自今日起，便不再有甚么戚夫人了，只叫个'人彘①'就好！"

这日在永巷中，宣弃奴带了一群阉宦，如狼似虎般闯入，拽起戚夫人来，一语不发，便七手八脚行刑。 几刀下去，便见血如喷泉。 那戚夫人惨呼了十数声，便痛昏过去，再也无动静了。 众阉宦弄了许久，才照吕后所嘱，将戚夫人弄成个"人彘"，抛在了茅厕里。

寂寂长巷，从此不再有《春歌》回荡。 巷内宫人闻知变故，无不神色凄惨，都不忍望那茅厕一眼。

如此过了数日，惠帝正与阂孺互倚着赏花，忽有宣弃奴求见，称奉太后旨意，请惠帝去看"人彘"。

惠帝大奇，不由问道："朕狩猎数年，未曾闻有'人彘'，此为何物？"

宣弃奴俯首答道："太后有诏，陛下见了便知。"

惠帝便带了阂孺，从飞阁复道来至长乐宫。 宣弃奴一语不

---

① 彘(zhì)，本指大猪，后泛指一般的猪。

发，只顾在前头引路。 堪堪走近了永巷，惠帝便起疑："引朕来这里做甚？"

宣弃奴紧走两步，一指茅厕道："太后吩咐，请陛下自看。"

惠帝狠狠盯了宣弃奴一眼，掩了鼻子，从茅厕门伸头进去看，见有一物蠕动，不觉便吃了一惊，急唤道："闳孺，闳孺，你来看，这是甚么？"

闳孺探头去看了，疑疑惑惑道："是人？"

惠帝便厉声问宣弃奴道："此乃何人？"

"回陛下，此乃……戚、戚夫人。"

惠帝面露惊怖，呆了一呆，随即摧肝裂胆地叫道："天呀，天呀！"便瘫倒在地，放声大哭。

闳孺大惊失色，连忙去扶。 宣弃奴也慌了，正欲伸手相助，闳孺忽地拦住，怒道："你吓到了陛下，即是有九条命，也万难抵罪！"说罢，便一用力，将惠帝扶起，匆匆回了未央宫。

受此惊吓，惠帝便一病不起，每日只能卧于榻上，时哭时笑。几日后，方清醒过来，思之愈愤，便命闳孺去向吕后传话："此非人所为，天地亦不能容。 臣为太后之子，终不能再治天下了。"

闳孺闻此言，双腿战栗，畏葸不敢从命。

惠帝怒道："你便照此去说！ 太后还能吃了你吗？"

闳孺无奈，只得壮起胆来，去见吕后，将惠帝言辞复述了一遍。

吕后听了，果然未怪罪闳孺，只微微一笑："竖子不愿治天下了？ 那么也罢，老娘亲为好了。"言毕即起身，踱至殿门，大笑两声，望空大呼道："失心翁，那黄泉底下，你可遂了心愿乎？"

正所谓：人有百样，命有千种。 吕后这边得意时，可怜那边戚夫人，却是酷刑加身，又熬了不知有几多时日，才无声无息地消殒。

回想自彭城之战起，戚氏以一民家弱女，攀上了刘邦这旷世雄主，数年间，享尽了人间头等的荣华，也算是运气奇佳。向日在洛阳南宫，更是夫唱妇随，堪比神仙眷侣，平常人哪得此种福分？然其终系小家妇，心无远虑，为爱子之故，在宫闱争斗中强出头，将那帝王家事，混同了寻常大小妇之争，一旦夫亡，便顿成囚徒，可谓小智而不察大道。唯其受辱之时，昂然不屈，作《春歌》以抒忧愤，竟遭酷刑而死，又着实令人怜悯。

如意母子死后，周昌于府邸闻之，大恸，伏地望北泣道："季兄，周昌负你，又怎有脸面苟活？"自此闭门不上朝，任凭吕后如何宣召，他只是不应。在家三年，竟至郁郁而终。

那惠帝受了一场惊吓，亦是身心俱损，卧倒不起，竟然病了一年有余。病愈后，亦不愿再理政，只日日纵酒淫乐，此为后话了。

二

刘肥自辱
免祸殃

至惠帝元年春正月，处置戚氏母子事告罢。群臣风闻此事，心中震恐，全未料吕后手段如此迅疾且狠辣，这才知太后绝非寻常悍妇，真是极有城府的一个女主，便都各自加了小心。朝堂之上，都不敢轻言是非，朝政便也渐渐安稳了下来。

　　吕后心中大畅，时逢上元佳节，便夜召审食其入宫，披裘衣，于长信殿廊下小酌。

　　此时天尚微寒，静夜无风，有圆月清辉洒在庭中。树丛中，数盏镏金宫灯，微光摇曳，可谓清雅之至。吕后饮得高兴，对审食其慨叹道："此乃何处？长信殿也。一年前此间人，已下九泉对酌去了。"

　　审食其面露尴尬，清咳一声道："先帝终究圣明，所虑甚周。今四海之内，已无枭雄，太后方可得坐享清平。"

　　吕后便嗔道："清平个甚？彭越、英布之流，固然灭尽；然刘氏子弟诸王，与我吕家皆无血脉之亲，哪个可与我一心？齐王刘肥，乃外妇子也，我做新妇时，便看他不惯。代王刘恒，薄夫人子也，唯这一个尚知本分。余者梁王刘恢、赵王刘友、淮南王刘长、新封燕王刘建，全为妖姬所生。母既无品，子必无行，占去了好端端的半个天下，我岂能放心？"

"那淮南王刘长，乃故赵姬之子，由太后养大，恐不致有异心。"

"刘长不至于反，其余者，则实难料也。"

"太后请无虑，抱定'无为而无不为'之旨便好。"

吕后直视审食其半晌，嗔道："你是佯装糊涂吗，我岂能不为？"

审食其笑笑，回道："刘氏子弟，蔓草也，难成大才，留待他日除之亦不迟。倒是这长安新都，四面无城墙，万一匈奴南来，怕是要动摇社稷根本。"

"不错！明日起，便征发长安一带男丁，起造城墙。天下之都，岂能以壁垒、木栅护卫之？"

"起造城墙，无论如何，也需丁壮十万以上。长安乃新辟，左近男丁能有多少？恐人数不够。"

"那就连男带女，一并征发。"

"造城征发妇女？史无先例吧？不如尽发关中及陇西男丁。"

"那不成。从陇西征丁壮来，天寒路远，与民不便。修城池事，男女就男女好了，阴阳相杂，就当是三月三欢会了，做苦役也不累。"

审食其便笑："女子坐天下，便也征女子服劳役，恰合情理。"

吕后也一笑，忽而又道："看今日朝廷，刘盈仁弱，真乃我一个妇人坐天下，直弄到寝食难安，你须多为我谋划。"

"这个自然。太后当政，天命许之，臣当竭力而为。"

"无须你来阿谀我！"吕后以袖猛拂审食其，忽又压低声道，"我只问你：天下之主，妇人做得做不得？"

审食其脸色立时变白："怕不成。"

"何故呢？"

"老子曰：'不敢为天下先。'史无先例之事，怕是行不得也。"

"审郎，你我推心已久，你说实话，我不怪罪你。史无先例之事，为何我就做不得？"

"民心难服，天下易乱，恐要留骂名于身后，得不偿失也。"

"哦——"吕后呆了半晌，怅然道，"那就罢了！人就是死，也还要个脸面，不能留骂名于身后。罢了！算我今夜未有此问。"

"兹事体大，不可贸然；小事则可不妨一试。"

"哦？果真如此吗？那么，我早有一念，今日便说与你听：各诸侯封邑，都叫个国，听来仍似春秋诸国，怕是将来惹祸的根苗。我早有意，各封国相就不叫相国了，改称丞相，有如县丞；唯留朝中一个相国，统领万方。要教那天下人都知道：我汉家，即为一大国。家国天下，从此一体。"

"太后之见识，宏远无人可及，不妨就改了吧。"

"如此改名，而不改实，天下还不至于乱吧？"

"名即是实，天下人自可领会。"

吕后大喜，举杯一饮而尽，笑道："妇人虽不能登大位，然有其实，便也是个皇帝了。"

审食其不由惊愕，望着吕后，不能言语。

吕后笑问："看我作甚，我讲错了吗？"

"没有错。然……此话万不可对他人言。"

"说与你无妨，我才敢讲。你难道早前心中无数？"

"皇后用心，实出臣之意料。"

吕后得意大笑道："何为韬略？ 这便是！ 若不坐上龙庭，心思便用不到这上面来。 莫非，你也以为哀家不过是个田舍妇？"

审食其笑了一笑："早知如此……臣也可少操许多闲心。"

两人又饮了数巡，审食其觉不胜酒力，便要告退。

吕后嗔道："告退个甚？ 且留宿宫中便好。 刘盈去了西宫，此处便是你我二人福地。"

审食其酒意上头，冲口便出："后世有史，臣怕做了嫪毐……"

吕后酒意正酣，只是大笑："你哪里就赶得上嫪毐！"

次日，以惠帝之名，果然有诏下，命将各封国相之官称，均改为丞相。 又命萧何复任相国，总领百官，其首要之务，便是主掌建造长安城墙。 十日内，即征发长安六百里内男女十万人，全力营建。

诏令一下，关中道上，一时车马喧阗，丁壮如蚁。 众民夫见世事翻新，新朝兴旺，无不甘愿效力。 男筑城，女担土，老少喧呼腾跃。 如此日出而作，日落挑灯，辛劳了一月，筑起了十里高墙，连带厨城门、洛城门、横门三个城门，为长安之北城墙。 其余东西南三面，留待来年再建。

新起的长安城墙，既高且厚，端的是世无其匹。 城高有三丈五尺，下宽一丈五，上宽九尺，皆是版筑夯土，锥刺不进，坚不可摧，城外还掘有深两丈的护城壕。 城池各门，均有三个门洞，左为出城道，右为入城道，中为天子御道，各不相扰。

此时，萧何经营长安已有七年，擘画规制，可谓耗尽心血。 城南地势高，为两宫禁苑；城北平阔，为百姓聚居处，共辟有八街八陌，纵横如田字格。 街巷之间，有闾里一百六十处、集市九处。街衢两旁，遍植槐、榆、松、柏等树木，枝叶茂盛，蔽日成荫。连年又迁入豪门大户，眼看着市井繁华，车马辐辏，已具非凡气象。有那匈奴与外藩来使，初入长安城，直看得眼直腿软。

至二月末梢，天将暖，春耕在即。筑城劳役至三十日整，戛然而止，民夫悉数归家，未违农时，又领了官家补给的粮谷，都觉新朝宽仁，渐有了些盛世模样，不似那暴秦活活要人命。

这一年，中外无事。至年末，风调雨顺，田禾又大熟。吕后大喜，带了审食其登上洛城门远眺，只见沃野千里，晴空一碧，便与审食其击掌相庆道："他刘盈不孝，我有审郎！天下若就这般，一年年治下去，哀家之名声，将高过始皇帝了。"

审食其笑道："始皇何足道哉，文王或可比拟。"

吕后微笑片刻，忽而敛容叱道："没心肺的话，你还是少说。只要失心翁那些孽子还在，我哪里敢比周文王。"言毕，便觉心神不宁。

下得城来，恰遇萧何正亲督吏民筑城，吕后忙上前问候。萧何惊见吕后至，连忙整衣揖道："太后，筑城乃老臣职司，十数年来，不知筑了多少城，可保万无一失，太后不必挂心。"

吕后笑道："哀家岂是不放心，我与审公巡城，信步到此而已。"

审食其也上前一步，对萧何揖道："相国寿已渐高，细事可不必躬亲。"

萧何微微一笑："审公，话虽如此，然老臣哪里敢懈怠。这长安，乃万代之都，非寻常城邑可比，诸事都须竭力。先帝大业，我不曾有刀剑之功，唯有料理这细事，可报先帝恩，故夙夜不敢大意。"

吕后素敬萧何，加之刘邦临终有嘱托，便更是多有倚赖。此刻望了望萧何，鼻子就一酸："相国，看你气色，大不如前，还须多加保重。汉家大业，哀家一个妇人，势单力孤，若没有相国辅佐，又如何能担得起？前日闻左右言：相国为子孙置业，皆在偏僻处，且不起造大屋。这又是何故？以相国之功，留些福荫给子孙，还有谁敢非议吗？"

"回太后，并非老臣畏人言。老臣身后，子孙贤与不贤，非臣所能知。若后世子孙贤，则穷乡陋室，正是效法我俭朴之道，可求自安；若子孙不贤，败落下去，则荒僻之所，也不至为豪强所夺，这岂不是两全吗？"

吕后闻言便笑："相国所谋，久远矣，恐不止十代八代。先帝得了你辅佐，实是天意，他万不该无端疑你。"

萧何怔了一怔，忽而轻叹道："吾命不如审公矣！"

吕后与审食其闻萧何此叹，面面相觑，不知是何意。吕后想想，便道："相国功高，只可惜不能再加封了，不知诸令郎如何？"

萧何便摇头一笑："长子萧禄、幼子萧延，皆中人之资也，不足挂齿，到时只配袭爵罢了。"

吕后感慨道："昔日吾家迁沛县，县令设宴接风，还是萧公帮忙收的礼钱呢！彼时情景，恍如昨日，然转眼间吾辈皆老矣。来日无多，荣华亦是无用，只愿儿孙无事便好。"

萧何闻之动容，揖谢道："太后知老臣之心，臣心中便甚慰。世间爵禄，不过一时之荣，谁也带不到黄泉底下去。若老臣闭目之时，是在卧榻上，那便是完满了。"

吕后与审食其对望一眼，不禁失笑："这有何难！争战已息，谁还能死于刀剑？相国受先帝之托，身负天下，此时便言身后事，岂不是太早？ 为天下计，还请多多保重。 哀家事杂，许久未曾见萧夫人了，不知近来如何？”

“谢太后垂询。 若论精神健旺，贱内倒还比我强些。”

“那好那好！ 改日倒要与萧夫人聚聚。 今日事忙，哀家这便回宫去了。”说罢，便别过萧何，与审食其上了车辇，起驾回宫。

秋日一过，便是惠帝二年（前 193 年）冬十月，按秦汉历，又逢新年。 元旦这日，群臣朝贺，诸侯也有来朝的。 这一次，是楚王刘交与齐王刘肥，相偕入朝。

惠帝病卧年余，此时已渐愈，遂于元旦这日临朝，受众臣朝贺。 那楚王刘交，乃刘邦幼弟，随军征战，多有负伤，常觉精神不济。 半日的朝贺下来，甚感疲累，便急忙回楚邸去歇息了。

刘肥兴致却高，只想与惠帝趁机多叙。 惠帝幼年时在丰邑，常与刘肥玩耍，以竹鞭作马，满间巷跑。 惠帝仁厚，不忘这段总角之谊，见了刘肥，只觉得亲。 朝贺当日，便在未央宫设宴，款待刘肥，也请母后来共饮。

那刘肥之母曹氏，系刘邦外妇，生了刘肥之后，过世得早。 吕后嫁入刘家时，刘肥已由太公夫妇抚育至六岁，便也呼吕后为“阿娘”，是为庶长子。 吕后身为嫡母，如今惠帝宴请刘肥，也不好冷脸拒绝，于是便换了衣饰，带着宣弃奴，来至未央宫中。

惠帝在飞阁之下恭迎，将吕后扶至偏殿，在主座坐下。 吕后见主座设有两个案席，不由便一怔，开口问道：“盈儿，一个刘肥来朝，何劳你这般排场？”

惠帝回道：“阿肥兄坐镇齐地，地广人众，颇为操劳。 儿臣今为他接风，是为尽孝悌。”

吕后冷笑一声："你阿翁偏心，封刘氏子弟之时，凡操齐语之地，尽归阿肥，他封邑焉能不大？比韩信还要威风了！"

"阿肥兄总还是不易。"

"那当然。他自幼肥壮如猪，胃口好，太公为他取名，便是据此而来。如今封邑广大，物产甚丰，怕是吃也要吃累了！"

母子正说话间，阉孺自外而入，报称齐王刘肥已驾到。

惠帝连忙迎出，见到刘肥，不容他施大礼，便扯住他衣袖道："今夕我母子三人小聚，算是家宴，一切虚礼可免，如在丰邑时，叙些家常而已。"说罢，便执刘肥之手入内。

刘肥见了吕后，唤了一声："阿娘！"便伏地行了大礼。

吕后略欠一欠身，笑道："才说你幼时肥壮，胃口了得。看你今日这模样，想是在齐地多吃了鱼虾，堪堪更肥了。"

"托阿娘的福！肥儿这是饱食终日，返国后，自当勤政才是。"

吕后一笑："勤政不勤政的，万事都是阿娘在担着，你辈终究是省心。且坐下吧。"

惠帝连忙抢上一步，一边引刘肥往吕后左侧的空位去，一边道："今日家宴，全不拘礼，权当此处即是中阳里。我持家人之礼，以待阿肥兄，请阿兄也入上座。"

刘肥哈哈一笑，向刘盈揖道："阿弟心意，为兄领了。入汉营以来，再无这般家宴了，今日重温，好不快活！"说着，便在吕后左侧坐下。

惠帝则退至右边客座，面北而坐。

吕后一见，脸上遽然变色，转头注目刘肥良久，心中暗道："竖子，不亦狂乎！与盈儿称兄道弟，倒也罢了，居然还敢入上座！”当下就不悦，只顾埋头喝闷酒。

未儿，两兄弟谈及当年征彭城事，刘肥笑道：“那日兵荒马乱，阿弟阿妹走失，我急得大哭，任凭阿娘如何骂我，也骂不住。”

吕后便抬起头来，冷冷一笑：“你们那阿翁，铁石心肠！ 盈儿、鲁元在他车上，追兵将至，他倒能忍心将两人踹下。 若是你阿肥在车上，只怕他也踹不动。”

两兄弟只当是玩笑话，听罢都大笑。

吕后看看，心中恨意愈深，便回首唤了宣弃奴来，低声吩咐了两句。 宣弃奴领命，躬身急急退下。 少顷，便从长乐宫携了两卮酒来，置于吕后案头。

吕后忙起身，将两卮酒移在刘肥面前，道：“近日御厨的酒，无高手料理，越发的寡淡了，只如白水。 来来来，此乃楚王所献的醴酒。 肥儿，今日团聚，得叙天伦，为十年间所未有，你当为阿娘祝酒，一醉方休。”

刘肥不禁动容，含泪而起，捧起一卮，便要为吕后斟酒。

吕后连忙以手遮杯，拒道：“阿娘近日累了，不胜酒力。 此美酒难得，你自己只管饮。”

刘肥便手执酒卮，起身恭立于吕后前，准备祝酒。 惠帝见了，也连忙起身道：“儿与肥兄一起，也为阿娘祝酒。”说罢，便去端另一卮酒。

吕后见状大恐，倏地起身，一把夺下惠帝手中酒卮，叱道：“大病方愈，你如何能饮？”

刘肥见状，心中生疑，忽地想起如意暴死事，不知今日这酒中是否也有名堂，遂不敢饮，佯作站立不稳，晃了一晃，放下酒卮道："儿臣旅途劳顿，今日才这几杯，便醉了……"

吕后忙以温言安抚："你气壮如牛，这几杯酒下肚，何足道哉？"

刘肥未作答，又假作头晕欲呕，蹲下身去片刻，方起身向吕后、惠帝揖道："惭愧，出丑了！臣先告退，容他日再饮。"言毕，不等吕后发话，便摇摇晃晃退下殿去。

吕后怔了一怔，正要将他唤回，却不料刘肥甫一出殿，便急趋如飞，跑出宫外，招呼守候在外的属官，登车奔回了客邸。

回到客邸，刘肥连呼侥幸，犹自惊魂未定，急命左右以重金贿赂相熟的涓人，打探虚实。次日，宫中便有消息传回，说那两卮醴酒，果然是毒酒！

刘肥闻报，如五雷轰顶，顿时瘫坐于地。想昨晚虽是侥幸脱险，然太后既有此心，又怎肯罢休？此次，怕是难以脱身了。

辗转一夜未眠，刘肥苦思解脱之道而不得，心知若再拖一两日，又将有大祸临头，便急唤属官前来密商。

刘肥的妻舅驷钧，性格一向暴烈，此时闻刘肥担忧之言，便大言道："大王为高帝庶长子，金枝玉叶，世无其二，哪个敢动你？管他！你安居都中，必无事。"

座中，郎中令祝午却摇头道："太后当朝，不可硬顶，不如趁夜逃走。人不在罗网中，终究可得腾挪。"

两人说过，众人也七嘴八舌，全无一个好方略。唯有内史①卫益寿沉稳多智，从容献计道："太后欲害大王，必是因心中恶之，

———————

① 内史，此处指汉诸侯国之属官，掌财赋之事。

如能变其为善意，自可无事。"

刘肥苦笑道："这个，孤王如何不知？ 然……难矣！"

"依臣之见，不难也，可以财货贿之。"

刘肥便哂道："卫公玩笑了，太后拥有天下，宫中不缺珍玩，我拿甚么可以贿赂？"

卫益寿微微一笑，建言道："臣职掌财赋，于财货事多有所察，天下不贪心之人，万里也难觅一个！ 以太后而论，其嫡亲子女，仅有今上与鲁元公主二人。 今上之富有，便无须说了，然鲁元公主却不然。 其夫张敖，因得罪先帝，由王降为侯，食邑甚少，太后又不便逾制，无计为鲁元增食邑。 文章便可从此处做起。"

刘肥听到此，双目立即放光："哦？ 你意是说……"

"请大王上表，自请割让封土，献予鲁元公主做汤沐邑，此举必获太后欢心。 如此贿赂，手面阔大，又不必鬼鬼祟祟。 公主既得了这实惠，天下人亦无话可说，太后如何能不喜？ 届时大王趁势辞行，太后又焉能不允？"

刘肥听到此，喜得一拍膝头："好计！ 到底是整日钻钱洞的，知道天大的事，也大不过钱财。 好，孤王就依你所言，去贿赂咱自家阿娣。"

卫益寿又道："诸王之中，大王得先帝垂顾，土地最广，坐拥七十二城，何人可及？ 这便是惹人嫉恨之处。"

刘肥不觉惊悚："哦？ 原来如此。"

卫益寿朗声道："那当然！ 先帝在时，无人敢妄议；先帝不在了，这便是惹祸的端由。"

刘肥登时汗流如注："这……这七十二城，倒是七十二柄斧钺，加在我颈上。"

"正是。 封土之贵，怎比得上性命金贵？ 大王不可糊涂。"

"孤王知道了。 这七十二城，今后谁若想取，就任由他取去。"

次日天刚明，刘肥便亲手写了表章，差人递进宫中，称愿将城阳郡献予鲁元公主。

表章送走，刘肥心仍忐忑，拉了驷钧、祝午相陪，不吃不喝坐等回音，只担心等来的是噩讯。 然事正如卫益寿所料，未几，宫中便有诏下，欣然允准齐王所请，并晓谕天下，以示嘉勉。

诏书送至客邸，刘肥大喜，忍不住与驷钧击掌相庆："天下果然没有不爱财的！"随即，又上表恳请辞行。

原料想太后必会恩准返国，然接连几日，宫中却毫无动静。刘肥大急，又召卫益寿来密议。 卫益寿也难料太后喜怒，沉思半晌，才道："宫中无回音，便是太后仍不放心大王。 大王既示弱，便索性做到底，不如再上一表，请尊鲁元公主为齐之王太后，大王以母礼事之。 公主得此名分，位即在诸侯之上，不由得太后不喜。"

刘肥面露疑惑，忍不住问："如此，辈分岂不是乱了吗？ 我嫡母为皇太后，阿娣又为王太后，孤王究竟是皇子呢，还是皇孙？"

卫益寿道："人之好名，概莫能外；即便是鬼怪，亦不欺谄谀之人。 此表所请，尊齐王太后也罢，以母礼事公主也罢，事虽荒谬，其意甚明，就是要巴结。 太后见大王以笑面谄之，焉有发怒之理？"

刘肥这才大悟，不禁苦笑道："好好！ 清平人世，硬要呼女弟为娘！ 千载之下也是奇事。"说罢，即援笔写好了表章，差人火速递进了宫去。

果不其然，此表递上，才过了一夜，天明即有大队宦者、宫女、乐工、庖厨，携酒馔、礼器络绎而至，叩开客邸大门，称太后、陛下及公主稍后即至，要与齐王饯行。

刘肥刚刚睡醒，闻司阍来报，怔了一怔，遂大笑三声，从榻上一跃而起，急忙穿好衮服，口中不停赞道："卫公智者，智者也！救了孤王一命。"

客邸上下，顿时手忙脚乱，准备接驾。待收拾停当，刘肥便与属官出了大门恭候。片刻过后，宫中銮驾便到了，有数百名郎卫在前，传警净街。但见金瓜斧钺、黄伞旌旗，塞了满满一条街巷。

刘肥与属官俱伏于邸门外，行大礼相迎。吕后缓缓下得车来，一手牵着惠帝，一手牵着鲁元，对刘肥笑道："肥儿，你做了齐王，比幼年时晓事多了，倒还不是只长肉膘。快快起来吧，一同入内。"

吕后打量一眼齐国属官，见到有驷钧在，便问道："驷钧！刘肥家中，只你一个猛虎，非老娘，谁也镇不住你，近来脾气可改好些了？"

驷钧正要答话，刘肥连忙抢着道："驷钧已非同往日，再无倔强脾气，太后请放心。"

吕后笑道："万年江河，居然也可以西流了？听这话，只似在做梦。好了，今日我母子聚会，诸臣就不必陪了。"

一行人至正堂落座，吕后坐主座，面朝东；惠帝坐于左侧，面朝南；鲁元坐于右侧，面朝北。刘肥这次也知趣了，便面朝西，坐在下座。

吕后环视座次，莞尔一笑："肥儿，今日为你送行，乃自家人便宴，比照前回在未央宫，就无须拘礼了吧？"

刘肥起身答道："肥儿数年来，也读了些书，再看世相，便不再糊涂，知秦亡乃是不用礼，汉兴乃是克己复礼，即便家宴，礼也不可失。我既尊鲁元为王太后，即要行长幼之礼，方合乎天道。"说着便跪下，膝行至鲁元面前，伏地行大礼。

那鲁元乐不可支，拂了拂袖道："肥儿，你之心意，为母已知。快快平身吧！"

此言一出，举座皆大笑。吕后仰头笑道："鲁元，你新收这一子，来得倒容易。如此肥硕，只不要将你那家底吃穷了。"

鲁元掩口笑道："我肥儿知孝敬，哪里会害我！"

吕后跟着笑罢，便道："我那痴婿张敖，也是命苦，王做不成，委屈做了个宣平侯。今日鲁元做了齐王太后，那张敖岂非成了太上王了？"

众人皆大笑："便请母后册封他好了！"

吕后见满堂尽欢，心中甚喜，竟将猜忌心全都抛掉了，越看刘肥越觉顺眼，便一挥袖，吩咐立于旁侧的宣弃奴道："命宫中乐工上来，奏雅乐，为我母子助兴。"

不多时，乐工就位，一时笙簧齐鸣，乐韵悠扬。

酒过数巡，吕后道："你们阿翁，自沛县举兵后，便如弓弦紧绷，片时不得松弛。我母子跟着东奔西忙，也难得小聚。今日家宴，送肥儿东归，我母子只管叙旧便是。"

惠帝等三人，便讲起幼年趣事。鲁元忽然想起，便问吕后道："张敖仅长我几岁，我便嫌他迂腐；母后当年，如何就敢嫁四十岁之老男？"

吕后略有酒意，笑道：“我那时在闺阁，哪里有自己主张？还不是你们外祖吕公做主。那沛县令原本也有意，求我为他儿媳，外祖只是不肯，强令我嫁与那田舍翁。为娘我若在今日，只怕他刘季给我叩半日头，我也不嫁！”

惠帝笑问：“外祖看我阿翁，好在何处？”

“外祖仅粗通相术，自以为识人。当日他也是酒饮多了，信口乱说，称半生阅人，无如刘季那般大贵的。”

刘肥便大笑，为吕后祝酒道：“外祖眼光犀利！我阿翁阿娘，果然都成大贵。”

吕后也笑个不住，摇头道：“外祖哪里就眼光好？只不过，盲眼狸碰上了一只死鼠！记得那日，在沛县田中，我带你们薅草，有过路老叟向我讨食水，说了一番话，那才是好眼光。”

惠帝道：“当日事，我还约略记得，那老叟须发皆白，只记不得他说了些甚么。”

吕后便一指惠帝，笑道：“说我来日之贵，皆因此男！”

鲁元、刘肥目视惠帝，皆大笑不止。

吕后望望鲁元，顿起今昔之慨：“那时阿翁为亭长，不知为何烦了，有些年告退归乡，以务农为生。其间又得罪官府，藏匿他乡，不敢现身……那时家贫如洗，四邻嘲笑，为娘所尝苦头，一言难尽。幸得鲁元耐苦，年七岁，便能代我劳作，抱哺幼弟，多有分担。”

刘肥便惭愧道：“彼时，儿臣甚不晓事，多贪玩。”

吕后便嗔道：“整日不见你踪影，只晓得随太公斗鸡！盛夏下田，唯我母女蓬首跣足，汗流浃背，不知有何等狼狈。”

惠帝便诧异：“阿娘阿姊，竟有如此之苦！当时我全不知晓，只觉得野外好玩儿。"

吕后便笑:"是呀,生子有何用? 惹气而已!"

惠帝又望住鲁元:"阿娘嫁给阿翁,自是父母之命。 阿姊嫁给张敖,恐不是父母之命吧?"

吕后摇头道:"哪里话! 还不是你们阿翁看中张敖。"

刘肥便道:"此事我约略知晓。 先是阿翁戏言,要嫁鲁元为张耳儿媳。 然仅一言,媒妁未定,仍旧命阿娣选婿,选来显贵子弟三十人。 三十人中,唯张敖才貌出众,射艺又佳,阿翁甚赞之,阿娣却羞而不答。 倒是那、那……有人在旁道:'鲁元已心许之。'阿翁这才当场敲定。"

刘肥此处提到之人,便是戚夫人。 闻刘肥所言,吕后便瞥他一眼,道:"陈糠烂谷之事,还提起作甚? 总之鲁元所嫁,甚合我意。 这张敖,端的是个好婿! 肥儿、盈儿,你们做人,都须效仿他。"

如此,四人杯觥交错,意兴盎然,竟从朝食时分,直饮到日暮,仍觉意犹未尽。 宴罢,吕后、惠帝与鲁元便起驾回宫。 刘肥恭送至大门外,似不经意间对吕后道:"孩儿入朝,已出来多日了,齐地诸事,实不放心。"

吕后便道:"你明日就回吧,有事再来。 有那稀罕海味,莫忘了孝敬阿娘。"

得此允准,刘肥大喜,连忙行大礼谢恩。

銮驾走后,刘肥进了客邸,即下令连夜收拾行囊,立即起程。众属官都觉惊愕,驷钧不由跳起,问道:"何不天明再走?"

卫益寿对众人道:"旦夕之间,生死殊途。 今夜若不走,鬼神也不知明日将有何事。 诸君为大王计,宁肯劳苦,也迁阔不得。"

众人这才恍然大悟，立时收拾好行囊，至夜半时分，开门望望街上无人，便拥着刘肥，快马向东驰去。

未及半月，刘肥一行便奔回了齐都临淄（今山东省淄博市）。相国曹参与刘肥之子刘襄、刘章、刘兴居、刘将闾等早已闻讯，皆在西门外恭候。

刘肥一路惊魂未定，此时仍心有余悸，诸子将他扶下车来，却是脚麻不能行走。抬头见诸子皆华衣袅服，便大怒道："竖子，只知享乐，全不解乃父之危！锦衣玉食，岂是平白从天上落下来的，你辈还能消受几日？我丑话在先，今日起务必收敛，阖门皆布衣蔬食，不许张扬，尤不许仗势欺人，只俯首做那犬羊便好。"

诸子不明就里，闻言皆大骇，伏地连声应诺。

曹参则道："诸公子皆有为，大王不必苛责。"

刘肥便苦笑："丞相有所不知……唉，不提也罢。"

刘肥回到齐王宫，还未进殿，便两腿一软，晕厥倒地。王后与众姬妾见了，慌忙将他扶起，挽回寝宫，又七手八脚灌下药去。

良久，刘肥方苏醒过来，望着王后，叹道："好歹保得一命，然可保得善终乎？"此后，竟大病三月不起。病愈后，亦不敢随意出宫了，万事有赖于曹参，每日只焚香而坐，少言寡语。

惠帝二年春正月起，天下各处，忽然频现异象。正月末，有齐国使者来报，说是兰陵县一户人家井中，有两龙戏水，三日间满庭金光，雾气蒸腾，至第三日入夜，忽又不见了。

吕后阅罢奏报，大惑，不知是吉是凶，喃喃道："两龙？其一乃刘盈也。还有一龙，又是谁人？"

审食其在侧低语道："正是太后。"

吕后瞥他一眼,叱道:"乱说! 哀家如何便是条龙? 此象,恐不是祥瑞,无须理会了。"

"兰陵县在齐地,或是应在刘肥身上?"

"闭嘴! 他哪里配。 或是他弄出的名堂,来恭维我也未可知,只不要理会便好。"

隔了几日,又有邮驿急报说:陇西忽发地震,山为之崩,水为之不流,百姓皆惊恐。

吕后更是惶惑,怏怏道:"今年如何连连犯冲? 总是那刘盈不得力。"

审食其便劝道:"新帝虽柔弱,然其心和善,仁声在外,天下皆服。 登位才及一年,尚欠历练,太后可无须焦虑。"

"你也休来宽慰我! 刘盈病愈后,不理政事,只伙着那个阂孺,昼夜厮混,哪还有个人君的样子?"

"总还是少年浮浪,不知缓急。"

"甚么少年浮浪? 老鼠之子,总免不了好打洞! 那失心翁,生前有个戚氏狐媚不算,还有个男宠籍孺,终日厮混,不男不女,实为改不了的闾里恶习。 他一归天,我便将那籍孺拘禁在永巷里。"

"应早为刘盈立皇后,便可约束。"

吕后摇头道:"正是这选皇后之事,不可匆促。 前太子妃吴氏,倒还听话,只可惜早早病殁,无福做皇后。 今议立皇后,倘若选人不当,便是引来了豺虎,哀家从此倒要多事了。"

审食其一惊,思忖片刻道:"难选亦要选。 皇后缺位,日久臣民皆有疑惑,今日若不着手,则永无选出之日。 选皇后事,总须耐心;况乎太后慧眼,于数万民女中,岂能无一人可选?"

吕后便拉下脸来，冷冷道："我择儿媳，你急的甚？ 吾辈今日尚体健，然天不假年，转眼吾辈便垂老矣，那新妇时日却甚多，渐渐使起心计来，天下还能再姓吕吗？ 你审郎，怕也要掂掂头颅的轻重了。"

审食其摸摸后颈，倒吸一口凉气："如此说来……此事倒也急不得。 臣想得容易了，还须听太后定夺。"

吕后便点了一下审食其额头，笑道："你知晓便好！"

由是，选皇后一事，便搁下不再提了。

至夏，天下又多事，各地大旱，民间哀鸿遍野。 吕后正在郁闷中，忽又闻萧何因筑城劳累，一病不起，不由就蹙眉："相国若离去，天下还成个天下吗？ 都是那失心翁弄鬼，要拉萧何下九泉，不愿我在人间太过清闲。 只不知何日，也要将我拉了下去！"言毕，便登辇出宫，急赴萧府，探问萧何病况。 在萧府中，吕后死死拉住萧何夫人同氏之手，悲泣了半晌。 临别，吕后叮嘱道："相国若不治，切勿过于心伤，哀家即封你为侯，食邑在沛郡鄪县（今河南省永城市），次郎萧延袭不了父荫，我也封他为侯。 你母子几个，好歹都有供养，不至于潦倒。"

回宫后，吕后即遣涓人往未央宫，知会了惠帝。 惠帝闻之，也是吃了一惊，连忙乘辇往萧府去，至榻前看望。 见萧何形销骨立，手如枯枝，不禁泪落如雨，慨叹道："相国一生，为汉家操劳，上为君，下为民，乃千古完人也。 不知千年之后，人间可还有如此好相国？"

萧何倚在枕上，气喘吁吁道："陛下言重了……萧某此生，做人亦有私心，畏君如畏虎，不能直谏其弊；见忠良蒙冤，亦不敢为之辩白，实不能称善德。 微臣一生勤谨，未负天下百姓，尽心擎画制度、订立律法，令朝野各有其度。老子曰：'天下有始，以为天下母。既得其母，以知其子。'我汉家，便是这天下之母。后世百代，也无非汉家之子，其貌虽异，其脉相承也。上下有序，尊卑不乱，和睦而致远，永绝秦之暴虐。如此，臣便可含笑瞑目了……"

一番话未说完，萧何竟力不能支。惠帝见了，又数度泣下，执萧何之手问道："君之心，朕已明了。请问君百年之后，谁可代君？"

萧何并未应对，只道："知臣莫如君，我又何必多言？"

惠帝忽忆起先帝嘱托，便问："曹参何如？"

萧何面露笑意，勉力挣扎而起，于榻上叩首道："陛下有此明见，臣死而无憾矣。"

一番话说完，萧何竟是汗流浃背。惠帝不忍，忙嘱萧何好好卧下，又劝慰了同氏几句，便打道回宫了。

同氏送走惠帝，返回屋中，忍不住埋怨萧何道："新帝大驾前来，不托付自家小子，却保荐曹参，直是内外不分了。"

萧何摇头道："我这一门，人丁单薄，可以传得几世？禄儿、延儿他们两个，只须知礼法，恭谨行世，便可以寿终。人之为人，数十年寿而已，还有何奢望须拜托皇帝？"说罢一摆手，便不再言语了。

惠帝探视未过几日，入了秋七月，萧何便再也撑不住，竟一夕病殁了。噩讯传出，上自吕后惠帝，下至列侯平民，无不心伤。

吕后唤了惠帝至跟前，望着庭中黄叶，一脸哀戚道："汉家诸旧臣，昔在芒砀山中，可谓新禾出土，枝叶繁茂，何其壮哉！今天下归我，却只见纷纷凋零，势无可挽。老辈已见下世的光景，你倒是少年无忧，只知与宫女、娈童勾搭，成个甚么体统？再乱闹，我必将那妖人阉孺，也丢进永巷里去！"

惠帝却不服气，叩首回道："儿生也晚，未见过甚么壮哉，所见唯有宫闱心机重重。内中是非曲直，亦无意分辨，只求今生可得尽欢。母后是见过壮哉气象的，治天下，如烹小鲜而已。朝中大小事，可全凭母后裁断，儿臣绝无半句异议。"

吕后听了，语塞半晌，遂挥袖道："不肖孺子，何时方能成大事？罢了罢了！萧相国薨，天下震动，你且去张罗诏书吧。加谥褒扬，为遗孀子嗣封侯，总要有个交代。"

隔日，惠帝便有诏下，谥萧何为"文终侯"，由长子萧禄袭爵。夫人同氏封为酇侯，次子萧延封为筑阳侯（封邑在今河北省故城县北）。

说起那汉家权贵子弟来，即便是金枝玉叶，也有不肖的。萧何后辈中，不守律法者大有人在，屡次获罪夺爵，竟至侯门中断。只因后来诸帝感念元勋，不忍见萧何后人为布衣，故而数次复封。至西汉末年，成帝又问起此事，查出萧何尚有玄孙十二人，皆为白丁，遂封长房为侯。后至王莽败亡时，萧家这累世侯门，方才告绝，其间绵延了二百余年。

萧何殁后，吕后还在伤心之际，又有诸吕子弟吕则，自沛郡（今河南永城市附近）来报："家父建成侯吕释之，日前于食邑沛郡薨了。"

吕后听了，泪潸然而下，似再也无力哀伤，只喃喃道："仲兄亦走了，何其急也……"

吕则回道："家父薨之前，唯惦念姑母。"

吕后拭去泪道："两兄不顾阿娣，甩甩手便走了。偌大天下，我一女流辈，如何撑得起？则儿，你今已弱冠否？"

"回姑母，侄儿年前便已弱冠。"

"甚好！看你模样，倒还壮硕，只是眉眼看似不正。今日袭了父爵，万不能仗着是国舅之后，便撒野。倘干犯刑律，莫要怪姑母寡恩。"

"侄儿哪里敢？天上掉下的福，享还享不及呢。"

岂料这位吕则，果然是个不成器的坏子，袭爵未满一年，便屡犯强占民田、掠卖人口等大罪。

御史大夫赵尧侦知，将案情呈上，吕后看了大怒："豚犬小子！没了老父管束，便如此滥污。若吕家子侄都似吕则，天下岂不转眼就要垮了！"

赵尧便道："《礼记》云'刑不上大夫'。贤侄终为国舅之后，此罪，可否宽缓？"

"休要！汉家说来堂皇，不过是乡邻结伙打了这天下，甚么国舅、国叔，牵连得多了，若都讲情，则汉律便成废柴！今后列侯子孙，凡有干犯律法者，即废爵除国，不容缓颊。不如此，数十年后，汉家怕就没了王法，又要出个陈胜王来！"

"若吕则废了爵，则建成侯的后人，便都成庶民了，着实令人怜悯。"

"此事有何奇？且必不为孤例。豪门子弟，多不知珍惜，不闹到国除，不会罢手。"

赵尧心有疑虑，一揖道："臣只担心，至百年后，列侯子孙不肖，将尽数废爵除国。"

吕后便仰头大笑："赵尧，哀家还须怜惜他们吗？"

却说刘肥装疯卖傻了一回，回到齐地，诸事便全付予曹参。时曹参在齐，辅佐刘肥，不知不觉已有九年了。

这个曹参，乃国之福星，不独勇猛善战，亦能知人善任。早年他曾为县吏，治理乡里颇有方，今见齐地广袤、百姓众多，便下令遍召国中长老入都，询问有何妙计。

那齐地本为礼仪之邦，虽经战火，先秦诸儒却仍有遗留，遍布四方，竟是数以百计。闻曹参召，一齐来到丞相府，各抒己见，百人百样主张，其说不一。曹参听了，只觉头晕，不知究竟哪一家高明。后闻说胶西有一位盖公，擅长黄老之术，是天底下难得的一位奇才，便出重金相邀，延至丞相府为幕宾，当面求教。

曹参对盖公执弟子礼，诚恳拜道："曹某虽为列侯，然仅有军功而已；治理一国之民事，并无过人之处。此番请公来，便是求教：百姓济济，各有其欲，如何能使之安分守己？"

那盖公一身布衣，白发皤然，眉宇间深藏沧桑，闻曹参有此问，便答道："治民之道，贵清净。在上者端然稳坐，垂拱而治，百姓自定。若居上发号施令者，自以为有千秋之才，一日百念，动辄出新，以翻覆天下为乐事，则百姓不敢治恒业、不肯遵礼俗，终日揣摩上意，藐视纲常，以图乱中取利。久必奸诈肆行，相害相杀，天下还可得安吗？"

曹参闻言一悚："先生之言，曹某闻所未闻，实在汗颜。请问：除陈弊，推新政，不是大有为之举吗？"

"有为无为，总以利民为上。丞相可细思之：暴秦既除，天下匡定，为政应求简，凡事不必翻三覆四。百姓治生，有如蔓草，贵在自生自长，无须你日日侍弄。如此，为政者心定，百姓亦身安，两下里都少烦恼。这即是老子所谓'不言之教，无为之益'，何必又再多事？"

曹参闻此言，面露敬畏，不由叹道："在下遇先生，真乃天赐！新鲜之论，足可以启心窍。然今后施政，关要之处为何？还请先生赐教。"

盖公捋须想了想，徐徐道："在下所论，无非类推，有何可称新鲜的？须知：天下大道，前后承续，非自你家而始！故前人之定规，后人不可轻易废之，尤不能如翻鼎镬，良莠皆弃。若全废前人之规，天下便成茹毛饮血之世，乱乱相生不已。居上位者，亦如坐炉灶，可有一日能安生乎？倘是执戟提剑，如临大敌，唯恐民化为盗贼，则天下竟成甚么样子？又焉能企望传承百代？"

曹参听得瞠目，拍膝呼道："哦呀……如此说来，吾辈昔日，竟似无智狂徒了！"

盖公微微一笑："动静之理，不可不察。守天下者，人心也，岂能倚赖刀剑而守之？"

两人相谈甚久，自朝至暮，不觉夜已深。曹参这才惊觉夜阑人静，忙起身揖道："有先生指教，齐地可保百世安泰。曹某为相，不可一日无公；自今夜起，我便避居别室，请先生居正堂，以为尊。"

盖公大惊，力辞不肯，曹参却执意要让室别居。如此推让良久，盖公只得允了，就在丞相府住下。

此后曹参施政，凡事必问盖公，得了指点，便无一不遵行。不数年，齐地即大治，民心皆服，百业繁盛。那刘肥得此良相，也乐得不问政事，愈加心宽体胖。

这年秋七月，曹参在临淄得了消息，知萧何病殁，心中便一动，急召舍人来，吩咐收拾行装。舍人顿觉大奇，问道："未闻召丞相，如何要置备行装？"曹参大笑道："吾将为朝中相国矣！"舍人半信半疑，却也不敢怠慢，将那行装连夜收拾齐备。

果然未过几日，便有朝使飞骑而至，召曹参入朝为相。舍人闻之，大为叹服，急忙搬出箱笼来，七手八脚装好了车。

辞别之日，丞相府一切政务，均移交给后任丞相齐寿。

曹参向齐寿交了印信，特意嘱咐道："齐地之狱市，托付于君，请任其自便，切勿惊扰。"

这"狱市"究为何物？后世解说不一，总之是包揽诉讼、贿买刑狱的集市之类。

齐寿甚感诧异："曹丞相，治齐之事，头绪万端，无有大于此事者？"

曹参正色道："齐寿兄，足下乃朝廷命官，我岂敢与你玩笑？此等狱市，乃藏污纳垢之地。大盗宵小，无不包容。君若急于建功，限期清除，奸人还有何地可以容身？必将四处流窜，糜烂地方，那便是你自找多事了。"

齐寿这才大悟，折服道："曹丞相治齐，天下有口皆碑，原来是以不动而制动！老夫受教了，必不去碰那蜂巢，免得自掌耳光。"

曹参笑道："正是。小奸不可穷究，正如溪谷之水，终是小患；若塞之，必溢成汪洋。"

待交接事毕，曹参辞别了刘肥、齐寿，这才从容上路。齐地各邑官民，一路迎送，自有一番风光。路上，曹参想起平素与萧何的恩怨，不由得心生感慨。

原来，萧、曹二人，早年同为沛县吏，私交甚好，无事常推杯换盏，情同手足。二人随刘邦起事后，仍为同僚，初时倒也相洽。 不料各为将相后，渐生嫌隙，竟衍成文武两党，纷争计较，连刘邦也无从调停。 封侯之际，刘邦力主萧何功高，位列第一。曹党一众心存不服，便更是激愤。

两人交恶如此，那刘邦临终遗嘱，却是推曹参可继任萧何，实为奇事。 更令人惊诧者，莫过于萧何托付后事，竟也推曹参继任。 消息传出，举朝皆疑，有那萧党众臣，心头自不能安，不知新相国就任后，朝政可会有翻覆。 若曹参计较前嫌，掀起政潮来，则株连无已，自家前程恐要不保。 更有那相国府属官，已追随萧何十余年，此时骤失护佑，都惶惶不可终日。

曹参一路思之，心亦不静。 思来想去，唯敬服萧何有远谋，不由自语道："萧党曹党，终是一党，哪有恁多计较。"于是打定主意：今后相府，一仍其旧，不可有一人因萧何而获咎。

车驾入都后，曹参即谒见惠帝，接了相印。 惠帝见到曹参，几欲落泪，哽咽道："汉家安天下，唯赖叔伯辈了……"

曹参连忙叩谢，神情恳切道："陛下切勿忧心。 曹某昨为先帝臣，今则为陛下臣，血染脖颈换来的天下，唯有舍命保之。"

谒见毕，曹参又转入长乐宫，谒见吕后。 甫一落座，吕后便热泪涟涟："曹公不老，哀家心可稍安。 先帝宾天逾两年，哀家方知治天下不易，若无老臣在朝，则天无维系、地无支脚，我一个妇人，如何能应付得来？"

曹参忙劝道："幸得先帝英明，早将那强枝刈除，令我辈坐享清平，朝无奸佞，野无盗贼，垂袖亦能治天下，太后请安心。"

吕后抹干了泪，又道："萧相国老成多谋，采集秦六法，修成《九章律》，明法令，减税负，十余年如一日，渐成定规。 你今继任，万事须谨慎。 哀家以为，欲保这天下之安，全在一个'守'

字。"

曹参急忙揖道："臣多年也知此理，绝不敢造次。入都路上，已将事情想通彻了，萧相国所为，便是臣之所守，半步不敢有所逾越。"

吕后闻此言，心内大慰，赞道："汉家本源，哪里是在汉中，分明就在沛县呀。无老臣，岂能有这汉家！"随即，又真心嘉勉了几句。

曹参忽想起一事，便横了横心，奏道："臣闻长安风传，先帝驾崩后，三日未发丧，乃是有人献计，欲除功臣，此议实令功臣心寒。"

吕后立显尴尬，脸色忽白忽红，急忙道："彼时哀家心伤，昏厥三日，中涓不知所措。剪除功臣之事，实属无稽之谈，公不可信。你等老臣谋国，无人可及，哀家心里已是有数了。倒有那躁进之徒，趁先帝病重糊涂，进了不少谗言。这笔账，哀家没有忘，留待日后再算。"

这一番言语，两人都去掉了心病，顿感踏实。曹参便谢恩告退，直入相国府，上任视事。

相府诸吏只道是新官上任，必驱使前任属官如马牛，却不料一连数日，曹参只闭门阅文牍，府中公文拟写、递送等事，全无变化。诸吏心中大奇，每日偷眼去瞄新主，不敢有所怠慢。又过了数日，仍是不见异常，且相府门张挂出告示，嘱属官一切照前任在时办理，不得存心讨好、过度用力。属官始信曹参并无掀翻鼎镬之意，心中都暗喜，一面大赞曹相有气度，一面私下里相告："来了一个不理事的！"欣喜之态溢于言表。

曹参全不理睬，仍冷眼旁观。先后费时月余，参透了相府事务大要，方入手择优汰劣。 先是移文各郡国，请代为招贤。 凡有口才木讷、不善文辞的，或从吏多年之忠厚长者，多多荐来相府，用为诸曹吏员。 原属吏之中，有那拟写公文格外讲究，意欲博取名声的，一概罢黜。 如此一入一出，相府风习立显笃厚，各安其分，再无人多事。

曹参这才面露笑意，每日赴公廨，略点一点卯，诸事便交属吏去办，自己与左右亲信聚在后园凉亭，朝夕饮酒。

如此数月过去，曹参入相不办事的名声渐渐传开。 有那朝臣大为迷惑，不忍见曹参毁了清誉，便纷纷登门，欲加劝谏。 曹参也不拒见，一概笑脸迎入，直将那来客引至凉亭，摆酒畅饮。 来客想表明来意，曹参却不容人开口，举杯便道："来来！ 历来美妇误事，大丈夫沾染不得；然醇酒却无害，不妨痛饮之。"

来客碍于情面，只得陪饮。 数巡之后，稍有间歇，正欲开口谈正事，却被曹参挡住，连连敬酒道："如何便不饮了？ 吾自临淄载来一车醇酒，经年也饮之不尽。 今日不饮，更待何时？"来客万般无奈，只得举杯应酬，如此一醉方休，片言都未曾说出。

此事传开，众臣不知曹参意欲如何，渐渐也冷了心，不再来劝。

主官既如此，相府上下，便无不窃喜。 众掾吏每日办完公事，见时辰尚早，便都聚在后园附近吏舍，结伙饮酒。 自暮至夜，呼喝歌舞，其声如鼎沸，远播于房舍之外，曹参只是浑然不觉。

有一亲随主吏翟回庆，乃从齐丞相府跟来，素未见过吏员有如此放肆者，心中生厌，然也无可奈何，便请曹参至后园深处一游。 曹参从其请，踱至花木扶疏处，闻听墙外有人醉酒歌呼，便回首问道："何人在相府近旁喧闹？"

翟回庆答道："此乃吏舍。"

曹参怔了怔，便笑道："这般小吏，从善学好，倒不曾有这样快！"便步出园去，直奔吏舍。

翟回庆心中暗喜，猜想相国此次定要问罪。却不料，只听曹参大呼道："尔等有好酒，何不分与我尝？快搬进园来！"

众吏探头出来，见是相国，都雀跃哗笑，七手八脚将酒坛搬进园中。曹参便拉了诸吏同坐，欢歌狂饮。忽见那翟回庆讪讪而立，一脸茫然，曹参便笑道："你也来坐！尔辈年少，未见过楚项王那凶煞。我每上阵，若不饮酒，如何有胆与他对阵？故而，酒为汉家胆魂，一日不可少。"

翟回庆无奈苦笑，也只得坐下，与曹参同饮。三巡过后，渐也引吭歌呼、放浪形骸起来，至夜深方罢。

诸吏至此，知新相通情达理，便不再畏怯，皆视曹参为浑朴长者。有那新来的吏员，不谙事务，偶有小错，曹参则巧为掩盖，不予责罚。众吏员见之，心中感念，都各自勤勉从公，府中波澜不兴。

曹参行迹，渐为众臣所知，有以为有趣的，有以为乃不祥之兆的。未几，也传入了宫中。吕后闻之，只会心一笑，并无言语。而惠帝闻之，则大为惊异，想自己终日饮酒作乐，声色男女，皆无碍朝政施行；若曹参也弃政而纵酒，天下岂不要没了章法？

"莫非曹相欺我年少？"如此一想，便觉坐卧不宁，有心过问，又恐母后责怪。

这日，正在闷闷，有曹参之子曹窋（zhú）入侍。时曹窋也在朝任职,官居中大夫①,常随惠帝左右,以备顾问。 惠帝便对他道:"正有一事想问你:令尊往日在齐,也是这般纵酒的吗?"

曹窑回道:"臣未曾闻。 臣自幼至长,从未见家父酗酒。 家父在齐为相九年,地广人众,简牍如山,他怎敢有片刻简慢?"

惠帝眨了眨眼,搔首自语道:"这便怪了! 如何今日位极人臣,反倒忽然散淡了?"

"臣亦劝过家父,家父只叱道:'小儿辈懂得甚么?'便再无多语。"

"也罢! 你今晚归家,寻个从容时机,私下为朕试问:'先帝方弃群臣而去,新帝尚年少,君为相国,身负天下之责,竟是每日纵酒,无所事事,又何以虑天下事?'然则,问归问,只不要说是朕嘱你问的。"

曹窑与惠帝年纪相仿,心思也相通,忙道:"臣近日亦甚忧,总以为是老辈衰退,日渐腐化,正想探个究竟。 陛下放心,今夜归家,臣便巧为探问。"

当日值殿完毕,曹窑稍事洗沐,便匆匆归家。 趁着近旁无人,遂照惠帝所嘱,向乃父发问。

这日曹参又饮得多了,正倚在榻上歇息,饮一碗羹汤解酒。闻曹窑突兀发问,不禁大怒,摔下碗盏,攘臂而起,大骂道:"小儿辈,牙齿还未生齐,来胡乱问些甚么?"说着,便命人取过竹杖来,喝令道:"你给我伏于地上!"

曹窑暗暗叫苦,却又不敢不从,只得趴下。

---

① 中大夫,汉朝官名,备顾问应对。

曹参抡起竹杖，狠狠笞打了曹窋二百下。打完，抛了竹杖，呵斥道："你给我进宫去入侍，不得归家！天下事，不是你来说三道四的。"

那曹窋无端受了责罚，也不敢叫屈，只得忍痛，由家仆搀扶着，连夜进了宫，将受责罚事禀告惠帝。

惠帝听了，顿时怔住，良久才苦笑了一下："真是两代不能共语。你受苦了，且去值殿房将息，明日朕亲自问令尊好了。"

次日朝会毕，惠帝唤来曹参，令其近前，面露不悦道："君昨日为何责罚曹窋？他之所言，乃我所授意，劝君勿因贪杯而废政，免得外间有非议。"

曹参一怔，急忙免冠，伏地请罪道："臣实不知。昨日还甚怪之：小儿如何议起大政来？不想是冒犯了天威。"

惠帝忙道："哪里话，君请平身。朕只问：其所言若为实，又何必在乎年齿少长？"

曹参并不起身，却反问道："陛下请自察，若论圣武英明，陛下与高皇帝比，谁高？"

"朕哪里敢攀比高皇帝？"

"那么以陛下所见，臣与萧何比，谁贤？"

"这……君似不及萧何也。"

曹参这才展袖起身，一揖道："陛下所言极是。昔年高皇帝与萧何定天下，明订法令，擘画规模，陛下才可以垂袖而治，臣曹参可以守职而行。前人有定规，后人遵而不失，难道不好吗？"

"原来如此！君之所虑，原是为安天下。"

"正是。天下之大，连山带海，万民生养其间。朝中动一寸，民间便动至千百里。因此，动不如静，静不如有矩。人若知进退，又焉用鞭答？ 民若知敬畏，又何必以刀剑相逼？"

惠帝张目视之，恍然大悟，拍掌道："好好！ 君无须多言了，我已尽知。 你且去歇息吧。"

曹参一笑，从容退下。 惠帝望其背影，感慨不止："萧、曹，到底是老臣！ 行止如父，万民便恭顺如子。"

惠帝所叹，确也不虚。 那萧何胸有大谋，其生前规划，惠及千年。 以《九章律》匡正天下，礼仪纲常，上下尊卑，有如车轨分明。 从此官民行事，皆知不逾矩。 曹参继萧何之职，亦步亦趋，不为沽名而另起炉灶，终在汉初的草莽中，渐渐开出一片太平来，用心同样良苦。

这一段掌故，传至后世，便演成了"萧规曹随"的成语，流传至今不废。

三

太后无计
救审郎

常言道：流光易逝，日月如梭。身居太平时日，就更是如此。自惠帝登位之后，四海升平，内外都无祸乱，百姓只顾埋头稼穑，操持商业，堪堪便是第三个年头了。

至惠帝三年（前192年）春上，吕后与相国曹参商定，再次征发长安一带民间男女，共十四万六千人，服役三十日，修筑长安城墙。此次工役，朝廷仍是信守承诺，到期即止，绝不多一日。百姓也舍得用命，碌碌如蚁，将长安城东西两墙各起了一段，建好了宣平门、清明门、雍门等几处城门。门扇皆为厚重松木，上覆铜皮，各有九九八十一颗铜钉，坚固异常。

工役完毕日，吕后偕曹参、审食其等一干人，至城下察看。仰望城墙巍巍，向北呈拱卫状，吕后拊掌大喜："唔，今年看出模样来了！"

曹参道："如此修筑，还需两年方能完工。"

审食其便建言道："可于秋后禾熟，再征民夫。"

吕后眉毛一竖，断然驳道："哪里！你我都种过田，民力易疲，万不可一年两征。"

审食其便又建言："或于今夏，再征诸王及列侯门下徒隶，可不伤民力。"

曹参一喜，附和道："此议甚好。"

吕后想想，便颔首道："也好！勋戚们也出些力，都不要坐享其成了。"

曹参道："微臣这便筹划，入夏即开工。"

"那么，曹相国劳苦了！"

"微臣无能，还是萧相国打的底好。"

吕后瞥了曹参一眼，嗔道："你们这二人！活着时节，斗个死去活来，死了又念着人家的好。"

审食其便大笑："恩怨分和，人之常情也。譬如汉与匈奴，或分或和，亦是变幻无常。"

吕后心中忽有所动，便问曹参："万一匈奴来犯，如今可击灭否？"

曹参沉吟道："这个……恐还需休养生息。"

吕后便觉失望，淡淡道："哀家知道了。"

此时吕后所担忧，并非无缘无故；此后没几日，匈奴那面，果然就有动静。

原来，冒顿单于自忖与刘邦较量多年，所获却不多，汉降将也或死或灭，想想便觉郁闷。两年前，闻听刘邦驾崩，起初尚喜，后数月，心中忽觉戚戚，颇有些悔：为何白登之围放走了刘邦？如此一来，今生便不能与刘邦决一雌雄，实令人懊丧。

两年来，冒顿连番遣出斥候，潜入汉地，打探到惠帝荒淫、吕后专权，心中便冷笑：如此样子的汉家，就算踏平了，也胜之不武。

冒顿想到，吕后死了夫君，自己也刚死了阏氏，忽便起了玩心，命人拟了国书一封，语多调侃，遣使呈交吕后，要试上一试，若吕后回复不当，便兴兵犯汉，扬威给这老妇人看看。

暮春时节，匈奴使臣驰入长安，面谒吕后，当面呈上国书，口称："吾家单于，远居漠北，前年惊闻汉天子驾崩，惜因路途遥远，不能来会葬，至为抱憾。今欲与汉家世代联姻，永结友好，特呈递国书一封，再开和亲之议，望太后恩准。"

吕后不禁诧异："你家单于胃口倒好！那白登解围后，不是已有汉公主嫁去了吗？今又来索公主，哀家膝下，哪里有恁多公主？"

那匈奴使臣略微一笑："吾家单于，所慕并非汉公主。太后览过便知。"

吕后便开卷亲览，只见匈奴国书所言如下：

天地所生、日月所置匈奴大单于
　　敬问汉太后无恙

　　吾乃孤愤之君，生于沼泽之中，长于平野牛马之城，数至边境，愿游中国，惜乎迄今未曾如愿。近有所闻：太后陛下亦孤愤独居，郁郁寡欢。如此汉匈两主不乐，无以自娱，岂非谬乎？愿以吾之所有，易陛下之所无。

吕后浏览一遍，似未明其意；又看了一遍，方读懂——这是冒顿在漫语调戏！当下脸色就一变，怒视匈奴使臣。

那匈奴使臣早有所备，只略略一揖，便昂然而立，一副生死由之的模样。

吕后眼中冒火，与匈奴使臣对视良久，忽一挥袖道："你且退下，三日内，哀家自有答复。"

待匈奴使臣下了殿去，身旁宣弃奴急忙问："胡虏所言何为？"

吕后忽地站起，将匈奴国书狠狠掷于地："冒顿找死！ 去召诸大臣来。"

未几，朝中重臣聚齐，吕后面带怒意，以匈奴国书示之，道："今冒顿来书，无礼之甚。 哀家自幼以来，从未遭过此等侮辱。以此看，北地之虏，只配世代做狐兔，终不能论礼义廉耻。 我意立斩来使，发举国之兵征讨，要教他知：天朝虽是孤儿寡母，亦不能欺！"

樊哙便双目圆睁，抢出一步道："发兵自是不在话下。 还有那来使，只烹了就好，无须心软。 然不知匈奴国书中，冒顿胡言乱语了甚么？"

吕后火气上涌，张了张口，却是涨红了脸说不出，便将国书抛给陈平："你阅罢，转告诸臣。"

陈平展开卷，读至一半，脸色便惨白；待读至末尾，手颤几不能持卷。

樊哙忙问道："那胡虏，放了些甚么屁？"

陈平脸亦涨红，支吾不能答："这、这个……说不得呀。"

樊哙便发急："仓颉造的字，谁有你认得多，莫非全都吃到了狗肚里？ 这百十个字，如何就说不得？"

吕后此时却厉声道："陈平，你可以说！"

陈平惶急，向吕后一揖："遵旨，恕臣大逆不道。"

樊哙便道："冒顿无礼，与你何干？ 你昔年私放我生路，何其果断；如今读一封胡虏书，如何就扭扭捏捏？"

陈平只得硬起头皮道："那冒顿，近日死了浑家……"

"那阏氏死了？ 好事！ 何不连他冒顿一起死掉？"

"大漠夜长，冒顿饱暖而无事可做……"

"想女人了？ 死了一个阏氏，不是还有汉家公主吗？"

陈平瞥一眼樊哙，苦笑一下："冒顿此书，专致太后。"

廷上诸臣，多半猜出了分晓，不禁色变。 唯樊哙懵然不知，追问道："他与太后，有何话可说？"

陈平支吾片刻，脸愈发红，冷不防吕后又一声喝："说！"

"冒……冒顿此书，是'关关雎鸠'之意。"

话音方落，满朝文武立时哗然。 樊哙初未听懂，见诸臣愤然作色，忽就猜到原委，不禁暴怒："甚么？ 莫非他活吞了野牛，如此大胆？ 使者在哪里，我要手撕了他！"

吕后便叱道："朝中重地，你好好言事！ 撒你那屠夫的泼，有何用？"

樊哙脸一红，自辩道："臣樊哙不才，然夺关斩将，还不输于他人。 今愿请兵十万，直捣漠北，活擒了那冒顿来，在此处抽他一百鞭子。"

吕后面色稍缓，忽问道："你而今叫个甚么侯？"

"舞阳侯。"

"哼！ 只不要似那秦舞阳，大言敢刺秦王，却临阵失色。"

"那秦舞阳算个甚？ 我这军功，是阵上斩首而得，一刀一头，岂有虚夸？ 臣亲手砍头的，死尸都有上百车，还怕他个长城脚下的蟊贼？"

樊哙话音未落，却见一人出班，叱道："樊哙口出狂言，当斩！"

吕后与诸臣吃了一惊，都转头去看。 樊哙更是瞋目而视——

是何人有此狗胆？

待众人看清，却又一惊：此人，原是中郎将季布。

此时朝中，资历与季布相当者，已然不多。众人大出意料，都屏息静听，不知这位楚降臣要说甚么。樊哙见是季布，一腔火气不觉已泄掉一半，只在鼻孔里哼了一声："季布将军，素知你重然诺，不出大言；今忽然大言惊人，是想以我人头邀功吗？"

季布前移两步，向吕后一揖。吕后会意，略一点头，季布便回头，戟指樊哙道："昔年先帝北征，发三十万大军至平城，为匈奴所困，于白登山上徒唤奈何。那时樊哙你，又在何处？"

樊哙万想不到，话头会扯到白登山去，顿感大窘，勉强答道："我为王前驱，正在步军前锋中。"

"亏你还记得！先帝御驾亲征，文武随行，马步浩荡，挟连胜之威而进，反为匈奴困住七日七夜。曾有歌谣流布天下，市井小儿，皆当街歌之：'平城之下亦诚苦，七日不食，不能彀弩。'饿得连弓弩都拉不开了。樊哙，此情此景，你是否亲见？"

"那是自然。白登山上，卵也没有一个。我挖地三尺，也挖不出个薯头来。"

"如此看来，你记性尚好。高祖雄略，驱兵三十万，尚无功而返，险些脱身不得。今若有人称举十万兵马，即能横扫大漠，岂非弥天大谎？汉家规矩，从何时起竟浮夸至此？一日不吹，便不能饭乎？自古大言欺世者，非奸即盗；不斩，又何以正天下？"

一番雄辩，说得樊哙哑口无言，只能嗫嚅道："大言固是大言，然如何就能扯上奸邪出来？我樊哙即便无能，总还是出了些力，何至于今日便要杀头？"

季布也不理会他，转身向吕后揖道："夷狄习俗，与中原有异；他视为白，我看却黑，又何必与他一般见识？冒顿有好言，我不必喜；冒顿出恶语，我不必怒。只以天朝大度化之，不信他不知人间羞耻。先帝不报白登之仇，便是要与民休息，不欲以征战伤民。我辈谨遵此道，也就是了。那冒顿，也未必有胆深入汉地。他若欲图中原，发兵便是，又何必来一封国书，争言辞之强？臣之意，冒顿虽鲁莽，此次还不至南犯，巧为周旋即可，不宜轻言征讨。"

再看那吕后，满脸怒气早已不见，却是换了一副笑意，对季布道："好个季布，说得有理！无怪先帝特予你优容。也罢，无须再多说了，哀家心已明，此事我自去了断。你秉性忠直，天日可鉴，不要说诸臣，就连哀家也是服气的。日后相国出缺，恐非你接任不可了。"

季布连忙谢恩道："谢太后心意。臣季布于汉，无尺寸之功，唯有仗胆谏言，方可无愧于心。"

吕后大喜，起身挥袖道："今日朝会，到此便散了吧。汉家若多几个季布，我还可睡得好些。"

樊哙立时满面涨红，面朝季布，连连作了几个揖："恕在下无礼。"诸臣便一起打圆场道："免了免了，改日请酒便好。"

散朝后，吕后唤住中谒者①张释，命他拟回书一封，答复冒顿。既要词语谦卑，又要柔中带刚，婉拒冒顿求婚之意。

张释听了，面露难色，迟迟不肯应诺。

吕后见此，不由奇怪："这有何难？"

---

① 中谒者，秦汉官职名。汉初掌天子冠服礼制，后掌文书上传下达，与谒者相似。灌婴曾任此职，后多为阉人担任。

"恕臣驽钝。臣平日草拟诏书，无非宣谕上意，告知天下，为天子代笔而已。太后所交代回书之语，却似小家妇求人免赊欠，万难下笔。"

"混账话！"吕后不禁发怒，"哀家死了夫，不就是个小家妇！你便照我旨意写，求冒顿放过哀家，我可答应送他些车马。"

张释不禁瞠目："太后……"

"你也无须惊诧。汉家新起，百事皆弱，拼全力灭了一个项王，却是再无力灭一个冒顿了，若不卑辞下礼，又有何妙计？好在冒顿亦是性情中人，尚不至穷兵黩武。你若实在为难，可去请教辟阳侯。"

张释得了旨意，掉头便去找审食其。审食其听明来意，也是苦笑，遂与张释在灯下苦熬半夜，斟酌再三，终将回书拟了出来：

奉天承运汉皇太后敕谕
　　匈奴冒顿单于知悉

　　单于不忘敝邑，赐之以书。敝邑朝野恐惧，唯求自保，且哀家年老气衰，发齿堕落，行走失度，岂能为单于解忧？单于所闻，乃敝邑人民阿谀哀家之词，单于可明辨虚实，实不足以自污。如能蒙赦，则哀家万幸。今有御车二乘、马二驷，以奉常驾。

张释誊写毕，默读一遍，吓出一身冷汗来，忙问审食其道："辟阳侯，如此写下……妥乎？"

审食其拿过来，也默读了一遍，松了口气道："可矣。去呈太后过目吧。"

吕后次日早起，看到了草稿，果然满意，道："便如此吧！连同车马、礼物，交与来使，命他带回去，禀明单于。"

张释领命，便携了回书、车马，往典客府去见匈奴使者。那使者正在馆舍中打坐，等候随时有枭首令下，不料有典客丞来报，说太后有回书下，并赐予单于车马若干。

那匈奴使者闻听，疑似做梦，连忙起身出中庭，迎住张释，行了个大礼，接过回书。再偷看一眼张释，见他神闲气定，执礼甚恭，似全不知冒顿来书所言。那使者忽就有些惭愧，忙向张释连连作揖："鄙邦下臣，至天朝，手足无所措，冒犯之处数不胜数。今返国，当力陈汉匈不可交恶，只宜各司农牧，互通有无，结下万代的亲家才好。"

张释应道："在下昨日问过我朝太史，太史言：匈奴本为夏后氏苗裔，长居漠北，与中夏渐渐远了。然汉匈一家，自是无疑。至于和亲事，汉匈婚俗，略有不同。在我汉家，寡嫂如母，那是万万娶不得的。"

匈奴使者大惑："这个……在我漠北，娶寡嫂，乃天经地义事……"

张释便一笑："足下不必疑惑，百里不同俗，不知者，不为冒犯。"

那使者想想，便也一笑，连连作揖谢道："我君臣不谙汉俗，冒犯天朝了。太后反而以德报怨，送了这许多礼物，敝邦君臣，真愧不敢受呀。"

张释一笑，也回礼道："如此薄礼，不成体统，然为吾家太后心意。汉新兴，国力不济，更无意启衅。单于陛下有余力，可往长天阔水处施展，汉地湿热，禽畜肉亦不香，北人长居，似不宜。"

"正是。下臣留居方数日，已颇不耐，恨不能裸身往来，以解暑热。臣返国，定将太后旨意携回，劝谏单于和亲，致两国无事。"

次日，张释与典客带了随从仪卫，亲送匈奴使者出厨城门，至郊外三十里方罢。那使者感激不尽，别了张释，快马驰回漠北去了。

待返回北庭，见了冒顿，使者便详述了汉家礼遇、婚俗互异等各节，并递上回书，回禀道："汉君臣只说，匈奴本为夏后氏苗裔，汉匈古来为一家。然汉家风俗，不与我同：兄死，寡嫂如母，弟决不可娶寡嫂。娶了，便是逆伦。"

冒顿便一怔："哦？夏后氏？说远了，说远了……"忙拆了回书看，读之再三，不觉大惭，觉自家前书语言轻慢，多涉不雅，若载入汉家史书，则万代留有污名。于是，脸一阵涨红，又问使者道："汉家君臣，还有何言语？"

使者答道："汉家君臣，各执卑辞，待臣如上宾，只说汉匈如兄弟，相杀便是自残，徒令天下笑而已。"

冒顿便拍了拍案几，摇头道："夏后氏不夏后氏，那是老祖宗之事了，然两家相交，总有个礼数，前书确有不妥，大不妥！教人笑我逐水草而居，不识大体了。如此看来，你也歇息不得了，汉太后赠我车马，我当回书称谢，还须你明日再跑一趟。"当下，便命人草拟了谢书一通，交给使者，次日再赴长安。

半月后，使者驰入长安，递上谢书。吕后拆开来看，其文如下：

匈奴大单于

　　敬问汉太后无恙

　　前书唐突，语词多谬，实乃胸次狭小之故。今幡然醒悟，心
有不安。蒙太后无端赐予车马，更为抱惭，特遣使入谢。某世居
塞外，不习中国礼仪，行止乖张，还乞陛下宽宥。为表诚意，今献
马数匹，另乞和亲。汉家公主来北，知书达理，艳若翩鸿，敝邦臣
民仰之若天神，绝无厌其多之理，务允所请。

　　吕后阅毕，知烽烟已消，不由松一口气，笑道："左要公主，
右要公主；这冒顿，没见过女人吗？　张释，传令宗正①，在宗室中
选出一女，充作公主，嫁与匈奴。"

　　张释迟疑道："前回假冒，匈奴即助陈豨反；今又假冒，恐单
于心有怨恨……"

　　吕后便大笑："和亲，就是心照不宣，他哪里会在乎真假？　若
每次都索要真公主，汉家岂非专为匈奴生女了？　今后和亲，一律
为假，假冒即从汉家始，我亦不惧，史官要骂便骂！　宗正府那
里，你自去传令好了。"

　　"往宗正府传令，还是有个手诏为好。"

　　"哪里需这般啰唆？　你张释开口，便是哀家开口，谁还敢不
信？　办和亲事，你有大功。　论办事，中涓上百人中，阉宦与不阉
的加在一起，无人能及你。　即日起，哀家便赐你冠带金珰，统领

---

① 宗正，汉代官名。九卿之一，掌各诸侯国宗室名籍、罪人、公主、属官等。

诸谒者，为汉家守好规矩。"

如此旬月后，长安城里喧闹非凡，轰轰烈烈嫁走了一位宗室女。冒顿得此汉家窈窕女，如马吃夜草，喜不自禁，从此偃旗息鼓，再不生事了。

此后汉匈之间，又得数十年相睦，几无边患，皆得益于吕后这隐忍一念。

至年中，外患才消弭于无形，朝中却又闹出事来，直惹得长安百官奔走相告，物议汹汹。

其事原本起自微末，不想竟牵动太后，险些酿成政潮。原来这一日，惠帝早起，正待吩咐涓人摆酒，却见相国府送来的奏报堆积案头，心下便不快。

汉家理政，向由相国总揽，主持廷议，拟写奏稿，送达皇帝处。皇帝阅过，或准或驳，将文牍再返回相国府，下达至郡国各处。

惠帝自受戚夫人事惊吓，便不再理政，相国府来文，皆于朝食之前，由涓人送往长乐宫。太后于当日逐一阅过，稍作批答，再返回西宫，由西宫发还相府。日复一日，不厌其烦。

这日惠帝见文牍甚多，不由火起，唤来闳孺，吩咐道："你这便往长乐宫去，面禀太后：今后相国府奏稿，直送长乐宫。太后批答完毕，径返相国府，又何必来西宫绕路？"

闳孺会意，即从飞阁前往长乐宫，求见吕后。

惠帝自己洗沐罢，便在未央宫偏殿，命人摆了一席酒，只等闳孺回来对饮。

等候多时，闳孺方迟迟而归。惠帝不耐烦，嗔道："小事，如何办得如此拖沓？"

阄孺辩解道："我总要见到太后，方能办得成。"

惠帝心本不顺，忽就拍案大怒："狡辩，看我笞你！ 太后行街去了吗？ 如何一时三刻还见不到？"

阄孺见势不妙，连忙跪下，连连叩首道："陛下息怒，气坏了身子，小的心疼。 其实，小的还算面子大，长乐宫涓人见了我，立时去禀太后，无奈太后在辟阳侯处……"

"甚么？ 太后一大早，如何能在辟阳侯邸中？"

阄孺脸一白，知道自己说漏了嘴，恐惹上杀身之祸，连忙改口道："不是不是。 小的昏了！ 太后是在那、那……"

惠帝心中灵光一闪，觉此事大有文章，反倒将怒气压住，一招手道："你移近前来，从实禀报，朕恕你无罪。 朕只问你，太后如何能在辟阳侯处？"

阄孺见此，愈发惊惧，只得道出实情来："这、这……辟阳侯昨晚并未出宫。"

惠帝不由忽地起身："竟有这事？ 他不回宫，宿于何处？"

"宿、宿于地宫。"

"甚么地宫？"

"陛下不知，长乐宫各殿，都有先帝姬妾私挖的地宫，尤以太后椒房殿地宫最为宏阔。"

"堂堂屋宇，还不够用吗？ 要那地宫有何……"惠帝说到此，忽然明白，不禁气血上涌，"你……你是说，太后与辟阳侯在地宫里苟且？"

阄孺慌忙叩首道："小的不敢。"

"此事，有几多时日了？"

"宫中皆传，先帝未崩时，便已有事。"

"啊？廷尉府是作甚的，如何无人奏报此事？"

"陛下，那廷尉府，如何敢稽查太后私事？"

惠帝顿时气结，一屁股瘫坐于席，喘息道："群臣欺我，竟然瞒我恁多年！"

闳孺连忙过来为惠帝摇扇，低声道："诸臣皆恨辟阳侯佞幸，只因事小，尚不至动摇国本，故不欲多言。"

惠帝又涌起怒气："母仪天下者，与人私通，还不动摇国本吗？上有好之，下必甚焉，天下就是如此败坏掉的！"

闳孺连连赔笑道："陛下，小的只懂斗鸡走狗，论这些纲常，可请叔孙先生来。"

惠帝一把夺下团扇，恨恨道："我不请叔孙通，我要请御史大夫来！你去，传赵尧入见。"

不多时，赵尧应召前来。惠帝便屏退左右，低声道："御史大夫，朕要问一个人。"

赵尧意态从容，一揖道："陛下请问。百官行迹，臣皆了然于胸，无须再翻查名籍。"

惠帝拊掌笑道："好！好一个活簿册！听着，朕问的是审食其。"

赵尧闻言一震，顷刻面如土色："这个……"

惠帝一笑："休要怕！我只问他守法与否，可有干犯法纪事？余者，概不涉及。"

赵尧这才回过神来，应道："有、有！辟阳侯一贯倚仗恩宠，作威作福，又纵容子侄为非作歹。历年来，收容奸宄，强占民田，可说是无恶不作。陛下欲治他罪，他即是有九条命，亦不能抵罪。"

"如此，为何不早早报来？"

"恕臣失职，然亦事出有因。我若今日举报辟阳侯，则明日或就身首异处矣！"

"审食其，竟猖獗至此乎？"

"他从龙有功，披了一张白净的皮；揭去这皮，则五脏六腑皆黑。"

"此人恶行，该当死罪的，有几件事？"

"或有五六件。"

"那么，他是否常留宿后宫？"

赵尧登时冷汗直冒，扑通跪下，叩首如捣蒜，语无伦次道："这、这……那个……"

惠帝挥了挥袖道："你平身，起来说话！此事若不是阕孺提起，朕还在糊涂中。关天大事，你御史大夫如何要装聋作哑？"

赵尧浑身颤抖，几不能对答，结结巴巴道："此事……大臣多半知之，何人又敢言？非不忠君也，实在是……畏惧太后。"

"这也难怪！审食其留宿罪一节，就不必提了。赵尧，朕容你两日，将所有案由详细写来。也无须以御史大夫名义，只拟一道密折给朕即可。究治之事，亦不劳君费心思，另交廷尉府去办。"

赵尧面露兴奋之色，小心问道："陛下，密折所述，应从略还是从详？"

惠帝望着赵尧，笑道："刀笔吏之功夫，不可小看呀！有朝一日，朕若是落在你手，怕也是有理说不清了。此案，朕之意——你且听好——要教他审食其死。"

赵尧忙叩首领命："臣知矣！ 只几个字，便可教他难活。"

只过了一夜，惠帝晨起，尚未及洗沐，赵尧便有密折送入。惠帝急忙展开来看，神色渐变。 初时哂笑，继之瞠目，再之拍案而起："这还了得！"

原来，赵尧承接周昌严谨之风，办事干练，对文武重臣察督甚严。 大臣日常结交、贿买贿卖、子弟劣迹等诸事，无不记录在册。 此次奉惠帝之命，连夜查卷，写成密折，隐去审食其之名，开列了他罪状十余条。 诸如屋宇逾制、私藏叛臣、强占民田、指使子弟盗掘陵墓等罪，哪一条都足以枭首。

最骇人听闻者，无过于草菅人命。 因审食其与太后有私，常留宿宫中，却疑心自家妻与一御者私通，遂暗嘱心腹，将那御者鸩杀，悄悄葬于府内后园，谎称其逃亡。

惠帝思忖片时，便命人急召廷尉杜恬入宫。 少顷，涓人便来报，说杜恬已至。 惠帝抹了把脸，便命宣进杜恬，将那密折交给他看。 杜恬看罢，大吃一惊："何人如此狷獗？"

惠帝反问道："列侯中，有胆量戳破天的，可有几人？"

杜恬仰头想了想，摇头道："樊哙胆大，然不至卑琐至此，且前次险遭斩首后，已收敛了许多。"

惠帝便用手蘸了盥洗盆中水，在案上写了大大的一个"审"字。

"啊，是他？"

"除他以外，何人还能有此胆？"

杜恬便心明，躬身揖道："陛下请明示，应如何处置？"

"关押诏狱，无论他招与不招，均以密折所奏论罪。 按《九章律》若当斩，斩了就是！"

杜恬不禁吃惊："这个……辟阳侯乃从龙功臣。"

惠帝面含怒意，道："从龙之臣，更要检点。如此骄横，岂不是要将天下坐垮吗？"

"臣遵命，然辟阳侯一向显贵，微臣进门拿人，恐他属下不服。"

"这个容易。朕赐予你错金符节，不服者，斩！"

杜恬得此旨意，精神大振，当下接过错金符节，领命而去。不过半个时辰，便点起廷尉府曹掾、差役百余名，带了囚车一乘，浩浩荡荡开至审氏府邸前。

那审府门上司阍，平素扬威惯了，见有众多官差围住府门，不禁恼怒，呵斥道："何处衙门的？唤你们主事的过来！"

杜恬拨开众人，上前道："在下杜恬，当朝廷尉，奉圣旨，到此拿人。"说罢，拿出错金符节一举："有圣上符节在此，拦阻者斩！"

未等司阍答话，众差役便一拥而上，将司阍按倒在地。那司阍还想喊叫，杜恬一挥手道："我拿人，最恨喧闹，教他闭嘴。"

差役得令，纷纷抢起水火棍，一阵痛殴，眨眼便将那司阍打得瘫软在地、气若游丝。

杜恬冷笑道："再喊，片刻之间，我教你做鬼。"说罢便踏上门阶，喝令众人："进门，拿辟阳侯！"

众人齐声然诺，一股脑冲入府内，见人就逮，逐个查问。

此时，审食其还在酣睡。审夫人闻说不知何处有司来逮人，慌忙跑来唤醒丈夫。

审食其惊而坐起，听窗外一片嘈杂声，不由大怒，反趿鞋履，奔出屋门来，厉声喝道："是何方来人？知此地乃何处吗？"

杜恬从人丛中走出，略略一揖："审公，有所打扰。在下杜恬，奉上谕，请审公至诏狱说话。"

审食其顿感大奇："你？杜恬，杜廷尉？要逮我至诏狱？"

"正是，请审公移步。"

"笑话！汉家地面上，能逮我入狱之人，恐还在娘胎里。"

"非也！"杜恬将错金符节一举，"今上有明令，逮辟阳侯入狱，其余人不问。有拦阻者，斩！"

"荒唐！我从龙之时，你竖子尚不知在何处，今日竟敢来拿我？"

"审公也不必摆功。若论从龙，在下为周苛大夫部将，不可谓无名之辈。审公身陷楚营时，我正在荥阳激战，如此军功，逮一两个人，还欠甚么资历吗？"

审食其怔了怔，忽就大笑："堂堂汉家，竟有人上门逮我，是变天了吗？"

"审公，天不变，道亦不变。触刑律者，难逃罗网。审公若识时务，请跟我走；不然，在下这些属员，却是不讲道理的。"

审食其欲吩咐家臣，速去宫中求告太后；然举目一望，众差役手执棍棒，已将各个出路死死扼住，只得仰面长叹一声："今日事，吾认命了！"

杜恬见审食其已无计可施，便退后半步，一揖道："辟阳侯，请！"

审食其无奈，只得回揖道："既是公事，就请便吧。"

杜恬微微一笑："那么，恕在下失礼了。"便一扬手，众差役蜂拥上来，七手八脚，褪去审食其衣袍，给他戴上木枷，推向门外囚车。

转瞬之间，审食其昔日威势，便荡然无存，被差役如狼似虎呵斥，一路踉跄。街上闲人见此，皆大惊，纷纷上前围观。审食其披发戴枷，愤激呼道："呜呼，汉家！这还是汉家了吗？……"

杜恬猛一甩袖，喝道："审公，请住口！当众毁谤朝廷，罪加一等。有话，还是诏狱里面去说。"

审食其白了杜恬一眼，恨恨两声，自是不敢再多言。

将审食其押解至诏狱，杜恬便唤来狱令姚得赐，吩咐道："此乃钦定重犯，不得与外人交通。如私自引外人相见，我便要取你项上人头。"

那姚得赐，便是当年看管过萧何的旧吏，见审食其被解至，心内便一惊。因当年曾受过萧何教训，故不敢再凌辱高官，只将审食其在别室安顿妥帖了，好酒好肉地供着。

审食其心知是惠帝作梗，也只得自认倒霉，然想想有太后在上，惠帝又敢如何？于是也不在意，想着不出三五日，太后必定出手干预，便安下心来，日日与狱令对饮，聊以解忧。

不料一连过了六七日，外界全无动静。唯有杜恬每日来提堂，欲将若干罪状逐一坐实，只顾翻来覆去审问。

审食其不胜其烦，拣着微末之罪认下了，遇到重罪便闭口不言。杜恬倒也不紧逼，只将那旁证一一罗列，深文周纳，容不得审食其有半分狡辩。审食其便在心中哀叹："人倒运，恰似荒郊野外落井，无人援手，如何连太后也无声息了？"

原来，审食其被逮当晚，其妻便奔入宫中求见，向吕后哭诉道："廷尉府逮人，所为者何？竟无一个名堂！问了多处衙门，怎的人人皆语焉不详？"

吕后满面尴尬，也不知说甚么好，只安慰了几句："你固然是急，然哀家也是急！只是那拘令，由皇帝所出，我亦不可逾制放人。刘盈亲政以来，羽翼渐丰，不比在沛县那时了。你暂且回去，容哀家另想办法。"

审妻走后，吕后心内将刘盈骂了千百遍，吩咐宣弃奴，速去西宫打探，审食其因何事被逮及罪名轻重。

过了半晌，宣弃奴返回禀报道："陛下见了小的，听了太后所问，只命小的回禀太后：辟阳侯行为不检，曾留宿宫中，由此查出他罪名繁多，拢共有窝藏叛贼、擅杀家臣、贿卖官爵、纵容子弟盗墓等一大堆，系由廷尉府侦知，罪证俱在，正依律定罪。陛下有旨：无论何人欲说情，须有理由，可赴未央宫言明。"

吕后闻此回报，不由大惭，斜瞟了宣弃奴一眼，满面涨红道："须有理由？"便颓坐于榻上，连声叹气。心想与审食其有私这一节，如何在儿子面前说得出口？倘不言明这一节，刘盈又如何肯放人？欲往相府找曹参疏通，想想同样也是难开口。如此纠结至半夜，仍是无计可施。

宣弃奴在一旁看不过，几次催吕后就寝。吕后只是苦笑："孤家寡人，如何睡呢？"

宣弃奴见惯了太后与审食其私情，并不以为怪，便劝谏道："辟阳侯事再大，不及太后安康事大。他是大臣，自有大臣来救。"

太后闻言，心中便一亮：审食其是沛县旧部，朝中诸重臣亦是沛县人，闻审食其被逮，难免物伤其类，定有人出面说情。待舆情四起，我再从旁发话，不由他刘盈不放人。如此一想，也就不急了，只等朝臣上疏为审食其开脱。

这一等，竟是接连六七日过去，朝中却无波无澜，似无事一般。审食其被逮一事，市井中人奔走相告，已然传遍，那官宦人家岂有不知的？相国曹参也是心知肚明，然数次主持朝议，却闭口不言此事，诸大臣也乐得佯作不知。

原来，那些沛县旧部，无不是刀头舔血才夺得军功的，唯有审食其一人，倚赖吕后宠幸而封侯，实为诸臣所不齿。刘邦驾崩后，吕后擅权，审食其愈加得势，有那三五躁进小人，见风使舵，奔走其门。诸臣则愈加鄙之，皆不屑与之为伍。

此次闻听廷尉府锁拿审食其，众臣顿觉心中大快，都等着看他的下场。若论审氏资历，应有多人出面说情才是，然竟无一人为他缓颊。

日复一日过去，吕后只觉坐卧不宁，屡次遣人往西宫打听，却听不到半分消息，直闹得食不下咽、夜不能寐，长叹道："捕黄雀者，竟为黄雀啄了眼！"

那边厢，审食其在狱中，亦是度日如年，好在每夜有姚得赐相陪，饮酒聊天，还不至难挨。这夜，三杯酒下肚，姚得赐忽问道："小臣早便闻知，足下为太后所倚重，权倾中外，如何却一朝跌落，来与下官为伍了？莫非言语失当，惹恼了太后？"

审食其摇头道："太后待我，恩重如山，岂能忍心教我吃这般苦？审某之霉运，缘由为何，实是一言难尽呀。"

"哦——，然有太后在，足下之罪，恐也无甚大碍。"

审食其哀叹一声："堪堪六七日过去，太后并未援手，大臣也不为我缓颊。这世道，如何说变就变了？"

姚得赐连忙举杯劝道："辟阳侯，请勿多虑。人生在世，总有七灾八难。昔日人敬你，皆因你权力在手；今日落魄，方知人心真伪。然吉人自有天相，小灾不死，后福必至。足下请宽心，还是多多饮酒为好。"

审食其呆了一呆，不由潸然泪下："此言甚是，人在难中，方知人心好歹！我今陷囹圄，外面如何，百事不知，恐只能引颈就戮了。"

"哪里！囚禁之地，说不得这般丧气话。陛下有严令，不许你内外交通，小臣亦不敢违拗。然外面若有消息，小臣定当转告。"

话音刚落，案上油灯忽地一闪，几欲熄灭。姚得赐见之大惊："使不得！可使不得！"连忙以手护住，急唤狱卒来添油。待灯芯又亮起，他才一笑，道："此地烛火，万万熄不得。熄了，便要走人。"

审食其一怔，方悟其意，心中便起了一阵寒意。

姚得赐遂又劝道："足下虽着赭衣，却是小臣特备，系干净新衣，并非死囚用过的旧衣。日常饮食，小臣亦有意关照，算不得粗劣。足下再请摸摸项上人头，尚完好。那么，还有何愁？人到此处，心不能窄；唯求生，勿求死。转山转水，总能转得出去。"

审食其感激涕零，伏地叩首道："在下若有解脱日，定当报答。"

姚得赐慌忙将审食其扶起，推心置腹道："不瞒足下说，诏狱虽属鄙地，然油水甚多。来日足下报恩，万勿将小臣调离。小臣家有一犬子，不求长进，如蒙足下相助，进宫去做个郎官，便感激不尽了。"

审食其慷慨应道："若留得吾命在，此事何足道哉！"

姚得赐大喜，连忙为审食其斟酒。两人说到投机处，都觉相见恨晚，竟在灯下相对叩起头来。

堪堪又是半月过去，杜恬已有几日不来。忽一日，他带了十数名精干曹掾，前呼后拥，来诏狱提审。将那以往所问，又问了一遍。末了，特意问了审食其一句："审公还有何话可说？"

审食其懒得与他废话，便道："事已至此，无话可说。"

杜恬便微微一笑："那好，请审公来画押。"说着，将一卷供词在案上铺开。

审食其上前瞥了一眼，笑了笑，本欲唾上一口，转念一想，拿过毛笔来，胡乱画了一个十字花押。

那杜恬见已画好押，便收敛笑意，向审食其一揖："公请珍重！明日起，下官或许就不再来了。"说罢，便收起卷宗，带了左右匆匆离去。

审食其见此，不知祸福，心中只是忐忑。不料刚返回监舍，便有几个狱吏冲进来，喊了声"委屈了"，叮叮哐哐，为他戴上了木枷脚镣。

此等械具，乃是死囚所戴，审食其心中大骇，大呼道："廷尉真要害吾命吗？"

狱卒也不答话，看看械具已戴牢，便锁了房门离去。审食其情急，头抵栅栏，连连呼冤，却是无人理会。

好不容易挨到夜晚，姚得赐照例前来，携了一坛酒，似又想来对饮。审食其急忙喊道："足下，事情莫非有变？如何给我戴上这等械具？"

姚得赐左右看看，便凑过来，面色阴沉道："方才向廷尉打探，他知会小臣：承陛下之旨，已将审公问成大辟①之罪，不日便要斩决。"

审食其登时面如土色，惊呼道："哦呀，苍天果真弃我乎？"

姚得赐便埋怨道："此时多愁善感，还有何用？ 公请想想，如何自救才好！"

"拜托足下，可否为我去见太后？"

"小臣不敢！ 小臣赴阙求见，便是越职，不独见不到太后，只怕是这身公服也穿不得了。 小臣微贱，受重责事小，若误了足下大事，则万死难辞。"

"那、那……便只有等死了吗？"

"不然！ 侯爷你请想想，亲朋故旧，同袍僚属，有何人可以相求？"

"唉！ 花开日日皆好，人不请自来；至大难临头，怕是一个也求不动呀！"审食其说罢，倚墙坐下，口中喃喃道，"唯有一死，唯有一死了……"

姚得赐则赌气道："侯爷若不想活，小臣今夜便陪你通宵，饮足壮行酒好了。"说罢，打开酒坛，斟了满满两杯酒。

两人端起酒杯，审食其不胜伤感："未死在楚营，却要殒命于自家刀斧下。 唉！ 吾命何其苦也，生不如萧何，死不如那纪信……无怪萧丞相曾发愿：死在榻上便好，只不要死在刀斧下。万想不到，昔日他之戏言，竟成了我临终之谶。"

姚得赐摇摇头，举杯道："话也不是这样说。 明日走了，也

---

① 大辟，上古五刑（墨、劓、剕、宫、大辟）之一，即死刑。

好！这一世太苦，处处遭人冷脸；侠肝义胆者，打灯笼也难寻一个，还有何可留恋？"

审食其闻听"侠肝义胆"四字，心中忽然一动，想起一个人来，忙放下酒杯道："慢，慢！在下想起一人，可活我。"

姚得赐不由大喜："是何人？小臣愿为侯爷传信，犯禁就犯禁，只要侯爷记住我，不当这鬼差了也罢。"

"谢足下！天下可救我者，乃平原君也。"

"平原君？朱建？"

"不错，唯有朱建，可以活我。"

原来这位朱建，大有来历，他曾为赵相贯高门客。前文曾说过，贯高为赵王张敖抱不平，谋刺刘邦，事露被拘，在狱中自尽。贯高门下，有一众门客，始终追随，誓不背主。刘邦为彼辈大义所感，赦其无罪，统统拜为郡守及诸侯国相。

自此，贯高门客星散四方。这朱建，也遣至英布处，为淮南国相。不久因事得罪，降为小吏。高帝十一年，英布得刘邦赐给"肉醢"，大惧，欲谋反。部众皆曰可反，唯朱建苦谏不可，谓英布道："今上诛彭越、韩信，皆系旧日恩怨。昔与项王对垒时，汉王屡召韩信、彭越而不至，由此衔恨。大王则在汉王蹙促时，不顾利害，背楚投汉；与韩信、彭越之拥兵自重，大不同也。"

英布不听，终举起反旗，却是旋起旋落，死于乱民之手。刘邦扫灭英布后，闻听朱建曾苦谏不可反，遂大加赞赏，赐他"平原君"名号，又将他全家徙至长安，以示荣宠。

早在战国时候，赵武灵王公子赵胜，乐善好施，慷慨大度，名号便是"平原君"。而今朱建获此号，立时名震四方，凡长安公卿贵人，皆愿与之交。

朱建为人，确也不负此号，他辩才极佳，廉洁刚直，行事不与流俗苟合，从不受施舍之财。与人交，慎之又慎，绝无狐朋狗友成群。于诸公卿中，尤与陆贾交情甚笃。

审食其原也有意结交朱建，曾托陆贾致意，欲登门拜访。然朱建素知审氏行为不端，系太后佞臣，便不肯见。陆贾知朱建重名节，亦不便勉强，只得如实回复审食其。

审食其碰了壁，觉大失颜面，本想发作，又怕一旦传出去，惹众臣笑话，只得忍下了。

时隔不久，恰逢朱建之母病殁，朱建家贫，竟无力出殡，只得含泪向亲朋告贷。

陆贾闻知此事，心中一动，便急赴审食其府邸中，见了面，连连作揖道："恭贺恭贺，今平原君母死！"

审食其满心诧异，哭笑不得："平原君鄙我，自有他的道理，我焉能衔恨记仇？他母死，公却如何要贺我？"

"前日审公欲结识平原君，平原君不肯见，乃因其母在。其母之义，又胜过平原君数倍，若平原君与审公为友，只怕惹了高堂伤心。今其母死，家又困窘，竟无钱下葬！审公若能在此时厚赠葬仪，待之以诚，他为大义所感，必思报恩。审公今后若有安危缓急，或也可得他以死相报。"

陆贾这番话，说得审食其怦然心动，当下便取出一百金来，托陆贾转赠朱建。

那朱建坐困家中，正在为出殡之事犯难。日前向人告贷，亲朋多口惠而实不至，愿真心相助者，百无一二。朱建为之大忿，方知"义"字在许多人那里，不过只是个旗子，用以招摇，沽名钓誉而已。一旦认真，则全是小人器局。

这日正在家中懊恼，忽有陆贾上门，奉上百金，谓是辟阳侯慷慨相助。朱建闻之，倒觉得惭愧了，连忙推辞。

陆贾便道："君之困窘，我甚明了，万勿以空言误大事。葬母即为大事，岂可无钱？此赠仪，不可谓虚情假意，君若拒之，倒似矫情了。不如收下，容日后报答。"

朱建正在焦头烂额，以为不能葬母乃是大不孝，如今有审食其相助，可脱不孝之名，怎能不心动？再想想陆贾之言，亦颇有道理，只得收下了，声言日后将舍命相报。

陆贾要的便是这句话，不禁一笑："平原君，今时已非古时，泥古怕是要饿死的呀！人心既然变了，凡事也就不必拘泥。"

都中列侯闻听此事，不欲令审食其独占美名，都纷纷效仿，竞相为朱建送上葬仪。三五日间，竟然累至五百金，即使是厚葬其母，也是绰绰有余了。

朱建心中大悦，便倾尽赠仪，为亡母办了一场奢华丧事。其间，审食其也随陆贾登门吊丧，由此结识了朱建，相谈甚欢。

审食其将这一段原委道出，姚得赐不由大喜："这便好！这便可以活了！平原君，义士也，长安城内谁人不知？审公为人若及他一半，也不至跌入这虎狼谷里来了。"

审食其闻言，脸色便不好看，只望着姚得赐问："平原君家住黄棘里，足下可否劳驾一趟，请他来见我？"

"今晚便请？"

"正是，恐夜长梦多。"

"辟阳侯，我夜半为人奔走，这还是头一回呢。"说着，便伸出右手来。

"这是……何意？"审食其愕然不知所以。

"要、现、钱！"

审食其这才恍然大悟：天下为人谋事者，哪个不要钱？于是苦笑一下，从怀里摸出一块楚金版来，塞给姚得赐。

姚得赐两眼一亮，急忙接过，谢道："算是审公开恩，赏了我今夜酒钱。这心意也未免太厚，不收下，反倒不好了。审公，敬请稍候，小臣去去就来。"当下回到家中，换了便装，揣上夜行符节，从厩中拉出一头毛驴来，便直奔黄棘里而去。

待寻至巷口，姚得赐向更卒晃了晃符节，便问平原君宅邸何在。那更卒指给他看，见是一宏阔屋宇，姚得赐不由便疑惑："咦？好大屋宇，却无钱为老娘下葬？"

待叩开门，朱建掌灯迎出，姚得赐连忙一揖，表明来意。朱建回了礼，略一思忖，便请道："客官，入内谈吧。"

主宾在正堂落座，姚得赐才看清，原来平原君这宅邸，家徒四壁，与贫户人家一般无二，为人当是清正之至。

姚得赐钦敬之心油然而生，当即伏地拜道："久闻不如一见，平原君端的是正人君子。小臣乃一介狱吏，受辟阳侯之托，得识君子，何其幸也！今辟阳侯事急，身陷诏狱，恐有大辟之祸。情急无奈，托小臣冒昧造访，请君随我入狱中，与之一晤。"

朱建眉毛动了动，拈须半晌，才道："此事重大，在下亦有所耳闻。今上督此案甚急，一日三问，此时辗转请托，恐非其时。还请转告辟阳侯，朱某不敢见他。"

姚得赐大感诧异："君大名在外，乃仗义之士。吾闻君遇母丧，无钱出殡，幸得辟阳侯慷慨相助，方得下葬。今辟阳侯命将不保，君岂可坐视？"

朱建却不为所动："义之所宗，亦是律法之所宗，故在下不敢为犯法之事。"

姚得赐见话不投机，只得讪讪而起，告辞出来。回到诏狱，从监号内提出审食其来，面告他求见平原君始末。

审食其听了，不由得愤然："如此君子，与小人何异？为何竟恨我不死？"

姚得赐道："或是名士相轻之故吧？"

审食其便苦笑："相轻？我与他？你这是玩笑了。"

"平原君不帮忙，侯爷还有何计？"

"何计？计穷矣！唯有等死吧。"

此后一连数日，审食其倒安下心来，不去想那生死的事，只日日与姚得赐饮酒，醉后便嗟叹："想那得意之时，有多少玩物，还未及攫到手，就这样死了，悔之晚矣！"姚得赐则叹："足下将大辟，可怜我那孽子，前程也是无望了。"两人哭哭笑笑，一饮便是一整日。

如此醉生梦死数日，审食其只想着黄泉路近。却不料，这日，姚得赐忽然狂奔而入，手舞足蹈道："今有诏令，赦君之罪，复君之位，百事皆消了！"

审食其已做必死之打算，乍闻喜讯，一时竟回不过神来："足下……是在消遣我呢？"

姚得赐便将审食其拽起："诏令岂有儿戏？来来，快沐浴更衣。家眷那边，我已遣人知会去了，稍后即来接。辟阳侯阴差阳错来此，小臣真乃有幸，这一注，下对了。"

审食其只是疑惑："陛下如何改了主意？"

"详情不知。宫中来人，只道是涓人闳孺说情。"

"闳孺？那个假娘？吾与他素无过从，他如何要来救我？"

"嗨呀！辟阳侯，似你这般，遇事便要考究考究，当年是如何成大事的？小臣公廨中，新衣已备，汤水已热，请速去沐浴，万事休要再问。"

稍后，审食其在诏狱门口，见到妻、子来接，数人抱头大哭。姚得赐在侧，揖礼送别，再三叮嘱道："辟阳侯归家，须努力加餐，保得身体安康。我那犬子前程，全托付于公了。"

次日一早，太后便有宣召，审食其梳洗完毕，匆忙进宫。至椒房殿，见吕后方沐浴罢，显然是在等他。审食其正要下拜，吕后嗔道："还拜个甚么？走，下地宫说话。"

待下至地宫，两人亦抱头痛哭。审食其泣道："险些见不成面了，太后如何不救我？"

吕后恨恨道："刘盈竖子，诡计百出，挟制住了老娘！前几日，街谈巷议，尽是暗讽你我事。我若出面，无异于促你早死。思之无奈，唯有束手，幸得阉孺为你开脱。"

审食其拭泪道："堂堂汉家元勋，却要宦竖来救命，直是人间奇耻！"

"管他！活了就好。今后行事，不可不防刘盈。"

审食其死而复生，一时还在恍惚，想了想，又道："阉孺那里，我要面谢。终究是救我一命，可谓大恩。"

吕后想想，便允道："也好。这些妖人，狐假虎威，也不可小觑。"

隔日，审食其便携了礼物，赴未央宫去见阉孺。原想阉孺必会趾高气扬，不料见了面，阉孺却是诚惶诚恐，礼数甚周。

审食其略感意外，忍住性子，向阉孺深深一拜："谢足下仗义救难，保下我这头颅来，此恩至深，万世难忘。"

闳孺大惊，忙辞谢道："哪里敢当，辟阳侯抬举小臣了。 小臣不过受平原君之托，为足下说情，本也无所谓仗义不仗义。"

"哦？ 平原君？ 这个……愿闻其详。"

审食其听罢闳孺叙说始末，这才悟到朱建的一片苦心。

原来，前几日，朱建虽未应允狱令所求，然翌日晨起，即赴未央宫阙，向司阍投刺，求见闳孺。 不多时，闳孺亲自迎出，喜出望外，行大礼道："久闻壮士大名，无缘得见。 今日幸会，只疑是夜梦还未醒。"

朱建便回揖道："在下求见，是受人之托。 可否借过说话？"

闳孺笑道："小臣也求之不得。 平原君请稍候，我去驾车来，与你同赴章台街，选一个酒肆，边饮边聊。"

朱建在宫阙之前等候有顷，见闳孺换了便装，亲御一辆轺车出来，停车施礼，请朱建上车。 闳孺执礼甚恭，一路上，只小心翼翼与朱建寒暄。

到得章台街，寻到一间宽敞酒肆，二人入雅座坐下。 待店家端上酒来，闳孺便举杯祝酒道："壮士高名，誉满京华。 今得与君共饮，何其幸哉！ 吾虽居深宫，亦闻君之高义，倾慕备至，尝与帝提起，帝闻君之大名，亦颇神往之。"

朱建淡淡一笑，拜道："多谢了！ 在下求见，并无私事，是为君有所担忧。"

闳孺脸色便一变，忙敛容道："愿闻指教。"

朱建左右望望，见无外人，便低声道："君得幸于帝，天下无人不知；今辟阳侯得幸于太后，却遭下狱。 同为幸臣，竟有天壤之别！ 长安市中，道路皆传言：辟阳侯将死，乃是君进谗言所致；君欲杀之，故而谗之。 然君可曾想过，今日辟阳侯伏诛，太后必衔恨，明日亦定要诛君！”

闳孺闻言，面无血色，瑟瑟发抖道："市井如何有这等传言？辟阳侯生死，与我有何相干？"

"道路之言，势若洪水滔滔，虽圣人亦不能禁，况凡人乎？"

"我为君上所幸，关他人何事？ 莫非他人不得幸，嫉恨我耶？"

"正是。 嫉恨之下，有何事不敢为？ 群议汹汹，君百口莫辩，唯有化解之。"

闳孺连忙伏地，恭恭敬敬拜道："先生原是来救我的！ 万望指点。"

朱建将他扶起，献计道："君何不肉袒①，往见君上，为辟阳侯开脱。 君上听你谏言，赦辟阳侯出狱，则太后必大为欢喜。 如此，两主皆以你为幸臣，君之富贵，岂不是要加倍了吗？"

闳孺闻言，不由欣喜，然又犹豫道："辟阳侯与太后事，虽是我禀告君上，然不过失言而已，绝非进谗，为何要肉袒谢罪？"

"市井杂议，多愤愤之论。 众口所毁，只在你进谗，却不管你失言不失言。 君若不肉袒，君上便不听你辩白，辟阳侯便不得脱罪，君之性命也就不得保全，请君三思。"

闳孺浑身一震，心下大恐，连忙应诺道："足下之言，乃皎皎白日，令我心明，我焉能不遵行？"

酒肆作别，闳孺掉头便回了未央宫，将衣袍脱去，赤膊面谒惠帝。 惠帝见此大惊，连忙扶起道："你是何人？ 我是何人？ 有事

---

① 肉袒(tǎn)，在祭祀或谢罪时，脱去上衣，裸露肢体，以示诚惶诚恐。

尽管言说，又何必作势？"

闳孺便大哭道："小人之罪，百身莫赎，一言有失，竟累得辟阳侯要遭大辟之祸！此罪，不独来日辟阳侯九泉之下不能恕我，且太后亦不能容我，天下更是街谈巷议，群议汹汹。辟阳侯若死，小臣岂不是也活不成了？故而肉袒请罪。"

惠帝知晓了原委，忙安抚道："原来是为此事！那辟阳侯行为不检，与你有何干？你无须惶恐。"

"然防民之口，难于堵河。若天下皆认定，辟阳侯只因我进谗而死，则小臣必将无处容身，陛下即有九五之尊，也难替小臣洗冤了。"

惠帝微微蹙额道："你且平身，容我想想。"稍后，才徐徐道："民间之议，朕也知难缠得很，你越说没有，他越信其有，直教你生不得、死亦不得。此事……唉，你又何必！着人传令下去吧，就说朕听了你的谏言，赦免了辟阳侯。如此，万事皆消，谁还能说你进谗？太后那一面，你也无须再畏惧了。"

闳孺不由狂喜："陛下，可是当真？"

"朕之言，你也敢疑是诳话吗？"

"不敢不敢！"

"若非你求情，便是十个审食其，朕也要送他下地府去。"

闳孺不禁心花怒放，好似自家蒙赦了一般，叩首不止。谢恩之后，胡乱披起衣袍，便奔出前殿传令，遣人去诏狱赦审食其了。

审食其听罢闳孺讲述，自是感慨万端："险些错怪了平原君！"

闳孺闻知狱令求见朱建事，亦颇动容："辟阳侯转危为安，全赖平原君仗义，小臣所为，不足道哉。太后在平素，极恨我为君上宠幸，今朝我救辟阳侯，也望辟阳侯替我多加美言，免得太后恨我！"

审食其一笑："太后亦知轻重，哪里还会恨你。你我二人，终究……同病相怜，今后只须相互扶助便好。"

从阕孺处回到府中，恰逢陆贾来访。审食其便执陆贾之手，垂泪道："夫子，险些天人两隔呀！近日事，真是恍如梦寐，我定要重谢平原君。"

陆贾大笑道："果如我所言乎？"

"不错！平原君救人，不事声张。我在狱中托人求他，他假作不理，暗中却出了大力。高义之士，行事到底不同！惜乎他家贫，竟似寒门，实为他抱不平。我这厢，已死过一回了，万事尽已看透。能重见天日，便是大幸，纵有千金万帛，又能当何用？昨日回府，已将敝舍所藏昆山之玉、南浦之珠等，搜罗了半车，以为厚礼，今日便与足下同赴朱府，当面致谢，可否？"

陆贾便笑："审公下狱才几日，便糊涂了？那朱建岂能收你这财宝，只怕要吓跑了他。朱建，海内高士也；辟阳侯眼中，素无此类人，故不知如何交往。今老夫便教你：与之交，切勿夸矜富贵，以淡泊之交为最好。你且改换素服，我二人徒步前往，命家仆携一箪食、一瓢饮，做个抱朴见素的模样，平原君必开门笑迎。"

一席话，说得审食其大悟："倒是将这一节疏忽了！夫子到底是善解人意，今日便听你的。"

二人遂换了素服，携了家仆，步行至黄棘里，登门造访。朱建闻声开了门，见是陆贾、审食其便装来访，果然大悦，忙不迭将二人迎入，嘴上埋怨道："登门便登门，又何必带食盒来？"

陆贾哈哈大笑，道："平原君，便知你又要执拗！我不带饮食来，如何舍得令你破费？ 你不破费，我二人岂不要空腹半日？ 谈天说地，便能饱腹吗？"

朱建执陆贾之手，也笑道："夫子，与你谈，枵腹亦是乐。 还请二位堂上落座。"

陆贾摆手道："春日正好，不如就在这庭中。"

朱建、审食其皆称好，三人便在槐荫下设席入座。

甫一落座，审食其便伏拜于地，敬谢道："平原君请受我一拜。 君若不救我，我今已在黄泉矣！ 此恩深厚，审某即是尽平生之力，亦不能报答于万一。"

朱建便扶起他，坦诚道："辟阳侯言重了！ 朱某与人交，素不喜嗟来之食。 无故受君之赠，得以葬母，保全了孝道，此恩我是定要报的。 不报，又岂能安心？"

审食其又道："我虽有眼，竟不识君！ 身为近臣，只知骄纵，竟惹得天下人皆侧目。 近日常思此事，愧悔交并，打算从此蛰伏，再不张扬。 经陆夫子点拨，我已知君之所愿，君心虽高不可攀，然愿与君结为莫逆，权当布衣之交就好。"

朱建闻言，也有所动容："辟阳侯至诚，我岂能拒之？ 我三人可不拘形迹，坦诚相对，便正合君子之交。 百年后，或留下一段佳话亦未可知。"

陆贾大喜，拊掌笑道："君子成人之美。 我引二位结交，庶几也可算是君子了。"

审食其大笑，忙唤家仆过来，将担来的蔬食淡酒取出，逐一摆上。

春日暖阳，遍洒绿茵，正是心旷神怡时。 三人且饮且歌，且悲且喜，竟消磨了一整日。 自此，三人过从甚密，结为莫逆。

四

十龄皇后
登庙堂

审食其自狱中复出,百官便心知肚明:太后终究是势大,新帝也要顾忌三分。 眼见风波已息,诸臣都颇知趣,当即噤口,绝不再提辟阳侯事。

众人装聋作哑,吕后便愈加无所忌惮,常留审食其在宫中。审食其若稍有踌躇,吕后便叱道:"如何进了诏狱一回,胆子都吓掉了?"

审食其不由得伤感:"不入诏狱,怎知人间惨苦?"

"怎么? 闻此言,你似遭了狱卒凌辱?"

"凌辱倒也没有。 入狱当日,我心知事不妙,带了些钱财进去,打点了狱令。"

"早年在沛县,我就知狱吏歹毒,若不是任敖仗义相助,我免不了要被那狱吏睡了。 今日诏狱也绝非善地,不问可知! 那狱令待你如何,可曾有过勒索?"

审食其便将狱令姚得赐照顾起居、代为求见平原君事,对吕后从头道来。

吕后听罢,便道:"此狱令,尚有人心嘛!"

审食其便苦笑:"不投桃,他何以报李?"便将姚得赐请托之事讲了出来。

吕后一脸冷笑，恨恨道："这个姚得赐，其名不彰，为人倒是厉害得很！那年萧何被拘，受他折辱甚多，连我也有所耳闻。今日又托你保举……哈哈，保举其子做个郎官？惜乎我这里，只有粪倌好做！明日我便赶他走，流刑一千里，赴巴蜀去了这笔账吧！"

审食其心中便觉不安："毕竟此人为我通消息，终使我得救。"

"正因如此，才饶他一命。不然，今日我便将他枭首！"

"小吏虽枉法，然如此科刑，不亦甚乎？"

吕后瞥了审食其一眼，满脸不屑，反问道："他有何德何能，可令你怜悯？狱令，不过仓鼠一只，占了个好地而已。此人虽也救你，然与平原君相比，却有云泥之别！哀家自理政以来，已将人心看透，我可以不义，然臣子却不可不义！若帝王者与一班无廉无耻者为伍，终将为佞臣所害。诏狱姚得赐之恶，我早便听张敖、萧何说过，今日才除之，已是太迟了。"

审食其想想，一摇头道："自作孽，不可活。也罢，就随他去吧！"

这夜，审食其与吕后于地宫共眠。榻上被服，皆以身毒①香熏过，氤氲满室。历经此番磨难，二人重逢，都觉无比惬意。

欢愉过后，吕后忽然起了心事，幽幽道："这个刘盈，直是我前世的冤家。失心翁在时，他不知讨好，险些失了太子位；失心翁走了，他又违逆我意，处处与我作对，胡作非为。今已近弱冠之年，如何才能令他收心？"

---

① 身毒，古印度之称。

审食其便一惊：“盈儿即将弱冠了？”

“当然。盈儿登位那年，年十七，今已满三年，正是弱冠之年。”

“都说流光易逝，诚哉！这些年，还当他是顽童呢。既已将弱冠，便应尽早成婚，方合于礼，不知太后做何打算？”

“权衡得失，哀家亦是无奈。刘盈唯有娶诸吕之女，才不致有后党之辈与我作对。然诸吕之女，竟无一端庄娴静者，哀哉无过于此！如此，刘盈若娶了外姓，则日后权柄或为外姓所据，真真愁煞我也。”

“然此事不可再延宕了。帝无皇后，天下便无母仪，总不是事。”

“备选皇后者，须生性娴静，又非外姓，来日须做得我耳目。如此一个女子，立为皇后，方可称意。”

审食其便笑：“神仙中，或许有。”

吕后嗔道：“无怪诸臣不服你，你那心术，欠缺多矣！此女，就在你我眼前，只是年纪尚小，我延宕三年，至今年提亲，恰是时也。”

审食其大感诧异，不禁坐起：“竟有此人？是哪个？”

吕后便微笑道：“张嫣。”

“哪个张嫣？”

“就是鲁元之女呀，宣平侯张敖之女。”

“鲁元之女！盈儿外甥女吗？如何能嫁与盈儿？”

吕后也坐起，望住审食其道：“哪个说甥舅便不能通婚？”

审食其嗫嚅道：“鲁元之女，再好不过，然人伦总要顾及。”

“鲁元一女流耳，又不入族谱，何来乱伦？那张嫣，虽姓张，然为我女所生，便与吕氏无异，此正为天赐。"

"然……臣闻所未闻。"

"我今日便教你闻！ 田舍翁可做皇帝，此前你可曾耳闻吗？那么，你如何就乐做这田舍翁封的侯？"

审食其默然片刻，回道："太后所选人，乃绝佳之选。 只可惜，张嫣仅有十龄，尚不通人道。"

"唯其小，方能听话，可为我耳目。 且十龄女如何？ 即便是雏儿，放在男子身边，久也必通人道，你无须多虑。"

次日晨起，吕后便吩咐中涓拟好聘书，聘宣平侯之女张嫣为皇后。 半月后，即行册后大典，迎入后宫。

待聘书眷毕，吕后看过，立即遣人送至长安北阙甲第，交予鲁元、张敖。

鲁元、张敖接了聘书，又惊又喜。 张敖不免踌躇，自语道："吾女为甥，今上为舅。 张嫣嫁为舅妻，上下辈分，岂不全乱了？"

鲁元却道："你管他！ 我辈是我辈，张嫣是张嫣，哪里就会乱？"

"唉！ 太后只顾钦点，全不顾小辈脸面。"

"夫君，此话甚是不当哦！ 张嫣做了皇后，我便也尊如太后，这不是脸面是甚么？"

张敖拗不过鲁元，只得依了。 两人算算佳期已近，便一齐忙碌开来，为张嫣置衣添被，准备嫁妆。

这位张嫣，字孟瑛，小字淑君，为鲁元公主长女。 早年五六岁时，容貌便清丽绝世。 随鲁元出入宫中，刘邦见之，甚是喜爱，常令戚夫人抱之，赐予果品。 刘邦笑对戚夫人道："你虽妍雅无双，然此女十年以后，便不是你所能及也。"

惠帝与这张嫣，说来也有些渊源。当初惠帝为太子时，曾娶一功臣之女吴氏为太子妃，此妃亦喜欢张嫣，呼之为"小人儿"，常抱着玩耍，惠帝由此亦甚喜之。待到惠帝登基，吴氏本可册封皇后，惜乎福薄，未及等到这一日，竟染病身亡。

缘此故，惠帝做梦也难料到：母后今日为他所选的正官，竟是这位小人儿。

此事诏令天下，百官闻之，都惊异莫名，不知惠帝为何行事悖谬，不选功臣之女，却选了幼年外甥女，真乃荒唐至极。然宫闱秘事，不涉国本，故也无人愿出头劝谏，都怕惹祸上身。与鲁元相熟的沛县旧部，则不管那许多，只连声赞好，纷纷备好礼物，送至宣平侯邸祝贺。

恰在这几日，南越王赵佗所遣使臣，携贡物入都，朝野都为之轰动。原来，高帝驾崩后，赵佗心有疑虑，并未前来会葬，只在岭南观望。直至近年，探知惠帝虽任性，然施政宽仁，中原为之大治，百姓亦安康，赵佗这才服气，遣使朝贡，意在表明心迹。

惠帝召见来使，问起南越国奇风异俗，使臣便滔滔不绝对答。惠帝听得忘倦，又见贡物中，有些稀罕的海龟、珊瑚之类，见所未见，便乐不可支，竟与那使臣连日对饮，大醉不醒。

待到酒醒，有左右近侍禀报，惠帝才知立皇后事，只疑是近侍传错了话。遂命阊孺往长乐宫再三核实，回报均称确是立张嫣为皇后。惠帝这才颓然瘫坐，哀叹道："这庙堂成了甚么，伦理全废，直将我双目剜去算了！"

阊孺连忙过来劝："陛下可号令万民，无人可阻；然太后之命，却不可违。"

"如此乱命，违了又如何？"惠帝愈加激愤，稍作喘息，便吩咐备车辇，要去与母后分辩。

入得长乐宫，惠帝直赴椒房殿，伏在吕后面前不起，恳求道："立张嫣为后，实为不妥。我为天子，事事应为天下立则，宁愿杀人放火，也不能逆五伦①，免得为后世所笑。恳请母后收回成命，另择功臣之女为媳，以释百官之疑。"

吕后闻听，脸色便不好看："吾儿又来乱说！那张嫣虽小，到底是家人，无有二心。做你皇后，亲上加亲岂不是好，哪里就逆了五伦？我这便唤你师尊叔孙通来，当面问他，究竟是如何教的，甥舅为婚，有何不可？又不是要你娶鲁元！"

惠帝便苦笑："今日为甥女，明日为妻子，这让我如何叫得出口？"

"你若看得顺眼，自然就叫得出口。那张嫣容貌超群，人品娴静，我选秀女多年，还从未见过能及者。"

"若娶了张嫣，我又呼鲁元为何？"

吕后便略显怒意："刘肥已呼鲁元为母了，你也呼鲁元为母，又能如何？若事事都讲章法，汉家便不能开天，更不能有落过草的皇帝！此事关天，决不可更易。聘书已下了多日，又岂能反悔，那不是要笑煞天下人了？"

"那十龄女，如何做得人妻？"

"十龄不成，十五龄总可以吧？五六年倏忽而过，你倒等不及了！你平素勾搭宫女，生下孽子，也有两三个，全没误了你快

---

① 五伦，是指中国古代社会最基本的五种人伦关系，即父子、君臣、夫妇、兄弟、朋友关系。

活。今后几年，你权且勾搭，待张嫣长成二八女，再行夫妻之事也不迟。"

惠帝知太后意已决，事不可挽，踌躇了片刻，猛然起身，话也不说便走了。

吕后知惠帝必不敢违拗，也就随他去了，自己只忙着张罗娶媳之事。

古时娶亲，须行"六礼"①。吕后便唤来少府、宗正，命二人充作迎亲的纳采②。二人受命，择了一个吉日，携了雁、锦帛、玉璧及良马四匹，为采择之礼，至宣平侯邸求见张嫣。

可怜那张嫣，不过是十龄懵懂女，强为待嫁新娘，此刻着了盛装，由八名侍女扶出，受"纳采"之礼。

随后，便是"问名"之礼，宗正依例问及张嫣姓名、年庚，均记载于典册。这桩婚事，虽是吕后极力促成，然也忌惮张嫣年岁太小，于百官面前不好交代，于是早就知会了鲁元，令张嫣自报"已十二岁"。

张嫣出于豪门之家，身材修长，禀性娴静，举手投足皆有模有样，自报十二岁，众人果然都不疑。少府、宗正及随行曹掾等，见张嫣袅袅婷婷、从容对答，都惊为天人，各个屏息不敢仰视。

少府等人回宫，向吕后奏报："宣平侯之女张嫣，有德知礼，姿容秀美，可母仪天下，以承汉家宗嗣。"

吕后早料到是这般回复，又闻少府等人语出至诚，不似阿谀，

---

① 六礼，即纳采、问名、纳吉、纳征、请期、亲迎。

② 纳采，古时婚姻"六礼"之首。即男方请媒妁前往女方提亲，获应允后，再请媒妁正式向女家纳"采择之礼"。

便喜道："你等既然看好，便不是哀家一人独断，将来也免得有些闲话。"

次日，便由朝中重臣曹参、周勃、赵尧及太卜、太史等人，用"太牢三牲"祭告祖庙，以卜筮之法，占得一个良辰吉日，这便是"纳吉"之礼。

至"纳征"之日，叔孙通携马十二匹、金二万斤，往宣平侯邸下聘礼。其聘仪之厚，为古来所未有。此后汉家诸帝，凡立皇后，皆依此例来办，开了一代风气。

张嫣有三兄弟，其时幼弟张偃在侧，见黄金累累堆于堂上，不觉大奇，忙奔回后堂问道："嫣姊，皇帝买你去了？"

鲁元闻之，啼笑皆非，叱道："孺子，休得多言！"

张偃便欢跃上前，执张嫣之手道："嫣姊，何不出去看看？"

张嫣一笑，好言劝走幼弟，便疾步进了内室，闭门不出。

如此繁文缛节，竟消磨了整整一个春夏。至秋八月，又仿秦制，遣女官往宣平侯邸相面。

惠帝所遣女官，乃鸣雌亭侯许负。此女大有来历，绝非寻常，天生便善相术，著有《德器歌》等书，是秦末一位旷世奇人。

话还要从头说起。早在始皇二十六年（前221年），秦灭齐，一统天下。始皇为之大喜，诏令天下，广征祥瑞。有河内郡守奏称：温县（在今河南省焦作市）县令许望，近日生一女，手握玉石，上隐隐有文王八卦图。又称此女出生仅百日，即能言，实为神异。

始皇闻报，以为是吉瑞之兆，便令赐许望黄金百镒①，以善养其女。许望得始皇赏赐，心甚感激，遂为此女取名曰"莫负"，意谓莫负皇恩。

莫负在幼年，果有异禀。达官贵人慕名来访，莫负于襁褓中见之，或哭或笑。闾里相传，凡莫负见之大哭者，不久便有灾祸上身。四周百姓，无不视此女为天神。

待此女长至十岁，便可过目成诵，聪明异常，师长已不能教，许望便欲携女寻访世间名师。其时鬼谷子先生年事已高，不知其踪迹；世间高人，唯有黄石公在颍川郡（今河南省登封市以东）授徒。许望便携莫负，往颍川寻黄石公拜师。不巧黄石公已离颍川，云游四海去了。

访师而不得，许望携莫负快快归家，忽得一过路老翁赠书，名为《心器秘旨》。从此莫负便发愤读此书，习得一套相面神术。得奇书启悟，莫负可料未来事，预知秦祚将不久，不愿背负晦气，便自行改名为"负"，遂以"许负"之名行世。

许负善相面之名，流传四方，其时秦始皇亦有耳闻，遂命郡守前往征召，许负却托病不应召。其父怪之，许负只是一笑："天下将大乱，应召何益？"

不久始皇崩，天下果然大乱。许望犹疑不定，不知该不该去投陈胜，只招募了壮丁两千，拥兵自保。适逢沛公军西征咸阳，途经温县，许望便率众投之。刘邦听说许望之女便是那闻名天下的许负，甚感惊异，便请许负来相面。

---

① 镒（yì），秦始皇时期的货币，亦为古代货币单位，一镒为二十两或二十四两。

那时许负尚是小女子，看过刘邦之相，连连赞道："将军龙行虎步，日角插天，乃帝王之表也。"

刘邦大喜，给了赏赐，仍留许望为县令。许望父女，便算是早早投了汉家。相传楚汉交锋时，薄夫人之母在魏，曾请术士为薄夫人看过相，那所谓术士，便是许负。许负看过后，言薄夫人可"母仪天下"，意谓其子可为天子。正是这句话，后来引得汉王刘邦好奇，想见见丧偶的薄夫人，一见之下，觉容貌不俗，便纳入后宫。那位薄夫人，后来为刘邦生子，其子大贵，真就做了汉家皇帝，竟应验了"母仪天下"之语，堪称传奇。

待刘邦登基，想起许负幼年吉言，心有感念，便封了许负为侯，收为女官，专事相面，时许负年方二十。至张嫣立后这年，许负已年逾三十，相面识人更为老到。

这日，许负进了宣平侯邸，将张嫣引入一密室，为其沐浴，一面便将张嫣容貌体态看了个清楚。见张嫣面如皎月，体似垂杨，并无瑕疵，许负心中便喜，逐一记录在册。浴毕，张嫣刚要穿衣，许负忽向张嫣一揖道："老身此来，是代皇帝行事。事已毕，请皇后谢恩，呼'皇帝万岁'。"

张嫣忸怩不肯应，许负便再三劝说，喋喋不休。

张嫣方才缓缓跪下，低声道："皇帝万岁！"

待谢恩毕，许负便伺候张嫣穿衣，三哄两哄，又将张嫣那隐私处也看了，见并无意外，于是也记了下来。

当日回宫，许负见了太后、惠帝，递上所记折子，禀告道："张嫣娴静，体貌无瑕，实乃汉家洪福。"

吕后心喜，却故意道："你看清了？可不要胡乱阿谀。"

许负不卑不亢道："妾平生所相之人，成千累万，无如张嫣这般贞静者。"

惠帝看罢折子，也面露喜色，赞道："如此甚好！"便命将此折交太史令收藏。

吕后见事已谐，连夸了许负几句，又问道："闻说你幼年聪慧，早便知秦祚不久，今可预知汉家祸福吗？"

许负沉吟片刻，方答道："相人，小技也，不足以窥天下。然人间之道略同，臣这里便斗胆放言了。老子有言'守柔曰强'，此即为汉家今日之运。"

吕后颔首笑道："不错不错！自先帝崩，哀家不守柔，又能何如？"

"先帝虽崩，尚有诸臣；诸臣有智计，可以安天下。"

"然诸臣亦如草木，一秋而止；若朝中智士凋零，又将倚赖何人？"

"回太后，智士凋零，有何可惧？恰如圣人所言：不以智治国，国之福也。"

吕后双目倏然一亮，心中似开了窍，遂大喜，命涓人取出许多黄金来，重重赏了许负。

惠帝四年（前191年）冬十月，一元复始。当月壬寅，便是册立皇后的吉日。这日里，又有许多繁文缛节，数不胜数。

清晨，宫中便有诏令传出，命相国曹参、御史大夫赵尧二人，拥凤辇至宣平侯邸，迎回张嫣，即为六礼之最后一礼——"亲迎"。

那张嫣，年岁还是孩童，全不知婚姻为何事。一大早，张敖夫妇便将张嫣喊起，装扮一新。一袭深领襦裙，上黑下白，乃应时新装。那工匠刀剪，似有灵性，剪出了衣带当风、云肩落霞，竟显出百般的灵动来！

宣平侯邸前街，一早便净了街，小民只能在闾巷中远观。曹参、赵尧立于门前，恭候多时。待吉时至，鼓乐响起，张嫣方姗姗而出。只见那凤冠耀目，长裙及地，竟是翩若惊鸿一个玉人，围观的百姓便是一阵喝彩。

张敖、鲁元两人随后而出。曹参、赵尧连忙迎上，施大礼问候，又随张嫣往宗庙辞行。

辞庙礼毕，一队郎卫便将凤辇推上前来，请皇后上车。哪知张嫣幼小，上了几次，竟是登不上去。张敖在旁见了，心一急，一把将张嫣抱起，跨了上去，同坐于车上。曹参、赵尧相视一笑，便紧随其后，率郎卫、宦者、宫女等数百人，浩浩荡荡，往未央宫前殿而来。

一路警跸，万民夹道观望。见皇后竟是幼女，都觉大奇，不禁齐呼"小皇后千岁"，其声扬于数里之外。

这日，未央宫张灯结彩，红氍毹从南门铺至前殿。惠帝坐在大殿正中，百官立于两侧。

凤辇行至南阙，张敖便将张嫣抱下车来，由曹参、赵尧引入宫门。张嫣北面而立，听大行令诵读册文。待礼官读毕，张嫣三跪三拜，算是堂堂正正做了皇后。

而后，两旁走上六名女官，引张嫣至惠帝龙床前，伏地谢恩。

岂料那张嫣一大早被喊起，由众人簇拥半日，早已昏了头。虽不至失态，却是忘了父母所教，不知谢恩该说些甚么，跪拜于地，竟然久无声响。

百官见了，面面相觑。曹参在侧亦是大急，生怕张嫣举止不得体，欲上前提醒，又碍于礼制，急得浑身汗湿。此时，旁侧一女官机敏，见事不好，忙附耳教之。

张嫣这才如梦方醒，叩拜道："臣妾张嫣，贺帝万岁！"

此时殿上，众臣皆屏息，落针可闻。张嫣的这一句话，其幽韵，若微风振箫，又如娇莺初啭。惠帝闻此声，也不由为之动容。

张嫣谢恩毕，起身退立。便由周勃为张嫣授玺绶，太仆代为跪受，再转授女官，女官为张嫣挂在腰带上。张嫣又拜伏，再称"臣妾谢恩"，谢毕，回归原位。

而后，群臣列队，于皇后面前站定，行礼而退。至此，迎娶典礼才告完毕，张嫣登上软辇，由众宫女簇拥，进了中宫①。

张嫣虽生于王侯之家，然一入中宫，双眼仍是不够用。但见那宫室四壁，皆涂以黄金，有阵阵椒香扑鼻。室内陈设，缀明珠以为帘，琢青玉以为几；旃檀为床，镶以珊瑚；红罗为帐，饰以翡翠。榻上衾枕，皆织有金龙凤纹，华丽无比。另还有各色珍玩，五光十色，不可名状。

在此内室，惠帝与张嫣还要行合卺礼②。女官又附耳教了几句，张嫣便举起杯，向惠帝敬酒。不料端起酒杯，迟疑片刻，却道："甥女阿嫣，贺舅皇陛下万岁！"

惠帝便大笑："甚么舅皇？女官是如何教你的，怎么仍用从前之称？"笑罢，便也捧起一杯酒，回敬张嫣。

---

① 中宫，秦汉以后，称皇后居住的地方为中宫。因建于后宫中心而得名。同时也为皇后的代称。

② 合卺(jǐn)礼，中国传统婚礼的仪式之一，结婚当日，新郎、新娘在新房内共饮交杯酒，亦称合欢酒。

张嫣忽觉害羞，便推说不能饮，只勉强饮了几口。

至日暮之后，张嫣端坐于榻上。惠帝忙了一整日，尚不及好好看张嫣一眼，便秉烛上前，细加端详。

但见那张嫣双鬟垂肩，明眸有神，不敷脂粉，色若映雪；惠帝便一怔，又凑近去看。张嫣含羞，低了头下去，两腮之间，有微晕如指痕，淡红可爱。

惠帝大为感慨，对张嫣道："因你为我甥女之故，为避嫌疑，一向未曾近观。不料你已长得这般可人，无怪乎许负要夸你！"

张嫣见时已晚，忙问："舅皇，中宫固然好，然今夜吾不得归家，奈何？"

惠帝便狡黠一笑："令尊令堂，是如何教你的？"

"只教我听舅皇吩咐。"

"那便在舅皇这里住吧。"

张嫣眨了眨眼道："是要我做舅娘吗？"

惠帝便仰头大笑："十龄女，如何做得舅娘？你且独居一室，自有人伺候，无须害怕。待五六年后，再与我同住一室。"

张嫣这才放下心来，然稍一想，又觉疑惑："不做舅娘，便不是皇后了吗？"

惠帝复又大笑，将张嫣抱下榻来，答道："当然是皇后！天下女子，无人可及。你在舅皇身边，朕可保你一世的荣华。"

"你是说，我娘也不及我了吗？"

"正是。自今日起，便不及你了。"

张嫣开心一笑，拍掌道："既如此，长住舅皇处，也是好的呀！"

入宫后，张嫣颇知规矩，五日一朝太后。每见太后，必亲自端菜端饭，屏气凝息，神情肃然。吕后见之大喜，每每赞道："这才是吾女所教！如此皇后，能不母仪天下乎？"

此时皇后虽立，中涓却大多不得见张嫣一面。原来，张嫣深居椒房，每见太后，必乘软辇，严密遮挡，从复道往长乐宫去，因而宫人多不识其貌。

一来二去，有关小皇后的传言，便渐渐多了起来。宫人皆相传：张嫣所到之地，多有异象显现。清晨对镜理妆，常有一五彩小鸟，飞落于帘外啼鸣，其声若"淑君幽室里去"，如泣如诉。后来，此景竟延续十余年，朝朝如此，然也未见有何灾异发生。

还有那宫中苑囿内，养了些孔雀、白鹤。这些珍禽，每见张嫣路过，必起舞翩翩，颇似讨好，宫人都甚以为奇。

至惠帝四年春三月，惠帝已年满二十，当行冠礼。甲子这日，便携了张嫣赴高庙，祭告祖宗。祭罢，即有诏令下，大赦天下。又将那妨碍官民的法令禁条，一概废除。普天之下百姓，闻之皆欣喜，说起皇后来便都夸赞。

张嫣喜读书，惠帝至中宫，常闻有诵书声，清婉传至户外。见张嫣读书，浑然忘身外事，惠帝便笑："你不闻秦始皇焚书事乎，为何也要效那腐儒读书？"

张嫣忙放下书，起立答道："昔年，妾父张敖曾言：'秦之速亡，半由于焚书。'陛下圣明，却仍用亡秦禁书之律，岂不是笑话？他常为陛下惜之。"

惠帝有所触动，喃喃道："你父所言，确是有理呀。"于是下诏，废除《挟书律》。此律禁私家藏书，自秦亡之后，虽稍有弛禁，却未明令废止，民间仍无人敢违禁，就如白日犹存鬼魅。惠帝治天下，到底是存了仁心的。此律一除，百姓若私藏书籍，便再无杀头之祸了。 埋没之古籍，随之纷纷面世，在民间传抄流布，蔚为大观，终成日后儒学勃兴之势。 为此，民间便都念着张皇后的好。

张嫣进宫后，鲁元公主放心不下，常来探视。 张嫣与母相见，迎送都不用君臣礼，仍用家人礼，大有依依恋母之意。

鲁元大感欣慰，牵张嫣之手，问惠帝道："阿嫣还如意否？"

惠帝答道："阿嫣相貌，不似阿姊，而酷似宣平侯，令我后宫美人为之减色。 然其端庄娴静之性，则与阿姊同。"

鲁元便大笑："你不如明说我丑便是，何必花言巧语讽我？"

其时张偃也在侧，惠帝便抱他在怀，逗弄道："此儿体貌，颇似张嫣；若为女子，也是一佳人了。"

鲁元便一把将张偃抢过，佯怒道："陛下可知足矣！ 有你的囡孺在，休得再胡思乱想。"

惠帝便乐不可支，姐弟两家，自此亲情愈厚。

张嫣在中宫待了些时日后，便日渐随和，安之若素。 惠帝玩心虽盛，亦不忘照拂张嫣。 每日晨起，总要踱至中宫，观看张嫣盥洗。 日日如此，百看不厌，常对宫女慨叹："皇后之色，直欲与白玉盘匜①争高下！"又道："皇后神态，俨然一宣平侯，但模样娇小而已。"

众人看看，也觉得像，都纷纷掩口而笑。 自此，惠帝便戏呼张嫣为"张公子"。

张嫣近身宫女，皆知惠帝心思，每见帝将至，必先为张嫣端上

———————

① 匜（yí），先秦礼器之一，用于沃盥之礼，为客人洗手所用，与盘形成组合。

金唾盂，盛满紫薇露，供漱口用。等到惠帝来，抱张嫣于膝上，数其牙齿有多少颗。张嫣一张口，便是香气溢出，引得惠帝大悦。不久，惠帝又研了朱砂，点张嫣之唇；岂知张嫣唇色如丹樱，那朱砂反倒显得淡了。

一日，惠帝至后宫，张嫣刚解下裳服，由两名宫女伺候洗足。惠帝便坐下观之，笑道："阿嫣年少而足长，几与朕足相等。"又对宫女夸张嫣道："看皇后足胫，圆白而娇润，你辈哪个能及？"其爱怜之心，不加掩饰。

惠帝将张嫣娶进宫，虽不能做人妻，却也觉可人，渐渐便忘了烦恼。这日，忽有叔孙通赴阙求见，惠帝便一惊，连忙宣进。

原来，惠帝即位之初，见群臣进了先帝陵园，手足无措，全不知礼，便唤来太傅叔孙通，嘱道："先帝陵园寝庙，群臣入而不习礼，师尊便去做个奉常①吧，居九卿之首，为汉家制礼。"自此，叔孙通便做了奉常，为汉家订宗庙仪法，头绪繁多，一时难以完成。

久未曾见师尊，惠帝不禁满面欣喜："吾师何事登门？不是朕又有了错吧？"

叔孙通一躬应道："正是。"

惠帝神色就大变，忙请叔孙通入座，道："愿闻指教！"

叔孙通便朝北一揖，徐徐奏道："先帝葬于渭北，生前所留衣冠，皆藏于陵园。每月取出，由执戟郎护卫，出游高庙一次，名曰'游衣冠'。"

"此事朕已知，由师尊主持其事。"

---

① 奉常，九卿之首，秦始置，掌宗庙礼仪。汉初时曾改为太常，至惠帝时复为奉常。

"还有一事，也不可不察。未央宫与长乐宫之间，于武库之南，有飞阁复道一座，以通往来。陛下朝太后，常从此过。"

"不错，往日朝见，两宫南门皆警跸，往往扰民。从复道往来，正为便民。"

"然微臣以为不妥。臣见'游衣冠'所经之途，与这复道同出一路。如此，子孙行走于半空，岂非行走于先帝衣冠之上？"

惠帝不由一惊："哦呀！朕于此节，倒是疏忽了，这如何是好？便将那复道拆了吧？"

叔孙通道："不可。天子处庙堂，不宜有过度之举。当初建复道，原也是为免扰民。当年劳师动众建成，今又拆之，岂不失信于天下？"

惠帝便苦笑："那也顾不得扰民了，仍从两宫大门往来。唉，做了皇帝，进退皆失措，倒不如富家儿随意了。"

"那是自然。位高，所处即是危地，小事亦不可轻忽。然事也不必拘泥，微臣以为，可在渭北择地，另建原庙一座，就近游衣冠，无须再入城了，岂非两便？"

"甚好甚好！于渭北建庙，正是至孝之举。不知师尊还有何建言？"

"古有春尝鲜果之俗，今樱桃已熟，可作祭献。愿陛下出宫，摘取樱桃，以献宗庙。"

"好好！此礼，可列入汉家仪法，名为'果献'，年年不辍。"

"如此，先帝于地下，也可含笑了。"

惠帝不禁动容，遂起身道："师尊多日不来，来即令弟子大悟，弟子这厢有礼了！"说着便要跪拜。

叔孙通连忙阻住，道："你好歹还知师恩。然读万卷书者，岂如斗鸡小儿得宠？贤愚颠倒，自古已然，而今余脉不绝，为师又能如何？"说罢一拂袖，便反身退下了殿去。

惠帝呆望叔孙通背影，不禁面色发白，汗也湿了一身。

在榻上辗转一夜，惠帝深自懊悔。次日一起来，便唤来中谒者张释，商议了半日，教他拟诏：一则，命各郡国，查乡间孝悌、勤劳之民，造册上报，终身免赋，以嘉勉民之厚朴者，杜绝奸猾之风。二则，颁下新令，逃人若还乡，既往不咎，允归还田宅，官吏亦不得辱之。此外，各郡国兵卒，人数浮滥，允裁减归乡，官吏须善待，划给田地耕种。

此诏一下，朝野大赞，都称此为圣德。于是，惠帝方觉心安，每月必至叔孙通居处请教。然事无百日好，时过不久，叔孙通忽然病殁，众弟子亦将星散，引得朝野一片唏嘘，惠帝更是为之多日不欢。

吕后闻听叔孙通已死，也不由得呆了，喃喃自语道："这老夫子，不陪盈儿了？你这拗师傅，说走，便走得这般快……"

且说惠帝大婚之后，宫人正欲消歇几日，不料两宫竟连发火灾，烧得人胆战心惊。

先是张嫣进宫后才数日，长乐宫鸿台便失火，楼台尽毁。吕后受了惊吓，大骂中涓。长乐宫涓人受了责骂，一连数月，皆夜不敢眠。

这边好歹防住了祝融，至秋七月，未央宫那边又出事。乙亥夜间，藏冰的凌室，忽起大火，烧成一片水洼。吕后气得拍案大骂："灶间尚未失火，藏冰室倒起了火，涓人都死绝了吗？"

孰料才过数日，未央宫织室又起大火，无数锦缎付之一炬。消息传至长乐宫，吕后双目大睁，僵坐不动。涓人都以为，太后少不了要有一场暴怒，却不料，吕后只教传见许负。

待许负上得殿来，吕后便问："两宫为何灾异不断？立张嫣为皇后，莫非不吉？"

许负便道："非也，太后请勿虑。两宫火灾，或是朝廷旺运也未可知。"

吕后苦笑道："权当如此吧！汉家宫室，哪里比得上阿房宫？再有两三个未央宫，也不够烧的！"于是，便唤来惠帝，狠狠教训了一番。

惠帝也着实吃了惊吓，回到未央宫，便召集涓人，严密布置防火。从此宫中，无人再敢大意，昼夜都小心火烛，这才无事。

至惠帝五年（前190年），吕后所忧心之事，终于接连而至——功臣元老，竟纷纷谢世。

这年春，最后一次筑长安城，征发长安六百里内男女，共十四万五千人服劳役，一月而止。剩余未完工之处，则征发列侯家徒补齐。

此次筑城，规模浩大，曹参心知此为万代之功，不敢马虎，一改往日闲散气，效仿萧何，亲上城头，昼夜催督。至秋八月，堪堪四面城墙即将筑好，曹参却因劳累过甚，顶不住，一夕吐血数次，竟然薨了！

吕后闻知，呆呆坐了半日，泪流不止。惠帝闻听噩讯，奔来长乐宫，与母后商议。吕后嘱惠帝道："曹参，你父执辈也，恩重亦如父。你且换了素服，前往曹邸，代我吊丧。另有谥号、袭爵等事，也一并办好。"

惠帝便带了陈平、周勃等人，同赴曹邸，见了曹参妻、子，温言劝慰。次日便有诏下，赐曹参谥号懿侯，子曹窋袭封平阳侯。

曹参虽逝，功德常留。至本年秋九月，长安城终告筑成，周长六十五里，城外有壕水环绕，四面各开三座城门，上有木制城楼，巍峨干云，各门均有门道三条。一面三座城门，共计十二城门；一门三通道，共计三十六门道。后东汉张衡作《西京赋》，所述"方轨十二""三涂洞开"即指此。

长安城郭，并非长方形，因受渭水所阻，又顾及未央宫走向，故城南为南斗形，城北为北斗形，俗称"斗城"。

此时之长安，经萧、曹两人接替营造，已是天地间头等的通都大邑，尤其自惠帝临朝以来，百事无为，万民心定，生计一年盛于一年。至此时，城内商贾已云集，各个富甲一方，出入游乐，骄奢不输于公侯。恰如张衡《西京赋》所言，看彼时市井，唯见满目奢丽：

尔乃廓开九市，通阛带阓。旗亭五重，俯察百隧。周制大胥，今也惟尉。瑰货方至，鸟集鳞萃。鬻者兼赢，求者不匮。

秋高之时，天气渐凉。吕后一时兴起，便携了惠帝及文武重臣，将那四面之城，各登临一遍。

在城头，吕后望街衢良久，满面喜色，对左右群臣道："高帝在时，恐百姓奸猾，曾有《抑商令》，禁商人身着丝衣，又不准乘车出行。哀家以为：市井子弟，不让他为官宦，也就罢了，不许他衣丝乘车，这就过了。吾意《抑商令》即使不废，也应从缓，有司都不要过于计较。看这长安城，若无商人出入，还成什么样子了？"

群臣闻之，都大喜，齐呼"万岁"，盛赞太后德被天下。

商民于城下仰望，见城头旗盖蔽日，金钺如林，便知是大驾出游。那卤簿每至一处，便引得闾巷喧腾，观者如堵，人人皆惊呼："天神下凡了！"

一行人登上南面的安门，方清晰望见两宫格局。唯见屋宇万千，纵横交构，错落有致，正如张衡所言：

正殿路寝，用朝群辟。大夏耿耿，九户开辟。嘉木树庭，芳草如积。高门有闶，列坐金狄，内有常侍谒者，奉命当御。兰台金马，递宿迭居。

群臣未料俯瞰两宫竟是此等气象，皆同声赞叹。吕后以手扪胸，也是错愕良久，方环顾群臣道："萧丞相手段如何？"

群臣齐声称赞："或比姜太公！"

吕后大笑，遂敛容，殷殷嘱道："天下未定时，安危系于将军；天下既定，兴衰则在于宰相。正是这萧规曹随，我汉家方有今日！惜乎曹公也早早薨了，哀家连日心乱，一时尚不知何人能继任。"

众臣闻言，皆唏嘘不已。

那曹参为相三年，天下无事，民间得安宁，今忽然亡故，市井百姓亦为之悲。有人作歌谣曰："萧何为法，讲若画一。曹参代之，守而勿失。载其清靖，民以宁壹。"一时间巷传唱，延及郡国，天下无人不颂其德。

曹参去后，相国一职，一连空缺了三月。吕后原想用樊哙，又想用吕释之，踌躇再三，不敢轻易任命。百官见此，不免起了疑惑，人心有所浮动。左右皆苦谏道："国无纲纪不立。相国一职，不可久缺。"

吕后仍不能定夺，遂想起张良，即遣人赴留侯邸打探。未几，涓人回禀："留侯在家，仍不食五谷，欲学仙飞升。"

吕后便连连摇头："留侯德高，为汉家重臣，如此自弃怎能行？"于是备下盛宴，请张良入宫赴宴。

张良应召前来，见案上珍馐如山，不由大惊，摆手道："臣欲从赤松子游，已辟谷多年，怎能如此进食？"

吕后便强令道："不能食，也须食！人生一世，如白驹之过隙，何必自苦如此？"

张良只得坐下，举起箸来，却仍犹疑："辟谷，人以为苦，臣则以为大乐。多年如此，已不知肉味。"

吕后挥挥袖，不以为然道："留侯以三寸舌为帝王师，封万户，位列侯，此乃布衣之极。若饮食起居，尚不如布衣，所图又为何呢？"

张良答道："臣只羡世间高人，别有怀抱。昔征鲁城时，臣随帝过济北，寻恩师黄石公不见，不得已，唯有携回黄石一块，供奉在家。每日拜之，便觉已成半仙。"

吕后仰头大笑："果然几近成仙了！留侯少年时，得黄石公教诲，发愤自立，终得大贵，这本是正途，不应有疑。若只求长生安乐，不若当年去隐居，早便修成高人了，又何必随先帝冒矢石、打天下？"

"此一节，臣亦甚觉大惑。"

"再者，看留侯今日，位在卿相之上，名震中外。汉家河山，纵是行至桂林、番禺，亦无人敢侮慢你。你不稼不穑，终年不朝，无须谄媚，免于奔走，无税吏上门，无捕快拦路，郡县匍匐于前，诸侯逢迎于后，如此，又岂是一个布衣可得的？若真为布衣，则吃喝用度，油盐柴薪，何事不令你焦头烂额？"

"这个……太后高见。世态炎凉，臣亦知，故不愿食人间烟火，宁愿远遁。"

吕后便笑："留侯贵公子出身，儒雅好文。那山中豺虎、林间野豕，须是不好应付的！"

张良于座中一拜，恳切道："太后所言，正是微臣心病。多年坐而论道，未赴山中，或正因患得患失。"

吕后闻听，只微微一笑："你岂是真心想隐居？不过明哲保身而已。那失心翁在世时，胡乱猜疑，功臣多畏惧。此弊，自哀家掌政之后，断乎不许再有。留侯请放宽心，不要自外于朝。"

"臣痴迷于仙游，或为妄想；然执此一念，朝夕思之，十年不改，或许亦能成真。臣既已半生碌碌，悔之莫及，老来若得道，也算是得了解脱。"

"哈哈，哀家与你讲理，是讲不过了。然一朝成仙，哪还有这般人间美味？来来，哀家便不讲理了。你今日，须饱食足饮，方可归家。"

张良无奈，只得勉力加餐。其间，吕后数次起身，为张良敬酒，恭谨有加。

宴毕，吕后便问计道："今曹参新薨，却无良相人选，犹豫之际，朝野都不安。此事已苦恼我多日，留侯可有何良策？"

张良略作思忖，答道："汉家大事，早有定规，无人能逾先帝。"

吕后当即领悟，面露笑意道："留侯果然多智！ 哀家今日摆宴，只为听到你这一句话。"

张良回到府邸，这一夜，便辗转难眠。 思来想去，总觉自家磊落了半生，老来却陷于苟且，伸展不得，亦摆脱不得，只是一个无奈。

后半夜好不容易入梦，忽梦见定陶城外的卖荷女，眉眼历历，一如当年。 但见那青荷女子娉娉道来，却听不到所言为何。 张良急忙趋前，侧耳去听，那女子却忽地变脸，掣出一柄尖刀来，将手中青荷拦腰削断。 那许多荷苞，便扑噜扑噜撒落一地。 女子抬起头来，忽又清清楚楚说了一句："公子为何执迷？"

张良顿觉羞愧难当，出了一身大汗，急欲辩白，却又发不出声来。 挣扎了半晌，忽地就醒了。 见窗外并无光亮，才知是个梦，便连声叹息，悔恨当初未能出游，牵牵绊绊，终留在了长安。 暮年为太后所献之计，无不带着小人气，生生将那一世英名全毁了。

如此一想，顿觉浑身都是污秽，还不知后世之人将如何看呢。辗转了一夜，人竟似老了十岁。 晨起，家老张申屠来问安，见状吃了一惊，忙上前来询问。

张良摆摆手，道："我无事。 唯昨夜想到，做人一时不清，则万世也难洗得清。 那年在邯郸，就该遁去……"

张申屠连忙劝道："主公此时生悔，岂非晚矣？ 唯有且行且看。 人至高处，安然便是神仙。"

张良瞥了张申屠一眼，苦笑道："我这副模样，颇似神仙吗？"

张申屠忽狡黠一笑："有那青荷女子入梦，怎的就不是神仙？"

张良大惊："你怎知道？"

"主公这一夜，不知唤了多少遍那女子，小臣在隔壁屋里，也听得分明。"

张良遂大惭，涨红了脸，摇摇头，不再言语。自此，便觉身体一日不如一日。

却说当夜，吕后反倒是定下了心，决计遵刘邦生前所嘱，仍用老臣。翌日一早，便有诏下：废去相国名号不用，新设左右丞相。以王陵为右丞相，陈平为左丞相，太尉仍为灌婴。三人功高威重，文武相济，百官见了这阵势，也便不再有疑虑。

如此人心方定，朝中平稳了一年。至惠帝六年（前189年），又有噩耗迭至：齐王刘肥、留侯张良、舞阳侯樊哙等，都接二连三地薨了。

时方入春，吕后闻张良薨，失色良久，哽咽了一声："留侯不在，吕氏何以存焉？"便急召张良之子张不疑、张辟疆入宫来见。

吕后问二人道："令尊生前，可有何嘱托？"

张不疑答道："家父弥留之际，已不省人事。此时忽有一妇人，着青荷色衣裙，称自济北来，叩门求见，携黄石一块，献予家父。家父病笃，不能见。那女子便道：'此黄石乃黄石公精魂所化，向为你父心所系。二十余年前，你父赴济北寻黄石不见，误将一白石携回。今我将真品觅得，千里迢迢运来，只是为此物寻个妥当处。'言毕，放下黄石便走。"

吕后便道："奇了，那妇人如何识得令尊？"

"臣亦问过，那妇人答道：'定陶无人不知，卿相之中唯一白衣者，便是张良。你父在济北寻黄石事，定陶家家皆知。'待家父稍清醒，闻之泪流满面，直呼：'错错，几十年间，竟然供了个假的！'却不肯言明那女子为何人，唯留有遗嘱，愿与黄石同葬。"

吕后听得饶有兴致，然闻说张良临终只惦记黄石，片言未涉朝政，又不免失望，便揶揄道："留侯夫子，亦有外遇乎？"

张不疑、张辟疆皆愕然，连忙答道："家父……似不敢乱为。"

吕后一笑："怕甚么？ 小乱，也无伤大雅。 古今千载，睿智者，恐也只这一个留侯了，一计便可兴邦，却于朝政全不留意，视功名爵禄若粪土。 如此洒脱，教那天下碌碌小吏何以自处，尽都羞煞算了！"

此时，张辟疆抢上一步，朗声答道："家父虽超脱，然亦须有事功作底。 若无事功，则与闾巷匹夫无异，有何可称羡？"

吕后看这少年聪颖，心甚喜之，便道："孺子所言，倒甚合吾意。 年前，哀家也曾与令尊说过此意。 只不知，你而今年纪几许？"

"小子无才，年方十四。"

"嚯矣，可堪造就！ 你阿兄袭了侯，你却无缘得父荫，不亦憾乎？ 哀家这便授个侍中①与你，常来宫中走动，也好上进。 你二人回去，遵父嘱，就将那黄石一同葬了吧。"

张氏兄弟连忙谢恩，退下了殿，回府自去发丧不提。

至夏六月，吕后正以为无事，忽又闻樊哙暴薨！ 吕后大惊，顿觉心乱，绕室徘徊半日，仰天叹道："天不佑我吕氏耶。"

俄顷，有吕媭叩阙求见。 吕后连忙宣进，只见吕媭掩面奔入，抱住吕后便号啕大哭。 吕后心亦甚悲，却只能强忍，抚着吕媭肩头，惨笑一声道："阿娣，天下人皆瞩目你我，不可自乱。 那黄泉底下，想必是妖姬不少，不然大丈夫怎都弃我而去？ 你哭哭

---

① 侍中,官名,秦始置。汉代为正规官职外的加官之一,可出入禁中,应对顾问。

便罢，勿伤了身。天道如旧，人却不如旧。吾辈既未死，也只得强自活下去……"话未说完，自己竟也涕泗滂沱起来。

两人大哭一场，吕媭犹悲伤难抑，只觉恍恍惚惚。吕后见之不忍，自当晚起，便留吕媭住在宫中，百计排遣。这之后，两人朝夕相处，一同住了数月。

为安抚吕媭，吕后便授意惠帝下诏，称："樊哙为立朝功臣，又兼享外戚推恩，故而恤典从优，谥号为武侯。其长子樊伉，袭爵舞阳侯。妻吕媭亦享推恩，引先帝封女流为侯例，封为临光侯，准参与朝政。"

诏下，吕媭破涕为笑，神情大振，与吕后商议："我夫既薨，军中便无吕氏臂膀。那灌婴掌太尉职，万一有异心，将何如？"

吕后颔首道："阿娣想得周全。灌婴将兵在荥阳，虽无二心，然兵权也未免过重。不如废置太尉官，收天下兵权归刘盈。"

吕媭便拊掌叫好："盈儿掌天下兵，阿姊便是太尉了。"

吕后笑笑，又道："失心翁临终之际，推周勃可为太尉。目下看来，兵权不授予人，方为上计，不要这太尉官也罢。"

"阿姊心思周密！妇道人家在朝，于兵事最弱，疏忽不得。我只想：那禁军原就分内外，不如索性更名为两军。那中尉统领的一军，守护长安城，营寨在未央宫北，可号为北军。卫尉统领的一军，守护宫禁，驻于城南，故而可称南军。禁军既分南北，便成两家，免得一家独大。"

"如此甚好！你说得不错，兵权一日不归诸吕，我便一日不得安宁。"

"何不明日便将兵权授予诸吕？"

"人心归顺，尚需时日，急不得！先废了太尉就好。"

姊妹俩商定，便命中涓将诏令发了下去，废置太尉官，京畿禁军分为南北军。诏下数日后，探知灌婴那边并无异常，吕后这才放下心来。

数月后，吕媭返回府邸。临行，吕后叮嘱道："阿娣，世间万事，唯诸吕之事为大。切记，天下早已不属刘。"

吕媭不由得惊异："盈儿不是还听话吗？"

"盈儿行事，多不似我，天下岂可托付于他？"

吕媭便摇头，叹了声："这个盈儿，害苦了阿姊！"

此后，吕媭便拉拢朝臣，公然为诸吕张目。百官见之，虽愤恨，却无人敢于阻拦。

且说吕后操劳惠帝大婚，颇觉费力，只恨女官太少，紧急时也无个傍依。便下诏，令少府派员至燕赵一带，招募良家女子，入宫为宫女。

两月之后，便有百十名女子，自燕赵之地募来。分到吕后身边的，有一小女子，名唤窦猗房，是清河郡观津县（今河北武邑县）人。

这窦猗房正值豆蔻年华，娇小可人，吕后一见就喜欢，便拉住那一双纤手，问起小女子身世来。

窦猗房年纪虽小，口齿却清晰，从容答道："回太后，奴婢家甚贫寒，家父为避秦乱，隐居于观津，万事不问，整日里垂钓水边。一日不小心，竟失足坠河而死。"

吕后一惊，又问道："家中还有何人？"

窦猗房答道："家母亦早亡，家中还有一兄一弟。"

吕后便叹："原也是个苦人家！既来宫中，便好生听话，总强于在家中受苦，两个兄弟，也能得你之助。"

"谢太后大恩！太后既如此说了，奴婢定当勤快。"

"我看你聪明伶俐，万不可自贱。只须勤谨做事，便有你的好。"

"奴婢记下了。"

从此，吕后便收窦猗房为左右心腹，唤作窦姬。宫人见吕后看重窦姬，也都争相怜爱之。

且说那张嫣入宫后，与惠帝相处甚洽。惠帝仍视其为外甥女，唯钟爱而已，两不相扰。

惠帝五年夏六月，天气溽热。一夕，惠帝在宫中，只觉得闷热，不能成寐。辗转至半夜，忽坐起，欲召宠姬前来嬉戏。

时有惠帝最宠之美人，尚居长乐官，未迁至未央宫。惠帝思之，便唤来宫女数人，授以锦衾一袭，红帕一方，令宫女携至长乐宫，以作符验。惠帝吩咐道："美人若已睡，便以锦衾裹来，夜深不要惊了他人。"

宫女半夜骤醒，睡意未消，误听为"往中宫接人"，于是一行人赴中宫，径叩宫门，传达上命。

有皇后侍女正在值宿，闻声起来，开启殿门数重，引惠帝宫女入内。宫女叮嘱道："切勿声张！"便直趋张嫣榻前，以锦衾裹之，并以红帕蒙头。

张嫣惊醒，急问是何故。宫女答道："上命如此，奴婢唯知遵命。"说着，便背起张嫣，急趋前殿。

见已奔出中宫大门，张嫣便大声道："既奉帝诏，且容我穿好裳服。这般赤条条的，怎能去见皇帝？"

宫女闻皇后责问，愈加惶急，答道："上命也，刻不容缓。且已出了中宫，皇后请勿作声。"

张嫣无可奈何，只得闭了嘴。须臾，一行人奔至寝宫，惠帝见宫女背着蒙面人，便上前，揭帕视之，见居然是张嫣，不由大笑，拊其裸背道："怎么是你，惊了你的梦吗？"

张嫣不答，似微有嗔意。

惠帝便命宫女："置皇后于御榻上，尔等都退下吧。"

宫女既退，惠帝直望着张嫣，问道："淑君生我气了？"

张嫣答道："妾身居中宫，陛下若有召命，应先一日宣入。岂可轻佻若此，为妃嫔所窃笑，他日还有何面目母仪天下？"

惠帝大惭，涨红脸道："朕错了！朕召你来，并无他事，聊以消暑罢了。"

张嫣这才一笑："消暑？召小女子消暑，陛下只不要上火才好。"遂紧裹锦衾，端坐于榻上，与惠帝闲谈。

及黎明，中宫侍女皆来前殿伺候。张嫣便命取来裳服，从容穿上，稍事梳理，而后还宫。

诸美人闻听此事，妒火在心，皆传言"皇后夜半擅自出屋，裸奔至帝所"。流言所至，竟是无人不信，辗转传到了宫外。大臣中有怨恨太后者，亦私下议论："张皇后为太后外孙女，果非佳种！年幼即如此，他日必无端庄之德。如此，何以承宗庙？"

人言汹汹，众口铄金。自是，张嫣在群臣中口碑便不甚佳。

至惠帝六年秋，张嫣年纪已十三，人道始通，可与惠帝交合了。时惠帝后宫美人，已生有四子。太后素不喜姬妾承宠，只想张嫣能够早生子，便遣使祭祷山川百神，又赐予太医数千万钱，只求张嫣能服药求子。每夕，必遣宣弃奴来，劝惠帝宿于中宫，勿往美人居所去。

太后之旨，何人敢违？惠帝只得唯唯。然张嫣小小年纪，却自有主张。

一夕，惠帝郁郁不乐，至中宫，对张嫣道："母后催逼甚急，令你我同寝，奈何？"

张嫣从容道："陛下多病，已非一日，如不静养，竟夜嬉戏，何日方得痊愈？同卧之事，尚有无穷时日，不在这一朝一夕。"

惠帝便道："此等道理，我也懂，然太后之命，谁敢违抗？"

"可同卧一室之内，然不同在一榻。熄灯之后，各自早早睡。"

"淑君，太后也可欺瞒乎？"

"中宫之严密，鸟亦不可入，我榻上之事，外人还敢来看吗？"

惠帝不由大喜，拊掌道："如此便罢！你睡榻上，我席地而卧，相安两无事。"

自此，惠帝常宿中宫，却与张嫣分榻。侍女不知其虚实，太后更是不知，只是叹气，常问张嫣道："嫣儿，你倒是奇了，怎么还是冰清玉洁身！万方终无子，莫非此为天意？"

且说惠帝大婚后，那男宠闳孺，却无缘得见张嫣一面。闳孺一向自恃貌美，闻侍女夸赞皇后，心甚奇之。这日，便恳求惠帝道："臣闻皇后容貌无双，愿远望之。"

惠帝便笑："皇后年幼，你何须妒之？想见，也无不可，只不要心急。"

适逢中秋佳节，按例，皇后须游幸上林苑，观赏秋海棠。惠帝忽就起了玩心，命闳孺换了女装，服饰一如皇后，先至上林苑躲好，以便近窥。

时已有宫女先至苑中，洒扫迎候，见阆孺突入，容貌绝丽，皆大感惊疑，以为是真皇后驾临。

阆孺一笑，自报了家门，嘱宫女们无须惊扰，便缓步登上了假山，藏于树后。 未几，见大队车驾行至苑中，张嫣下辇步行，露出了真容来。

稍后，张嫣率一行人登楼，凭栏眺望。 阆孺在树丛后看得真切，见张嫣云髻高耸，长袖翩翩，罗衫淡妆，举止娴雅，果然不似凡人。

张嫣偕后宫五六美人，且行且赏花，姹紫嫣红中，唯张嫣年最幼而又最端丽；其移步，若轻云出岫，不见其裙之动。 阆孺望见，惊异万分，几乎要失声赞出来。

游幸毕，阆孺待皇后一行已远去，才去见惠帝，俯首自惭道："实不知上天造物，竟有此等绝美者！ 陛下有中宫若此，还用臣与美人何为？"

惠帝便玩笑道："皇后虽身长，貌如成人，然年齿幼稚，性憨未谙男女事。 若五年以后，你辈便不能久留了。"

阆孺不知此言真假，脸色忽变白，忙伏地叩首道："即便如此，臣亦心甘。"

惠帝七年（前188年）春正月，惠帝赴上林苑围猎，皇后及诸美人骑马相从，诸美人装束，皆如男子，而以张嫣尤为惊艳。

驰骋半日，一行人跑累了，下马歇息。 张嫣忽然内急，便卸了戎装，匆忙如厕。 忽然，一头野猪蹿入厕中，发狂撕咬张嫣衣裳。 说时迟那时快，野猪几口便咬碎了张嫣下衣，连屁股上也略有微伤。

事发突然，诸美人都吓得动弹不得，争相呼救。 惠帝惊愕失措，竟救援不及。 张嫣却临危不乱，大喝一声，拔剑便刺向那野猪，三两下将其砍翻。 诸美人惊魂甫定，无不佩服，都围上来称贺。

张嫣下衣既撕裂，仓促间暴露其体，却浑然不觉。

倒是惠帝一眼瞧见，笑而指之道："你那臀，何其肥白也！"

张嫣这才惊悟，大为羞惭，手足无措。 少顷才想起，急呼侍女拿一件下衣来换，遂两颊红晕，半日里默然无语。

且说吕后因审食其事，本就恼恨惠帝，又见惠帝常宿中官，与张嫣却无子，后宫美人反倒多子，便愈加不快。 于是，便召惠帝来，愤然道："你与张嫣，并非木石，同寝两三年了，如何就无子？"

"此事由天，儿不可谓不努力。"

"甚么由天？ 我看就是后宫美人多，你用心不专，焉能有子？ 以我之意，你那边，要那么多女人何用？ 不如尽黜后宫诸美人，令其归家。 张嫣既为皇后，应得专宠。 如此，便不至数年无子了。"

惠帝大惊，脱口道："这如何使得？ 母后当年，亦是皇后，可得专宠乎？"

吕后闻言大怒，拍案而起道："放屁！ 正是你那阿翁混账，若专宠，岂能只有你一个无用之子？"

惠帝又争辩道："然皇后终究年齿尚幼……"

"十五龄了，哪里便幼？"

"有两龄为母后所加，应当刨除，实年才十三。 十三幼女不得子，并非荒诞，宜从容待来日。"

"你从容，我却从容不得！ 蓬头老妪，还有几个来日？ 此事你无须再多言，回你未央官去，将美人统统逐出。明日起，我是不想再撞见一个了。"

惠帝不敢再争辩，内心忧甚，返回未央官，绕室逡巡半日，仍无以为计。想来想去，只得去找张嫣商议："太后谋尽逐美人，这又如何是好？"

张嫣性浑厚，不知妒忌，反问道："逐美人是何意？彼辈并不多事啊！"

惠帝道："正是。有美人在，其乐融融；逐走美人，形单影只，此地岂不成了废官，还有何趣？"

张嫣亦觉沮丧，问道："太后何以有此意？"

"太后恼恨美人有子，而你无子，故欲赶走美人。"

"原来如此！然妾亦不明：如何美人生子，如同结瓜；我与帝同寝一室，却经年无子？"

惠帝愕然，注目张嫣良久，方道："……或因你年岁尚幼，如同秧苗，稍长自可结瓜，无奈太后等不得。"

张嫣忽有所悟："陛下之意，欲教我劝谏太后乎？"

惠帝哀恳道："正是。唯有你进言，太后或许可听。"

"那好！妾已知，当竭力劝阻太后。"

次日，张嫣便赴长乐官，面谒吕后，哀泣谏道："诸美人罢黜归家，将有何颜面见家人及乡里？妾命薄，不能生子，而非美人之过，望太后收回成命。"

张嫣素得吕后欢心，凡有所言，吕后无不从。此时闻听张嫣哭谏，吕后心便软了，叹了一声道："嫣儿怎能命薄？然同寝一室，多年无子，这奇哉怪事，如何就应在了你身上？"于是，逐美人之事便不再提起。

当年夏五月，吕后得报，后宫周美人又有娠，立时便发怒，欲鸩杀之。

消息传至未央宫，张嫣大惊，直奔长乐宫，力请吕后宽宥，吕后只沉吟不语，张嫣哀泣再三，方准允放过不提。

张嫣连连谢恩，欲起身返回。吕后忽心生一计，唤住了张嫣：“诸美人猖獗，只因欺你不孕，哀家实为你不平。你便听我一计：以衣物塞腹下，佯作已有身孕数月。俟周美人生男，即称是你所生，立为太子。如此，母以子贵，你便可无忧了。”

张嫣瞠目道：“这哪里行？身为天下之母，岂可作假？”

吕后便冷笑：“你道先帝斩蛇，那蛇就定然是真的吗？”

张嫣更是错愕，心知无计可推托，只得从命。

返回未央宫，张嫣便知会了惠帝。惠帝哪里有甚主意，只黯然道：“便如此吧！安宁一时，便是一时。”

张嫣便依太后之计，将一包衣物，胡乱塞入裳下，装作有孕。侍女见之，皆大喜。

适逢鲁元公主来，张嫣便与母私语此事，道：“嫣于狐媚之道，素所深耻，迟迟无子，惹得太后不快。”

鲁元公主便详询其情，听罢不禁苦笑：“你虽与帝同居一室，却如隔河相望，当然是无子了。这个事嘛……”于是，这才将男女之秘事传授之。

张嫣闻罢，满面通红，这才恍然大悟：“阿娘若不说，阿嫣倒以为自家是一株废苗了。此事纠结多年，好不恼人。阿嫣无子，太后便不乐，不欲令那美人之子活，因而诸皇子命都难保。舅皇为此心忧，越发郁闷了，眼看着疾患日甚一日。今太后又命我假作有娠，嫣所以应允，上是逢迎太后，下是为保美人之子，中可以调和两宫不睦，不忍见舅皇病重而已。"

鲁元亦无奈，唯嘱咐道："事已至此，奈何？便照我所授秘术，勉力为之吧。"

越日，太后果然下诏，称："皇后孕已久，将足月，可免赴长乐宫朝见。"

惠帝心照不宣，便也做起戏来，累月不至中宫。唯张嫣一人，不出寝宫一步。侍女中有狡黠者，相互窃语道："皇后孕既足月，将育太子，然腹却不大，何也？"皆掩口而笑，多摇头不信。

至夏六月，周美人果然生一男，太后闻知，立召宣弃奴来，如此这般吩咐了一番。宣弃奴会意，当下至周美人处，将婴孩强行取走，又不许周美人声张。而后，将此婴孩携至长乐宫，交给窦姬，小心裹上襁褓，暂匿别殿。一面便遵太后密令，将周美人软禁起来。

那窦姬虽还是少女，接了这婴孩，却大起怜爱，向宦者讨来些羊奶，精心喂了。

当日事毕，吕后便密令窦姬，趁夜速往未央宫，教张嫣佯称腹痛。

窦姬受命，急趋往中宫，进了椒房，见张嫣一人卧于榻上，孤灯摇曳，状颇凄清，便趋近前，耳语数句。张嫣甚觉惊奇，望望窦姬，苦笑道："我才大你几岁？又未曾生育，这种把戏，怎能装得像？"

窦姬只低眉答道："太后之命，不便违拗。"

张嫣不得已，也只好装模作样，喊了几声。

喊声未落，便有人猛然开门，唤了一声："窦姬，勿久留！"

灯光昏暗，难窥其人，唯见门开处，一双手臂将一襁褓递入。

窦姬机灵，迅疾回身问道："何人？ 是宣弃奴吗？"见到褓褓，心下便雪亮，忙接过来，转交给张嫣，自己匆匆抽身走了。

诸侍女多已睡下，闻声惊起，直奔入椒房，却见一呱呱男婴，已在皇后怀抱矣！ 诸侍女面面相觑，惊诧莫名，却都不敢多言，口称贺喜，忙接过男婴来打理。

惠帝闻之，且喜且叹，便遣闳孺奏报太后。 吕后闻之，佯作大喜，当下传令宗正府：晨起告祭宗庙，立张皇后子为太子。

次日晨，群臣闻太子诞生，均不知有诈，纷纷奉表称贺。

吕后阅罢一堆奏表，大喜，拉住窦姬之手，夸奖再三。 过了三日，又遣宣弃奴与窦姬去探看周美人，赠以文绮、黄金，另有药物一瓶。 待周美人谢恩毕，宣弃奴便温言道："太后有旨，宫中杂乱，不宜静养。 请美人暂移宫外，休养数月。 待将养好些了，再行返归。"

周美人不敢抗命，又不敢问儿子被置于何处，只得勉强起身，由窦姬帮忙收拾好。 宣弃奴遂推来辇车，载周美人出宫而去，从此再不见踪影。 半月后，宫人中便有传言流布："周美人命苦，已为太后鸩杀了。"

张嫣闻之大惊，涕泗交流，密告惠帝道："妾之所以应允作假，只想救周美人。 然周美人还是遭了暗害，岂非命耶！"

是时，惠帝后宫所生，已有六子，名为张嫣所生者，乃最小的一个。 张嫣抚之，一如己出。 久之，宫人亦不再议论，只当是此子为皇后嫡出，是个真太子了。

五

诸吕欢踊
封侯王

惠帝七年中，天象不吉，春夏皆有日食。尤于夏五月丁卯这日，午前日光渐暗，有人在水影中见日头缺了，都大呼小叫。无多时，日食竟既，周天昏暗如暮。百姓奔窜于市，皆惊骇不已。

吕后闻宫人禀报，也奔出殿去望天，半晌，才自语道："又是日食。古人云：日食者失德……然我有何错？怎的就失了德？盈儿在位，政事皆由我出，足不出宫闱，天下晏然，为何仍有日食之凶？莫非老身寿数到了？"

至秋八月，暑热退去，吕后觉身体尚健旺，并无病痛，正自庆幸。忽一日，阍孺狂奔而来，流泪禀道："陛下病急，已不省人事了！"

吕后大惊，戟指阍孺骂道："都是你这班男女闹的，看我不扭下你头颅！"便带了宣弃奴与太医，急赴未央宫。

进了寝宫，见张嫣正抱着惠帝饮泣。吕后急上前道："你且让开。"俯身看去，见惠帝面如土色，气若游丝，心知不妙，遂命太医孔何伤诊治。

孔何伤捉住惠帝手臂，号脉良久，摇头道："病邪入五脏，阴阳皆虚。陛下之疾患由来已久，或将……可治。"

吕后略微一怔："先生是说，救不得了？"

"气血壅塞，阴阳紊乱，老夫只能尽力而为。"

稍后，一服药灌下，惠帝仍不见起色。张嫣百般呼唤，亦不应。吕后心更急，绕室徘徊数十匝，片刻不能停。当晚，就与张嫣一道，在惠帝寝宫里坐守。

寝宫入夜后更显凄凉，火烛摇曳，更漏迟迟。张嫣于此前，已守了多日，此时困倦已极，忍不住连连瞌睡。吕后看看，便道："你且去歇息，天明再来。此处有哀家，料不会有事。"

张嫣遵命退下。吕后便问宣弃奴："我问你一句话，你只管放胆说来。"

宣弃奴叩首道："太后请问。"

"哀家问你：君上若不起，于哀家有何利弊？"

宣弃奴一惊，环顾左右，见太医、宫女皆在门外，才低声道："陛下万一……有不测，太子已在襁褓，还有何可虑？朝中诸事，或更是顺遂了。"

吕后颔首一笑："正是，你所言不差。"便起身，坐到惠帝榻边，握住惠帝之手，想起他小时情景，禁不住洒了几滴泪。

至翌日晨，惠帝仍不醒，众人苦劝吕后暂回。吕后起身，嘱孔何伤不可疏忽，这才回了长乐宫。

待朝食毕，吕后躺倒才片刻，忽闻外面有惊呼，便知不好。果然，是阎孺奔入，大声泣道："皇帝驾崩了！"

吕后连忙披衣坐起，唤来宣弃奴，吩咐道："我去西宫，你去请辟阳侯来。"

宣弃奴领命，惶惶而去。吕后却不急，对镜坐下，端详了片刻，见尚不致有垂老之态，这才一笑，起身往西宫去了。

那寝宫中，张嫣与众美人都在，围坐惠帝榻前，哭成一片。

见吕后驾到，众美人连忙闪避开。

吕后走到榻边，见惠帝面孔灰白，宛如熟睡，不由便哀叹了一声："送走父，又送子！天要虐待老娘吗？"僵立片刻，才回首对张嫣道："天不留人，奈何？你哭归哭，却不要误了正事。去吩咐中涓，料理后事吧。"

惠帝时年二十四，在位七年，算是短寿皇帝。后有史家班固，赞惠帝内修亲亲，外礼宰相，知纳谏，敬大臣，可谓宽仁之主，惜乎为吕太后所牵累，不能称明君，亦是堪悲之事。

次日起，朝中文武都来寝宫哭灵，一片素服，哀声四起。吕后亦在榻前哀哭，其声颇大。诸臣偷眼看去，只闻吕后号哭有声，却不见有一滴眼泪落下，心中都纳闷，却不敢言说。待中涓一番忙碌，入殓毕，诸臣这才退下。

左丞相陈平步出魏阙，正要上自家车驾，忽见侍中张辟疆紧紧跟在身后，不由奇怪，便问："贤侄，有何事？"

前文曾说过，张辟疆乃张良之子，得吕后赏识，做了侍中，在宫中行走，迄今恰好一年。辟疆年少聪慧，于宫中之事，早已看清大略。他向陈平一揖，问道："丞相，方才情景，可曾看清？"

陈平怔了一怔，应道："吾已看清，然又何如？"

"太后独有此一子，今日驾崩，却哭而不悲，不见有泣下，君知是何故吗？"

陈平急忙拉住张辟疆，走了几步，至僻静处，才道："愿闻见教。"

张辟疆便道："今上驾崩，却无壮年之子，太后心中，实是畏惧君等老臣。"

"我等有何可惧？"

"天下之权，皆操于老臣之手。若老臣弄权，主少而不能制，一旦有异谋，天下立即崩解。太后能不惧乎？又如何落得下泪来！"

陈平一惊，向后打个趔趄，忙问道："依贤侄之见，当此际，该如何是好？"

"君可请太后，拜吕台、吕产为将，分领南北军。另请为诸吕统统加官，居中用事。如此，吕氏握有中枢之权，太后心安，老臣便可免祸了。"

陈平大为折服，忙揖了两揖，谢道："贤侄救了老臣！你且归家，我这便返回入奏，依你计而行。"言毕，便令御者等候，自己反身入宫内，奏闻太后。

且说张辟疆这一计，可谓切中要害。那吕台、吕产，皆为吕后长兄吕泽之子。吕泽早年战殁，两子今已长成，推恩袭爵，一为郦侯，一为洨侯。此时若分掌南北军，则权倾天下，无人可以撼动。

陈平便依照张辟疆所言，奏请吕后。吕后正掩面干哭，闻陈平之言，不由抬眼望望，心内大悦，嘴上却道："吕台、吕产，两竖子耳，能当此大任乎？"

"天下息兵戈，太尉一职今已废，然南北军之政却不可废；中尉、卫尉，皆用吕氏，乃天经地义事。"

吕后仰头想想，颔首道："难得你有此心，能虑及根本，哀家终可得安睡了。帝忽崩，哀家只觉心痛，顾不得他事了。吕台、吕产，能否掌南北军，自是小事；老臣如陈平你，有此番心思，方为大事。"说罢又哭，然与方才大不同，竟是涕泪横流，一发不可收了！

宣弃奴在旁见了，急忙递了帛巾上去，劝道："太后，如此哀伤，使不得，使不得呀！"

陈平知大祸已远去，心头一松，也作态劝了两句，便退下殿了。

时过两旬，逢九月辛丑，诸侯与列侯功臣便又齐集，行奉安大典，葬惠帝于长安城东北。陵寝与刘邦长陵相距十里，号为"安陵"①。其状亦如覆斗，拔地而起，巍峨蔽日。其高略逊于长陵，宏阔却丝毫不输。陵园内林木蓊郁、屋宇相连，朝东之墓道坦荡如砥，为西汉十一陵中占地最广者。

陵北也有陵邑一座，形制仿长安"斗城"状，东、北两面，各有一城门。

会葬当日，百官神情悲伤，随灵而泣，数十里不歇一步，一路泪洒黄土。

忙碌两日，会葬毕，群臣返回长安，又拥张皇后、太子赴高庙，为刘盈拟谥号，为"孝惠"，故后世称他为惠帝。张嫣怀抱刚满月之太子，受百官拜贺。太子刘恭，就此称帝，张嫣则尊为太后。

惠帝葬毕，已是秋九月梢，新年将至。吕后心中总觉纷乱，便召审食其进宫，做夜半长谈。

夜来天寒，宫中屋宇高敞，尤觉寒彻。宫女点燃了炭火盆，吕后与审食其身裹紫羔裘，一边烤手，一边说话。

---

① 位于今咸阳市渭城区正阳街道白庙村。

吕后搓搓手道："盈儿说走就走，令哀家措手不及，好在张嫣有子，否则汉家权柄，还不知传到了谁手里。"

审食其略一踌躇，回应道："汉祚不衰，固是幸事，然张皇后之子刘恭，到底是婴孩，日后朝政谁来做主？ 近日臣思之，不禁悚然。 太后于此，可有主张？"

吕后一笑："龙庭上坐了个少帝，你还怕甚么？"

"盈儿一走，张皇后便也为太后。 一朝之上，有两个太后，只恐群臣胡乱攀附。"

"当初我力主自家人做皇后，便是为的这个。 张嫣年幼，又是我之血脉，故不必担心。 明日，令其徙至长乐宫来住就是。"

审食其仍有犹疑："道统之事，固无可忧了；然决断天下事，无萧、曹之辈，亦是堪忧。"

吕后便以火钳拨弄炭火良久，忽问道："汉家承平，已有时日，不似开初那般难弄了。 即便没有萧、曹，也不至颠三倒四。 你看，便由哀家称制可好？"

审食其一惊："太后称制？ 史无先例呀！"

"你又吓人！ 我若不开此例，即是万年史，又何来先例？ 今朝，我也来司一回晨，你看天光能不能亮。"

审食其迟疑半晌，才叩首道："太后称制，臣不敢有异议。 若施行，政令必畅通，确乎不须萧、曹再生。"

"正是此理。 我与萧、曹，皆起自沛县，彼辈能，我便也能。"

"臣亦不疑。 太后之功，今后或可比周公，岂是萧、曹能比？"

吕后会意一笑："审郎，你如此年纪了，仍如少年，会讨人喜欢！"

当夜，吕后称制一事，便于这场闲谈之中敲定。

原来，古时君王驾崩，新主年幼，主少而国疑，此乃常事。临此时，照例由皇族长辈临时摄政，待君主长成，方才还政，如此，方不至中断朝纲。上古周武王驾崩，子周成王仅有十三岁，不能治天下，武王之弟周公姬旦受命摄政，留下一段美谈。后世摄政，便常援此例。

然女主摄政，吕后则为史上第一人。自秦始皇之后，君王发令，均以制书、诏书下达。故太后临朝主政，发号施令，便名为"称制"。

再过一月，便是少帝元年。《史记》载曰："元年，号令一出太后。"加之这位少帝，实是个身份不明的"伪太子"，故后世史家，便将吕后称制的数年间，统称为"高后"纪年，而不称帝号。

因嗣君年幼而由太后临朝，在汉之前，绝无此事。吕后开此例，延续汉祚，可谓功高，然皇权终究是男权，太后称制，虽光耀一时，却就此埋下了祸端。待太后宾天，须经一番刀光剑影的厮杀，方能收局，此是后话了。

吕、审二人，在长乐宫夜话，谈至深夜，天气愈寒。吕后搓了搓手，望着审食其道："昔年在沛县，失心翁领兵在外，不知死活，我日夜劳作，唯求温饱。难为审郎你，忠心护持，今日天下归我，你便可做宰相了，也算有福报。"

审食其眨了眨眼，连忙回道："自前次入狱，几乎丧命，臣便有自省。老子曰，'生而不有，为而不恃，功成而弗居'，此乃天理，由圣人讲了出来。臣为庸碌之辈，岂敢违圣人之言？太后称制，天下至福，臣能亲见这一日，也算是沾了福气。所谓宰相之位，万不敢想，唯求心安而已。"

吕后笑笑，以手指点审食其额头道："天下姓吕，你还担忧个甚？"

"天下姓吕，心安者诸吕也，而非微臣。"

"这有何不同？"

审食其裹了裹裘袍，答道："吾以舍人随侍太后，至封侯，荣华达于巅顶，已不可逾，臣万不敢心存妄念。臣与诸吕，到底还是不同。"

吕后想想，便道："也罢也罢！你身无官职，多有忌讳，可以不必招摇，今后入宫，悄然而入就是。待日后加了官，名正言顺，这长乐宫便有你一半。天下如何摆布，还需你多建言，不可推托。"

"这个自然，臣哪里敢推托？臣以为，天下之事，最可忧者，还在于盈儿诸异母弟，彼辈皆为王，且为少帝长辈，各据一方，广有财赋。如此，少帝之位，又怎能坐得稳？比盈儿当初还不如了。"

"说得是！这便是大患，审郎可有甚高见？"

"无他，剪除刘氏王、立吕氏王而已。"

"好！"吕后大喜，起身拽住审食其道，"今日天寒被冷，你就不要回家了，陪我一陪。二十年来，哀家习以为常，有你在便好。今虽权倾天下，总不能弄几个男宠来陪吧。"

"太后明见。那籍孺、闳孺，也需打发掉才是，留在宫中，像甚么样子？"

"明日就将他二人驱走，徙至安陵，陪他们旧主去好了。"

次日，太后称制令赫然颁下，群臣闻诏，各个变色，然亦不敢廷争，只是齐呼"万岁"。下了早朝，吕后便召了闳孺来，劈头问道："孝惠帝宾天已月余，你为何不随去？"

自惠帝死后，闳孺本就忐忑，今闻吕后如此说，以为死期将至，不禁大惧，叩首求饶道："小人之命，不足惜！然小人也知太后宽仁，望看在孝惠帝面上，且留小人守陵，也免得他孤单。"

吕后冷冷一笑："我便知你要如此说！近臣伺候君上，总要劝君上做尧舜，不要怂恿他做桀纣。然你这班妖孽，却不安分，投君上之所好，祸乱宫闱。你看这朝中郎官，各个都模仿你冠带，彩衣羽毛，浑若倡优，哪还有个正经样子？如今孝惠走了，你又何必贪生，去黄泉底下同乐好了。"

闳孺闻言，汗流如注，头叩得越发响亮，哀求道："小子无知，数年来，惹太后生气。太后要我死，我不敢不死，然孝惠帝若泉下有知，闻之怕是要伤心。"

吕后不禁大笑："你这等竖子，全凭一张巧舌邀宠，其余还有何本事？君上一走，便全是渣滓。孝惠帝宠信你这等人，又能成什么大事？"

"小人也知自家就是渣滓，故只敢与君上同乐，不敢为君上献计。"

"罢了！你那些末技，瞒得了谁？我殿前宦者田细儿，是谁所杀？以为哀家不知道吗？"

闳孺急急叩首道："我怎有胆杀田细儿？孝惠帝有密杀令，小人不敢不遵呀。"

吕后瞥一眼闳孺，冷笑道："我今日召你来，便是要教你知：天可以变，道亦可以变。无知竖子，得意时，只道是凡事万年不变，恣意妄为，将事情做绝，如何就不知收敛？"

"小人……小人是自找死！"

吕后便猛一拍坐榻："那么，来人！"

闳孺大惊，以为必死无疑，急忙叩头，至血流满额。

吕后却一挥袖道："好了！无须再叩首了，咚咚了一早晨，老娘听得心烦。看在你救辟阳侯的分上，哀家不要你的命，且与籍孺一道，去守安陵吧。即由奉常府遣送出宫，不得淹留。出去之后，便是庶民，往日种种，你二人只当是做了个梦！出入结交，须上报安陵令，若有图谋不轨，定斩不饶！"

闳孺这才回过神来，长舒一口气，连连谢恩而退。次日，便与籍孺一道，由奉常府派员遣送，徙至安陵邑，安顿了下来。

二人从云端上跌落，知世事变易，已非逝者所能左右。昨日好运，不复再来，没死便是大幸，从此只能老老实实，不敢有所妄想。

待诸事张罗毕，吕后这才想起张嫣，忙来至未央宫。见张嫣怀抱那婴儿，精心侍弄，一如亲生骨肉。

见吕后来，张嫣忙放下婴孩，施礼请安道："太后大安。"遂又转身去哄那婴孩。

吕后凝望良久，心有不忍道："你年方十四，便成了太后，日后之路，何其漫漫也！"

张嫣神色忧戚，低头含泪道："自入宫，生死便交给太后，臣妾别无他图。"

吕后顿觉心酸，拉过张嫣来，抚其背道："将这少帝好好养大，今生你便有享不尽的福。吾辈女流，一入宫闱，便做不得女流了，生死好恶，全是为社稷，退无可退，且顺势而为吧。"

张嫣颔首道："阿嫣谨记。"

"嫣儿,刘盈走了,这未央官,不就是个墓圹? 还留在这里作甚? 与我回长乐官去,吕媭、鲁元二人,常进官来玩耍,吾辈女流,便一起来守这社稷吧。"

张嫣自然是从命,当日,便抱着少帝刘恭,徙至长乐官,与吕后同住在椒房殿。 婆媳两人,彼此也都心安了。

入夜,吕后思前想后,忽想起审食其所言:欲天下安,须封诸吕为王。 想此事为大,是一刻也不能缓了,便悄然坐起,不能入眠,眼睁睁直到帘外有了曙色。

次日小朝会,唯有九卿议政。 吕后便唤过右丞相王陵,问道:"主政数月,王丞相可还适意?"

王陵恭谨答道:"微臣以土豪起家,幸得太后赏识,勉强为百官之首,实是世无萧、曹,庸人继之。"

吕后便笑:"王丞相过谦了! 令堂义殉汉家,令神鬼皆泣;仅此,你便可为汉家做主。"

"家母身殉汉家,我亦有此心。 然宰相之要,在于通达,惜乎微臣出身武人,终归是少权变。"

"哦? 哀家倒还看不出。 今日问你,便是要商议一桩权变之事。"

"请太后吩咐。"

"高帝崩时,念念不忘老臣。 老臣在,汉家山河便似磐石,哀家睡下也是安稳的。 然七年之间,高帝、孝惠先后崩逝,哀家独坐朝堂,总觉臂膀无力,忽而忧惧天堕西北,忽而又恐地陷东南……"

王陵便一揖,恳切道:"太后请安心! 高帝虽不在,基业由太后接掌，眼见得四海宾服。诸臣唯太后马首是瞻，也并无异常。"

吕后一笑："那便好。今有一事，要问计于你。汉家以郡县与诸侯并置，诸侯王半有天下，却非哀家骨血，难测其心。吾欲效仿高帝，立诸吕子侄为王，以为制衡，也好坐得稳当些。"

王陵闻此言，脸色便骤变，亢声道："不可！高帝曾杀白马，立白马之盟曰：'非刘氏而王，天下共击之。'去日无多，言犹在耳。今若封吕氏为王，则背弃盟约，有负先帝，是为大逆不道也。"

吕后便不悦，拉下脸道："哪里就称得上大逆？世间万事，都可权变。你辈拥立高帝，不就在荒郊野外吗？有何礼法，有何体统？称帝之事，既然可以权变，那封王之事，又如何不能权变？"

"不然。老子曰：'以正治国，以奇用兵。'拥高帝之时，事虽仓促，然礼仪无一不正。天下之正道，为万古不易之道，不可一朝天子便新起一道，如此万民将何所适从，百官焉能守一？皆以天子喜怒为对错，那天下还能有对错吗？不闹得一派混沌才怪！故而权变之事，只合用兵，不可移之治天下。"

吕后大怒而起，拂袖道："你一个武人，也跟我掉起书袋来？且闭嘴，此事我再问诸臣，诸臣说可，便可。你虽为宰相，却当不了哀家的家！"

王陵仍争辩道："太后请便。然臣以为：歃血为盟若不作数，则失信于民，诏令便出不得长乐宫门。"

吕后瞪视王陵良久，方恨恨道："满朝文武，就你一个霸道！作不作数，且看哀家手段吧。"说罢，便掉头问陈平、周勃道："陈丞相、绛侯，你二位以为如何？"

陈平、周勃闻吕后点名，都暗自吃惊，不禁面面相觑。见二人嗫嚅不能对答，吕后也不催逼，故意眯起眼来等待。

周勃瞄了瞄陈平，见陈平眼观地面，恭立不动，便知他无意触龙鳞，于是上前一步，恭顺回道："高帝定天下，以子弟为王；今太后称制，以诸吕子侄为王，并无不可。"

吕后未料周勃如此痛快，心下便大喜，望着陈平道："陈丞相，你也如此想吗？"

陈平仍不抬眼，只低头揖道："高帝所为，总不会错。"

吕后便仰头大笑："陈丞相巧言令色，古来所无，难怪高帝从未疑心过你。然诸吕封王，难免有人说三道四，诸君还须多多献计。"

陈平便应道："此事不难。欲封王，先封侯。欲封吕，先封刘。跬步徐行，不求速达，自然就没有物议。"

吕后喜道："到底是国师，哀家便依你了。诸君请罢朝吧，宗正留下，我有事与你商议。"

罢朝之后，王陵、陈平、周勃三人走在一处。王陵面色便不好看，责怪二人道："当初与高帝歃血为盟，诸君都不在场吗？"

陈平脸一红，答道："在，当日……如何能不在？"

"今高帝驾崩，太后以女流辈主政，欲封吕氏为王。此为乱政，虽不能共击之，也当廷争才是！君之脊骨，生到哪里去了？竟然从其欲、阿其意，觍颜背盟，岂不成了无良之臣？高帝顾命之托，言犹在耳；而你二人，却胆怯如鼠，任由朝纲紊乱。来日，还有何面目见高帝于地下？"

陈平望望王陵，躬身一揖，回应道："王陵兄，你当我等真是佞臣吗？今日面折廷争，我等固不如君；然日后保社稷、定刘氏天下，君也必不如我等，你信也不信？"

王陵眨了眨眼，一时竟不能应答。少顷，才恨恨道："为臣之道，有直臣，有佞臣。今日膝常屈，子孙脊骨便都不得直；今日避祸不言，子孙必遭大祸！"言毕，一甩袖便走了。

陈平与周勃对视一眼，皆有苦笑之意，互道了声"保重"，便分头回府去了。

王陵回到家中，细思陈平、周勃二人所为，不免想起老母之忠烈，便悲叹道："无骨之臣，先帝生前可能识破？屈于威武，昧于大义，倒还有满口的歪道理！"便恨自己木讷，不能反驳佞臣。随后，竟两日不进食，在家中独生闷气。

再说吕后那边，待与宗正商议毕，便传审食其入宫，与他在椒房殿见面。

两人方才坐下，吕后忽道："天色为何晦暗了？室内局促，你我去庭院中说话吧。"

于是又来至中庭，立于银杏树下，吕后见随从离得远，便对审食其道："元年伊始，本是大喜日，吾欲封诸吕，然王陵那老榆木，却无眼色，朝堂之上，再三再四说'白马之盟'。如此不知利害，可奈何？"

审食其听了，并不心急，只仰头看那一片枯枝，缓缓道："老叶落尽，才有新枝出来。如今天下万民，无不赞太后功高，皆称：汉家若无太后，便捆绑不到一处。臣以为，太后称制，便是新朝，虽无冕旒，实与帝王无异，我为太后庆幸！臣追随太后二十余年，几经磨难，险些落入油镬里几回，到今日事定，当竭力相助。然身无官职，总还要避嫌才是……"

吕后望望审食其，笑了一声，道："这个，你不说我也知。我权倾天下，就愿宠信你一个审郎，不知为何，却引得众人妒，连嫡亲子也来作梗！如今，盈儿已崩，看谁还敢放肆？那王陵，给他个好官，他不好好做，就莫怪我无情义了，这一回，要教他腾出位子来，让你审郎来坐。"

"唔？……臣以为，还是急不得。今日他妄言'白马'，明日便下诏削他官爵，教天下人看了，显得太后心地偏狭，须是不好。不如慢慢来逼他。"

吕后摇头道："他若佯作不知，忍辱不退，又能奈何？"

审食其一笑："他一个武人，如何就能忍得下来？你每落一棋子，便是羞辱他一回，到头来，他自会摘冠而去。"

两人在树下言笑晏晏，亦不觉冷。不经意间，天上忽飘起雪花来，起先尚小，后来渐渐大如鹅毛，将二人眉毛全染白了。

宣弃奴在远处侍立，看看雪下得大了，拿着笠盖就要过去。吕后见了，连忙摆手："下雪恰好闲游，何必遮盖？"说罢，便问审食其，"你冷吗？"

审食其摇摇头，吕后便笑："不冷就好，我兴致也正高！你我二人，就在这雪中游走，丞相的事，顺便就商议好了。"

审食其会心一笑，指了指雪地，应道："雪大路滑，徐行便好。"

二人冒着雪，在庭中游走了数匝，雪意便渐渐浓起来，不只是远野给隐没了，就连近处宫阙也看不见了。

吕后仰望雪花纷纷，欣然道："我便是喜这雪天，污秽都看不见了。"

审食其拂去吕后的肩头雪，笑道："是上苍有意，不欲令你心烦。"

吕后回眸道："有你审郎在，岂不就是上苍赐福吗？"

两人遂相对大笑，又观雪景良久，方才返回殿内去。

不久，时入十一月，吕后忽然下诏，称：幼帝懵懂，须老臣教诲扶持，否则难为人主，今加王陵为幼帝太傅，好生教诲，以求远谋；王陵原有右丞相事权，交陈平分担便好。

这日，王陵赴朝会，忽闻这一道诏令，便知是吕后排挤，心中悲愤难抑，当即回道："老臣忝为右相，究其初，不过是南阳一豪强，哪里有甚么学问，可以教诲幼帝？ 且幼帝尚在襁褓中，我又如何教诲？ 臣旧年在战阵，负伤颇多，病患缠身，如今不胜公事繁剧。 官居右丞相，实属勉强，不如早些让贤，就此乞骸骨，还乡养病。 还望太后恩准。"

吕后便假作惊讶色，急忙站起身道："这哪里行？ 朝中用人，事比天大。 老臣近年纷纷凋零，所幸高帝顾命之臣多半还在，你即是其中一个，如何能说走便走？"

"臣虽老眼昏花，然天气之阴晴，总还辨得出来。 若此时不走，来日倘有过失，想体面乞归，怕也是不能了。"

吕后便作色，嗔怪道："顾命之臣，竟欲甩下这社稷不顾，去林下逍遥，岂不有背于高帝？ 王丞相不贪名利，固然是好，然这一走，便要陷哀家于不利，这就不好了。 我孤儿寡母为守社稷，困于朝堂，倒是不比你安国侯洒脱了。"

"太后多虑了。 老臣辞与不辞，于汉家，似九牛而去一毛也，无人在意。 我弃官不做，汉家仍是汉家，可传至万代，岂能因我而生变。 臣乃武人脾性，粗鲁无文，归乡捉一捉河鱼，便是好。 若论治人理政，还是让贤好了，近年人心奸猾，我是愈发地摆布不顺了。"

吕后假意不允，争执半晌，才叹口气道："安国侯无意于朝政，哀家也勉强你不得。功臣劳碌半生，所求无非是福荫子孙，此去归乡，请好生将养。"

王陵遂摘去头上"玄冠"①，深深一揖，谢恩道："臣生于秦末，本为莽夫，幸得高帝赏识，才戴上这公卿之冠。今日免之，亦是汉家臣，唯愿老于汉家。"

吕后怔了怔，便笑道："老将军谦逊了，还说是武人少文！如今你说话，哀家也听不大懂了。"

王陵卸职后才数日，吕后便有诏下：以左丞相陈平为右丞相，以审食其为左丞相。左丞相不再理政，唯监察宫中事，职如郎中令。又称：外戚功高，特予推恩，追尊吕公为吕宣王，追尊吕泽为悼武王。

此诏一下，官民皆看得清楚了：诸吕封王，已是势不可当。那吕公、吕泽死了多年，高帝时不追封，此时却来追封，显见是为封诸吕开道。自此，众臣皆知吕后厉害，再不敢妄议封诸吕事。

审食其坐上高位，便可堂而皇之入宫，太后每有谋算，皆由审食其先传出，从此参与政事，再无顾忌。

诸公卿重臣，也将大势看明白了，每逢决事，皆看审食其脸色。太后称制不过旬日，朝政便如新朝一般，昨日之禁忌，今日翻作风尚；昨日之定规，已无人再予理睬。

且说王陵正欲归南阳，闻新任左右丞相诏令，心知大势难挽，便不再心存侥幸。临行日，那故旧同僚惧吕后猜忌，多不敢来相送，竟是门庭冷落。王陵长子王忌见此状，不禁破口大骂。王陵

---

① 玄冠，又名委貌冠，上小下大，形如覆杯，以皂色绢制之，系公卿、大夫上朝所戴的冠。

笑之："小儿，恼个甚么？ 前时彼辈趋奉，乃因我相权在手，今日翻作老翁归乡，彼等不来相送，才是常理。"

王忌愤恨道："阿翁在位时，常助人。 以今日观之，反不如当日仗势欺人好了！"

"荒唐！ 话不能如此讲。 人之荣辱，每不在当下，而在终局。 鬼谷子曾言，小人比人则左道，而用之至能败家辱国。 这话，何其高妙！ 我看当朝奔竞者，多为孺子，彼辈初涉宦途，未历三朝，以为当朝便是恒久，一心只知攀附。 然不出十年，便可见其下场，败家、灭国，恐都到了眼前来！"

王忌不听，仍怨恨道："说这些话咒他们，又有何用？"

王陵不禁大怒："小儿，乃父固无能，但好歹是自血泊里爬过来的，就不如你见识？ 无人来送，也罢。 我自归家，与他人又有何干？ 今归居乡中，那县吏还敢来欺我吗？"

半月后，王陵一家收拾好细软，启程还乡。 车马行至霸上，王陵见杨柳枝随寒风摆动，便触景伤情，知今生再返长安，怕是不能了。

正感叹之间，王忌忽以马鞭指向前方，惊喜道："有人相送。"

王陵放眼看去，果见路旁长亭中，有一行人，摆好了筵席正等候。 见王陵车马驶近，为首一人便起身，率众走下亭来，长揖迎候。

车至近前，看清那为首者，王陵心中便是一喜：原来是张苍！

张苍此人，前文曾表过，原为秦朝御史，沛公军过其家乡时，投军相从。 后刘邦见他干练，便遣他至韩信帐下，随军北征，历任常山郡守、代相、赵相，终得封为北平侯。 天下初定后，又返回朝中，以列侯之尊，为丞相府主计，助萧何掌管各地钱粮事。

王陵称病免相，天下震动。当此时，张苍已外放淮南国相，正在长安料理公事，闻讯大惊，连忙赴北阙甲第，拉了任敖、周𬞟、徐厉等人出来，至霸上恭送王陵。

王陵望见张苍，顿时泪流，回首对王忌道："人心终有温热者，如何便无人相送？"

且说这张苍，如何对王陵如此恭敬？原来这里面，还有一段渊源。

当初，秦末大乱，张苍弃官逃归阳武（今河南原阳县）家中，时逢沛公军路过，便以门客身份投军。其时沛公军攻南阳，张苍随军，因大意贻误军机，按律当斩。行刑那日，张苍被剥下衣裳，伏地待诛。

刚巧王陵路过，偶瞥了一眼，不禁叫道："哦呀！这是何方美男？身长大，肥白如瓠①，何其英武也！且慢且慢。"遂起了惺惺相惜之意，问明张苍姓氏、罪名，嘱刀斧手万勿下手。

言毕，便直入沛公刘邦帐中，为张苍说情。刘邦听了一笑："难得王陵兄赏识一人，然长得像葫芦，便是英雄吗？……也罢也罢，便赦了他吧。"

当下遣人急赴刑场，将张苍赦了，押回大帐，松了绑。见张苍身长八尺有余，仪表堂堂，刘邦脱口便问："果然是美士，想必乃父也身长八尺乎？"

张苍答道："非也，家父身长不满五尺。"

刘邦、王陵一怔，随即大笑。刘邦道："或隔代传之，倒也不

---

① 瓠（hù），葫芦。

怪。 你方从军，便贻误军机，显见得不善战阵。 便去萧何帐下吧，或可胜任，切勿再马虎了。"

刘邦于此事，并不在意，旋即便淡忘。 而张苍自此，便不忘王陵救命之恩，以父事王陵，多年如一日，未尝稍懈。

此次闻王陵罢相，张苍大为震骇，心想：若自家也似他人一般躲避，未免太过忘恩，纵是吕氏耳目众多，也要来送恩人一程。

张苍见王陵车至，连忙趋前，将他扶下来，然后跪地，行子侄大礼。 其余众人也都上前致礼。

一行人笑语喧哗，进了长亭坐下。 张苍便举杯祝道："丞相卸职归乡，本为盛事，陈平、周勃等诸公，不来相送，小臣也不便揣测。 而我等三五人，无扛鼎之才，位不至卿相，亦不惧天威，是定要来相送的。 自沛公军至今，同生死，共执戈，袍泽之谊未能忘。 此酒，非酒水也，乃诸同僚的些许心意。"

那任敖在昔日，曾对吕后有大恩，故丝毫不惧吕氏，亦附和道："安国侯若不为相，则旁人更不配。 朝中之事，我等无缘插嘴，然送别安国侯，则决不可退缩。"

王陵闻之动容，欠身对诸人一拜："今日见诸君，如沐春风。 看来，同僚之谊，卸任之后更为真朴。 老朽不识时务，直言犯上，弄得获罪归乡，重逢恐是无日了，诸君请保重，勿步老朽后尘。"

在座一班武人，心直口快，争相道："丞相且归，自去安养天年。 我辈本武人，委屈在朝中做官，甚是无趣。 先前披甲搏杀，是认定了高帝仁义；到如今，这天下事……不提也罢！ 丞相先归，我等也是迟早的事。"

众人举杯畅饮，痛斥时弊，都觉十分尽兴。 王陵酒酣，回首见王忌侍立在旁，便笑问："如此叔伯辈，仗义否？"

王忌应道："阿翁豪侠半生，岂能无三五死士为友？"

王陵便点戳王忌额头，大笑道："你就是不懂！若满朝结队来送我，则我命不到月底，便要休矣！"

众人闻言，都一齐大笑。又推杯换盏，饮了数巡，方才依依不舍，与王陵相揖作别。此时，彤云密布，天欲雪。王陵登上车，拔出剑来，望了望天，长啸一声道："罢了，罢了——"遂一路悲歌而去。

且说王陵归乡后，闭门谢客，蛰居八年不出，终未能盼到海内廓清，便郁郁而终，谥号"武侯"，长子王忌袭了安国侯。

后世有史家论及王陵，多赞其直，说他逢国家之变，不计得失，敢迎险而上。更有西晋名士陆机赋诗赞曰："义形于色，愤发于辞。主亡与亡，末命是期。"其激赏之意，力透纸背。

后张苍渐登贵显，官至丞相，仍不忘王陵之恩。每逢休沐日，必去拜见王陵夫人，亲手奉上饮食，伺候夫人食毕，方敢归家。此为后话了。

自王陵辞归后，吕后顿觉心清目爽，细数内外大事，桩桩件件都已搁平。这日散朝，吕后便唤来审食其，吩咐道："近日不知为何，常思孝惠，亦想起周昌。惜乎这老榆木，早些年便殁了，少享了多少福！其子还算成器，袭了汾阴侯，也不知如今怎样了，你这就代哀家去看看。"

审食其也感慨："自是应去探看。若无周昌，孝惠必不保太子之位，也就没有太后今日了。"

"此外，还有一事，也须探问明白。当年，周昌那御史大夫做得好好的，高帝忽就遣他为赵相，分明是选了个倔驴，来护着如意。失心翁固然有心机，然怎有如此高明之计？不知是何人献计，须打听清楚。"

"太后放心，我往汾阴侯邸宣慰，不消三五语，便可哄得他说出来。"

不到半日，审食其从周邸归来，面有得意之色。吕后忙问："探听明白了？"

审食其一笑："当初，果然有人献计。"

"是何人？"

"御史大夫赵尧。"

吕后拍案而起，惊道："如何是他？这竖子！"少顷，复又坐下，沉吟不已。

审食其在侧，小心问道："赵尧位尊，措置不宜太急，或可稍缓。"

吕后也不答话，只回首吩咐宫女："天忒寒，端两盏羊羹来。"

稍后，宫女端上两盏滚热羊羹，吕后招呼审食其一道用了，方缓缓道："诸臣都称我是'太后称制'，我一个妇人，若不立威，又怎能称制？往昔我不在此位，便要受戚夫人母子的气；今日我得天下，自然要教人知晓：哀家是违逆不得的！最关紧要者，就在于用人之道——既要报恩，又须报仇，这便是立威。明日上朝，你看我如何处置吧。"

次日上朝，诸臣齐集长乐宫前殿，由右丞相陈平领班，商议政事。吕后端坐帘后，从头至尾听政。待百官商议完毕，有了定论，太后若无异议，便散朝。

这日，文武众臣议罢，中谒者张释刚要喊"罢朝"，吕后在帘后忽然大呼："慢！哀家还有事，要问御史大夫。"

诸臣便都一悚，不知出了何事，疑心是谁家子弟又惹了祸。

赵尧闻声步出，向吕后一揖道："臣在，愿听命。"

吕后注视赵尧良久，才开口问道："公卿百官，近来有无不轨之举？"

赵尧答道："自太后称制以来，百官自知检束，天下晏然，并无新案。"

"那好！既无新案，哀家便要问你一桩旧案。御史大夫之职，显贵也，你是如何做上来的？"

赵尧心内一凛，知太后此番来意不善，福祸难料，只得硬起头皮答道："前任周昌，改拜赵相，微臣方接任此职。"

"御史大夫，位居九卿，实为副丞相也，当从功臣列侯中选任。你一少壮后进，是如何得了高帝赏识，得此越职擢拔的？"

"高帝是如何想的，臣实不知，或因微臣案牍细心。"

吕后便冷笑："你倒谦逊，一个文吏，弄弄刀笔，便能跻身九卿？如此言语，是将老娘看作孩童吗？"

赵尧脸发白，慌忙跪下："请太后恕罪。"

吕后遂轻蔑一笑，切齿道："光阴到底不禁熬，说来，竟是十年前一宗老账了。那一年，是何人向高帝进谗，将周昌打发去了赵国？时赵王如意，勾连其母戚夫人，暗中倡乱，以周昌为赵相，便是要庇护如意。这计谋，是何人所献？赵尧，你做了十年御史大夫，这桩旧案，可曾厘清过？"

赵尧知吕后已洞晓当年事，牙齿便打起战来，哀恳道："太后宽仁，恕微臣昔日狂妄。"

"赵尧，看你心窍颇多，当初如何却看好戚夫人？莫非算定——如意可做太子？"

"臣不敢做此想。当初，只为讨高帝喜欢，揣摩上意，献了这昏头的一计。"

吕后便忽然起身，厉声道："罢了！事到如今，还花言巧语。你献计欲保如意，不是为助戚夫人上位，又是为的什么？"

赵尧见万难辩白，心一急，竟是涕泗横流，连连叩首道："臣赵尧，原一书吏也，岂敢有左右大政之心？当初献计，不过是心存侥幸，希图一步登高位而已，望太后饶命。"

"赵尧，哀家并未说要你命，只须你知罪。你不辨大势，只知攀爬，撺掇君上屡发乱命。今日如何？小人得志，也不过十年而已，时日若久，天都不容！"

赵尧汗流浃背，急忙叩首道："臣知罪，臣唯求不死。"

此时文武列班中，有多人步出，伏于地上，为赵尧求情。就连陈平、周勃也先后出列，揖道："赵尧平叛有大功，今罪不当死，望太后开恩。"

吕后这才缓缓坐下，指戳着赵尧道："既有诸臣求免，哀家若不饶你一命，倒是折了众人的面子。然此罪不可不抵，御史大夫你便做不得了，废为庶民，安居去吧。御史大夫职缺，由广阿侯任敖补上。陈平，你看如何？"

陈平连忙回道："任敖，豪杰也。跟从高帝举义，功高盖世，今为御史大夫，甚妥。然赵尧废为庶民……"

"如何？莫非还是论罪为好？"

赵尧听见话头不对，连忙摘下玄冠，急急道："臣服罪！臣无可辩白，谢太后不杀之恩。"

吕后便一拂袖道："你退下吧，办好卸任，哀家不为难你。长安城内，任由你长住，只不要再撞见老娘。"

赵尧满面沮丧退下，待出得魏阙，回首望望，不禁仰头叹道："所谓九卿，何其匆匆？ 操劳一场下来，竟是不死就算好！"当即返回公廨，交了印信。 自此之后，便销声匿迹，隐于民间，再未有一事在史上留名。

吕后赶走赵尧，犹自愤愤，对左右重臣道："汉家草创，万事都少章法，才有了小人的钻营之隙。 汉承秦制，固然不错，然不能只守着'秦六法'不变。 现有《汉律》九章，不过是秦律遗存，哪里还能应付今日万事？ 今后律法，当谨严周密，即是细小处，也都有个遵循。 张苍熟知天下典籍，这一向，又恰好投闲置散，便由他来定律法好了。 限期一年，明年此时，便须有一番新律法出来，与民便利。"

陈平便对奏道："太后英明。 张苍定律法，卷帙浩繁，所需人手应由相府出。 相府吏员，可任由他拣选。"

吕后又道："先前孝惠时，废了《挟书律》，此举甚好。 我汉家堂堂正正，不应似李斯那般疑神疑鬼。 以吾之意：夷三族罪及《妖言令》两项，也应废除。 一人做事，便一人当，老幼都不要再杀了。 吾汉家基业，固本在人心，绝非有人胡言乱语几句，便可掀翻的，何须怕甚么妖言？"

众臣闻之，心中又惊又喜，皆交口称善。

经此一番打理，朝堂之上，人事一新。 吕后便想：朝会之际，敢公然抗旨者，已然不存，可以为诸吕封侯封王了。 然天下议论，从来难测，还要步步试探才好。

如是，为避嫌疑计，吕后小心出手，封了若干旧部为侯，夹带着二三诸吕，以免突兀。 先后有吕释之三子吕种，封为沛侯；吕后阿姊之子吕平，依母姓吕，亦封为扶柳侯。

为塞天下之口，吕后思来想去，索性令吕刘两家儿女结亲。如此，外人看来，吕刘是一家，也就无从挑剔了。

其时，齐王刘肥已于年前病殁，长子刘襄袭了王位。另有次子刘章、三子刘兴居，皆已成年，吕后便做主，将吕禄的长女吕鱼，嫁与刘章为妻。因这层姻缘，便封了刘章为朱虚侯。刘兴居沾了阿兄的光，后也封为东牟侯。两兄弟先后应召，入长乐宫为宿卫，跻身近侍。此番安排，精于心计，吕后甚是得意，将刘章也当作自家羽翼。岂料这一步棋，是大大地走错了，此处暂且不表。

还有那惠帝之弟赵王刘友、梁王刘恢，此时亦长成。吕后便做主，将吕氏之女许配二王，刘友、刘恢哪里敢不从，只得娶回了家去。

待封侯事毕，朝议仍静如止水。眼看诸吕无功而封侯，并未惹起非议，吕后心下暗喜，欲进而为诸吕封王，然思来想去，仍觉心虚。

这日，见审食其入值宫中，吕后便唤他近前，商议道："吾欲为诸吕封王，又恐惹起群议，奈何？"

审食其道："今之朝议，就如倡优登台，过场而已。太后旨意如何唱，他们便如何唱。为诸吕封王，有何可忧？"

"不然。陈平等重臣，固无异议，安知其余人是何心思？"

"陈平、周勃，皆为几历生死之人，尚且因惧祸而缄口，遑论其余人？朝中情势，明眼人都可看清，谁还敢逆鳞？太后可放胆行事，不必顾忌。"

正商议间，忽见窦姬奔入，慌慌张张伏于地，禀报道："鲁元公主病了多时，今日忽然就薨了！"

吕后脸色一白，猛然惊起："鲁元？ 只闻说是小恙，如何说走便走了！"

窦姬回道："早起还好好的，近午一头栽倒，便薨了。"

吕后顿时泣下："呜呀……天！ 吾有何过，仅一儿一女，竟走了个干净！"

审食其忙扶住吕后，劝慰道："太后节哀。 先去送别鲁元，再说其他。"

待吕后赶到宣平侯邸，见张嫣已先至，与张敖父子皆着素服，守在鲁元榻前哀泣。

吕后在榻边俯身，望见鲁元面如白垩，似正酣睡，不由就泪落如雨，上前拉住鲁元之手，哀切道："孩儿，当年沛县劳作，忙前忙后，只苦了你。 而今福未享完，何事匆忙，便撇下老娘走了？"

张敖、张嫣闻言，不由悲从中来，都哀声大作。

吕后回首望去，见鲁元之子张偃，也正一身素服，伏地哀哭，心中便豁地一亮。 于是转身过去，拉起张偃，劝勉道："男儿虽小，亦当有丈夫气。 岂能这般鼻涕眼水的，好没气概！ 阿娘走了，你须当大任，好好照看阿翁。"说罢，转头又对张敖道："鲁元此生，实是太过委屈，吾将有所报偿。"

张敖惊喜交并，忙率全家老小，向吕后叩首谢恩。 礼毕，张嫣起身，对吕后道："太后，你也需节哀。 天下事，皆操于你手，万事不能有疏失，还望多多保重。"

吕后便拉过张嫣之手，端详其面容良久，哀哀道："嫣儿，吕家张家，骨肉不分。 你娘走了，我焉能不悲？ 好在你娘嫁得好，张氏一门，倒还比那盈儿一门更亲了。"

张敖闻言，慌忙叩谢道："谢太后不见弃，然此恩万不可当。

小婿无能，曾惹太后担惊受怕，侥幸未遭殃，皆托了太后之福。"

吕后望望张敖，嘴角忽隐隐有笑意："旧时之事，还提它作甚？ 今后，为娘必保你一门富贵。"

此后，又过了旬日，鲁元公主隆重出殡，陪葬于安陵园内，距惠帝陵仅千余步之遥，与其弟常年做了个伴儿。 公主陵上有封土，逾两千年风雨，迄今犹存。 只是近年，竟然数次险遭盗墓，令人唏嘘。

鲁元公主下葬事毕，吕后便有诏下，称鲁元昔年护卫太公，劳苦功高，惜乎其寿不永，思之痛极。 今推恩及鲁元之子张偃，加封为鲁王，从齐国划出一郡为封邑，以示慰勉。

此诏下来，朝中仍是一片哑然，吕后心中便有了数。 几日后，便宣召长兄吕泽之子吕台，来长安面授机宜。

此时吕台袭父爵已久，为郦侯，食邑在南阳郡。 吕台入见后，吕后笑意盈盈，命其坐下，温言道："乃父吕泽，汉之功臣也，惜乎高帝八年便战殁。 今见你英气迫人，酷肖乃父，我心甚喜。自孝惠、鲁元走后，唯诸吕子侄与我亲，我必善待之。 你袭爵已逾十年，蛰居南阳，未免屈了才，今有一新爵，不知你敢不敢受？"

吕台忙叩谢道："姑母待我如亲母，侄儿万死难报。 袭侯以来，谨言慎行，不敢造次，所幸至今未获罪。"

吕后便笑："吕台终究是老实！ 孝惠一走，天下便归了我吕氏，你岂能无为而守成？ 不逾矩，乃小吏本分。 似你这等外戚，应为天下执干戈，保我山河永固。"

"太后请勿虑。 若有乱贼，吕台将毁家纾难，不惜性命。 太后有何旨意，请尽管吩咐。"

吕后便微微一笑：“这便好。 不知……你愿封王否？”

吕台大惊，望着吕后，迟疑道：“白马之盟，言犹在耳，小侄岂敢望封王？”

吕后便一挥袖，哂笑道：“甚么白马黑马？ 长乐宫中，如今是姑母坐殿。 孝惠走后，天下由我一人独担，不胜烦难。 诸吕子侄也就不要太闲了，迟早都要封王，为姑母把守四方。”

吕台这才稍松口气：“原来如此，然何以仅召我一人？”

吕后道：“诸吕子侄，头一个封王的，人品要好，免得朝野议论。 此人，非你莫属。 今召你来，便是事先有所交代。”

吕台慌忙叩首道：“侄儿治理一县，或可应付。 若为封国诸侯，恐将进退失据。”

吕后笑笑，安抚道：“能治一县，便能治国。 姑母详察你多时，知你有干才，方有大任予你。 且去齐国，划出济南郡百里，新起一个吕国。 封你为王，便是头一个吕王。”

吕台不由一怔：“开国于齐？ 那都城置于何处？”

“无非济水之南，你择地自建。 以一年为期，可否？”

“诺，侄儿当竭力。 然此事当由群臣建言，人心方能服。”

“这个放心，我只须授意陈平，他自会上奏。”

“有陈平奏议，诸臣便不得不服了。”

“那好！ 此事便无更易。 你远赴济南，实为监看齐王。 故齐王刘肥，生有九子。 年稍长者，个个有虎威，我实在放心不下。 虽说朱虚侯刘章，已娶了你侄女，然终不是一家。 你在济南之地，便做我耳目，看牢刘肥之子，不容他一个有蠢动。”

“此去，割了齐地，那齐王刘襄，能心服吗？”

“你且看他动静，再做道理。”

吕台想了想，遂定下心来，叩首领命道："姑母之意，侄儿已然明了。待诏命下来，即整装就国，为姑母做腹心之臣。"

"还有一事，不可不提。你那长子吕嘉，举止乖张，须好生调教才是。否则，来日如何袭爵？"

"侄儿已知。待建国事毕，自当严加管束。"

吕后遂大喜："诸吕子侄辈，若都似你这般沉稳，我百年之后，更有何忧？"

此番铺排就绪，吕台便在客邸住下，未离长安。朝中上下，即刻便有流言，说吕台不日即将封王。

审食其闻听风声，忙来谒见吕后，问道："太后，欲独封吕台为王乎？"

吕后摇头笑道："岂能如此？哀家还不至于失心。孝惠那竖子，生前与后宫秽乱，生了些野种。除少帝而外，尚有五子，此次一并加封。内中已能识字者，封王；尚在学语者，封侯。待诸皇子封毕，你便可讽谕诸臣，推吕台为王。如此混搭，或不至惹起物议。"

审食其眨眨眼，拊掌赞道："如此甚好，我这便去知会宗正府。"

果不其然，未出两旬，惠帝与后宫所生诸子，一个不少，全都封了王侯。即刘彊①为淮阳王，刘不疑为常山王，刘山为襄城侯，刘朝为轵侯。最末一个刘武，乃满地爬的婴孩，也封为壶关侯。

此诏令一出，群臣莫不欣然，觉太后此举，实属仁慈，未忘恩

---

① 彊(qiáng)，"强"的异体字。

赏惠帝诸子。岂料数日后，忽有陈平奏道：郦侯吕台，德能兼具，应享推恩，比照刘氏子弟，亦可封为诸侯王。

此议一开，便有人附和。一连数日朝议，皆是此类呶呶之声。吕后只假意不允，坚拒道："那吕台，既袭了父爵，在南阳韬晦得正好，为何要逼迫他为王？"

朝臣中，有受了审食其密嘱的，不依不饶，在朝堂上嚷道："汉家天下，多赖吕氏。诸吕若不封王，则山河便少了半壁，这如何使得？"

吕后推让再三，到第四日头上，方长吁一口气道："诸君之意既诚，哀家倒不好强违众意了，便准了吧！此议，交宗正刘郢客那里，且先斟酌。"

到此时，群臣方才大悟：封惠帝诸子，仅为其表；推出吕台来封王，才是其里。不由都愤恨陈平，私下里唾道："天不能饶陈平，必有雷劈！那诸吕尸位，何德何能？不过是姓了'两个口'罢了。"

然诸臣之议，却是无济于事。次日朝议方始，便有诏下称外戚功高，定鼎以来素少封赏。今应群臣竭诚所请，太后恩准，引刘氏子弟封王例，封吕台为吕王。封国在济水之南，划济南郡之地百里。国都择地新建，号为"平陵邑"（今山东省济南市章丘区西）。

众臣闻之，心中惊怒，只是不敢作声。唯陈平面似欣喜，当即跨出一步，向吕台贺道："吕兄封王，实为可贺！须知：此吕国，并非新国号，乃虞夏古国，原在河东吕梁，后徙至南阳。今兄之封地在齐，又是另有渊源——那齐国，本是姜太公所建。自古姜、吕为一姓，齐地岂不正是吕氏根蒂？兄台此去，可谓归根了。"

陈平放言滔滔，吕后在帘后闻之，也不禁喜形于色："陈丞相不说，哀家竟也不知。 所加国号，确是好！ 宗正何在？"

刘郢客便跨步出列，一揖道："臣在。"

吕后笑道："郢客侄儿，婶母看你谦谦君子，诗书满腹，才擢你为宗正。 以今日观之，果不负厚望。 乃父楚王刘交，是先帝诸兄弟中翘楚，从小便喜读书，素有才艺。 刘氏一门，唯他一人无草莽气。 惜乎彭城地远，我不能去探望，也不知他近来如何？"

"家父无恙，近年心无旁骛，只闭门为《诗》做传注。"

"唔？ 是弄'关关雎鸠，在河之洲'吗？"

"正是。 家父年少时，曾与友人申公等人，从荀子之徒浮丘伯，研习古之《诗》。 老来无事，便重拾此好。"

"浮丘伯？ 似曾闻其名，学问果然了得吗？"

"浮丘伯，当世大儒也，隐于东海郡，与安期生齐名，近年在长安收徒。 家父便遣我来，一面为官，一面亦从先生学《诗》。"

吕后便大笑："怪不得！ 我还纳罕呢，交弟怎能舍得你离家？ 你擢升已月余，如何？ 婶母用你为宗正，还算识人吧？"

"家父时有教诲，嘱我万事听命于婶母。 为此，一月三致书，侄儿岂敢有所疏失？"

"好好！ 若诸侯王皆似乃父，则汉家天下，恐早已是'郁郁乎文哉'了，怎能有这般遍地的愚氓气？"

"太后明见。 汉家以武取天下，当以文治之。"

"说得对，陆贾夫子亦曾有此论。 看来，汉家文脉，唯赖交弟这一门了。 贤侄，你且好好尽职，扫尽你伯父所留愚氓气，莫教天下粗蠢成风。 只可笑那王陵，不愿做幼帝太傅，明日便由你来做，又何妨？"

"不敢。侄儿佩剑未沾血，亦未亲见世事翻覆，胸无才调，亦无事功，何以教诲幼帝？蒙太后赏识，忝为宗正，跻身九卿，已心疑是在做梦了，当知足。"

吕后望望刘郢客，忽然触动心事，便道："看见你，便想起故建成侯吕释之，他一门子弟，如今三子吕种，只封了关内侯；长子吕则，因罪除国，已成庶民。以吾观之，他次子吕禄，擅骑射六艺，比那长子吕则，还是要成器些，若为庶民，好不可惜！便由吕禄来续这列侯之门吧。你先去草拟一道诏书。"

刘郢客遵命而退，自去忙碌。越日，朝中便有诏下，称："故建成侯吕释之，于兴汉有大功，长子因罪除国，思之不忍。今复推恩，封次子吕禄为胡陵侯，以续列侯。"

吕禄此时，正在长安宅邸闲居，闻诏令下，喜出望外，忙奔入宫中谢恩。

吕后见了他，只淡淡道："你大伯家中两子吕台、吕产，何其成器！然你一门兄弟，却只知声色犬马。吕则我是扶不起了，你也不过是白镴枪头。今日在群臣面前，姑母为你吹嘘，争来个胡陵侯，好歹将这列侯之门续下去。胡陵（在今山东省鱼台县）远在齐地，你收拾好，便之国①去吧。"

吕禄连忙谢恩："蒙姑母厚恩，侄儿誓为前驱。只不知，为何要将我外放至远地？"

"你只知走马放鹰，唯恐今后玩不着。你记好，昔年汉家定

———————————————

① 之国，指诸侯王前往封国，亦称"就国"。

都，大夫田肯曾建言：那齐地与关中，乃汉家两处根本，拥齐地，便如拥百万甲兵。高帝纳此谏，将齐地封给庶长子刘肥。如今刘肥虽薨，其子刘襄犹壮，袭了齐王，雄踞在东，教我如何放心得下？若乱自齐起，则姑母岂不成了秦二世？今遣你赴胡陵，便是要你做我爪牙，与吕台同心，将那刘襄看牢，勿使有异动。"

"谢姑母。侄儿虽成事不足，然做爪牙则还无愧。"

"你就是成事不足！若非你走漏风声，姑母早将那功臣诛尽了，何必还有今日啰唆？"

"侄儿定当收心敛性，以大事为重。"

吕后便一哂："若有大事须你来做，恐大事也要做败了！你今去胡陵，离兰陵不远，美酒够得你饮。饮酒之外，只为我做个恶仆便好。"

吕禄连忙叩首道："休说恶仆，便是教我做窃儿、贼人、登徒子，亦是心甘。"

吕后掩口而笑，笑罢又道："昔在沛县，姑母仅一农妇也，只知劳苦方有饭吃，全不懂朝堂为何物。而今坐了天下，才知其中荒唐：不但要教人做赵高，还要教人做恶仆！唯愿从不曾离乡，只知稼穑，那倒还省心些。"

经此一番布置，吕氏子侄登堂入室，朝中大臣虽多有侧目，却无人敢言。此后数年，吕后知人心已被压服，便放手封赏，安插诸吕子侄至上下四方，以为臂膀。

高后二年（前186年）初，新封之吕王台，竟然无福消受诸侯之尊，一病不起，薨了，谥号为"肃王"。吕后叹惋之余，便命吕台之子吕嘉，袭了王位。

同年，惠帝之子常山王刘不疑，命亦不长，得病薨了。因他年少，连子嗣都没有。吕后便令惠帝另一子襄城侯刘山，改名为刘义，接了常山王。

至此，吕后称制已有一年，民间谷茂粮丰，商业繁盛，渐渐透出了一片祥和来。吕后心头暗喜，知自家手段不输于夫君。这日忽就想起，责令张苍编定律法，迄今已有年余，也不知如何了，便唤张苍来询问。

张苍答道："臣领丞相府吏员数十，日夕不敢歇，迄今编定新律二十七种，另有《津关令》一种。天下律法，至此可称完备了。"

吕后含笑道："你这话，我信。二十七部？哀家是不能详看了，只怕看得头痛，你只逐个报来我听听。"

张苍便道："计有《贼律》《盗律》《具律》《告律》《捕律》《亡律》《钱律》《置吏律》《户律》《爵律》……"

"好了好了。"吕后连忙摆手，笑道，"我只听着名号，头已经昏了，难得你这番辛苦。去交丞相、御史、廷尉等人看过，便可颁行。要教那天下人看看，汉家不再是草莽了，事事都要有个定规。"

不数日，这一番新律法，便由相府传令郡国，发布四方，史称"二年律令"。

至高后四年（前184年），吕后见吕家势力更盛，索性又封侄儿吕他为俞侯、吕更始为赘其侯、吕忿为吕城侯。另有吕氏族属五人，分遣各诸侯国为丞相，出守四方。吕氏风头，就此一时无两，大大盖过了刘氏。

高后四年这一年，天下无事，朝中也无事，不料宫闱之内，反倒是起了一桩大事。

此时，少帝刘恭已有四五岁年纪，稍稍懂事，听得宫人偷偷议论，得知生母原不是太后张嫣，而是后宫周美人。自己来到世上，即被人调包，成了张嫣所生的"太子"。生母周美人，则死得不明不白。小儿闻听此言，心中大忿，也不知掩饰，便对张嫣起了敌意。

从此，每逢张太后教导，刘恭便故意不听，且多有顶撞。张嫣不明就里，不由得恼了，狠狠训了他两句。那刘恭便双手叉腰，对张嫣道："太后焉能杀吾母，而名为吾母？今我年未壮，一旦年壮，必颠倒此事！"

张嫣闻之，知刘恭已知事情始末，不由大惊，然终究心存悲悯，未作责怪，只是偷偷拭泪。

那刘恭不晓事，见一语竟说得张太后掉泪，内心解恨，此后动不动便口出恶语。

有那吕后安插于张嫣身边的眼线，看不过去，密告了吕后。吕后闻之，拍案大呼道："竖子，反了！如此小年纪，便有此心，年长后岂能不为乱？"当下，便唤了张嫣来问。

张嫣答道："少帝年幼，确有此等言语。"

吕后便发狠道："你如何不责打他，如何不来禀报？"

张嫣终究是厚道人，当即垂泪道："想到周美人，不忍心责罚少帝。"

吕后便起身，戟指张嫣道："多年在宫中，事情还见得少吗？你怜悯他人，他人可否怜悯你？"

"说来说去，终是奴家不争气，未育一子。"

"既如此，那少帝便不是你亲骨肉，我如何处置，你不要拦。"说罢，便命宣弃奴去将少帝带来。

刘恭不知有何事，仍趾高气扬进来，略向吕后一揖，却理也不理张嫣。

吕后便问："不曾瞧见你阿娘吗？"

那刘恭亦不惧吕后，朗朗答道："张太后，非我生母也。吾母，已死于张太后之手。"

吕后便大怒，立起身道："我说张太后是你生母，你不信；宫人说周美人是你生母，你便信了。是哪个宫人多嘴，给我指出来。"

"我不指。"

"那就莫怪我厉害。"

"太皇太后，你便是再厉害，那张太后也非吾母。"

"大胆！宣弃奴，将这个竖子衣袍剥了，拉到永巷去，终身幽禁。不死，就不许出来！"

宣弃奴在侧，不由得迟疑，小声道："太后，少帝乃天子，我如何能拉他走？"

"教你拉，你便拉走！张太后既非他生母，他也就不是天子，你还怕个甚？拉走！"

见吕后真的动怒，刘恭这才怕了，一屁股坐在地上大哭。宣弃奴赶忙上前，一手捂住他嘴，一手挟住他脖颈，拖将出去了。

刘恭也知永巷不是个好地方，一路上，只是蹬腿挣扎，连呼道："孩儿错了，我错了！"

宣弃奴便笑了一声："迟了，傻天子！那张太后若不是你娘，你便连个乞丐都不如了。"

到得永巷，宣弃奴置刘恭于地，传吕后谕旨道："此子为废皇子，在此监禁。任是谁，不得走漏风声。"

刘恭拽住宣弃奴不放，只是大哭。宣弃奴一把将他推开，冷冷道："给个天下你不要，偏要你阿娘，便在此处等候吧。"众宦者便一拥而上，将少帝扔进了暗室中。

那永巷中暗室，为地下陋室，古时为乘凉之所，终日不见天光，幽闭于此，不啻黄泉底下。

此后半月，众涓人不见少帝露面，都来问宣弃奴。宣弃奴只答道："少帝病重，奉吕太后之命，移地养病，不见外人。"众涓人心有疑惑，却不敢多问。

可怜那少帝刘恭，被幽于永巷，粗食淡饭，自生自灭。因一句不平之语，不但失了皇位，也将要搭上性命。然童言向来便无忌，这一句真话，梗在一小儿胸中，你教他不说出来，也是难。

时过月余，已至夏五月，群臣上朝，不见少帝端坐龙椅，疑心不免愈增。这日大朝，吕后于帘后咳嗽一声，发话道："诸君不见少帝日久，或有疑虑，今日哀家便要为诸君释疑。凡有天下者，便有治万民之命，盖之如天，容之如地；上若有心安定百姓，百姓则欣然以事上，上下相通，则天下治。"

群臣闻此高论，都躬身一揖，齐声称道："善！"

吕后便笑笑："此理，不难懂，人皆称善。然少帝久病不愈，已昏乱失心，不能继嗣，不能祭宗庙，不能以天下托之，吾意，应另择贤者而代之。"

此言一出，满堂皆惊，诸人只是拿眼去瞄陈平。但见陈平犹豫片刻，忽而跪下，叩首道："太皇太后为天下万民计，另择贤者代皇帝，以安社稷，我等顿首奉诏。"

诸臣一听，谁还敢不附和，都纷纷伏地叩首，齐称奉诏。

吕后大喜，连连挥袖道："诸位，赶快平身，哀家受不得这般恭维。哀家之心，从来顺天意，今日满朝文武，无一有异议者，便是明证。自古老妇治天下，从未有，亏得诸臣一心，我方能足不出户而天下安。既如此，便废去少帝之位，仍为皇子，交由张太后去管教。诸君可上疏建言，择贤者代之。"

群臣闻诏，有不明就里的，便暗自吃惊；有早就闻说"调包计"的，则暗中好笑。总之是无人抗旨，唯称"万岁"。

不数日，陈平打探出吕后意旨，便领衔上疏称："臣等闻常山王刘义，性素贤德，可以托天下。"

吕后看了奏疏，不住点头，大赞道："好，就教那刘义来做皇帝，贤德不贤德的，小儿身上怕还看不出。只要不似那废少帝就好。"

陈平道："刘义登大位，则常山王位空悬，可择贤者继之。"

吕后笑道："这有何打紧？盈儿多子，尚有未封王的。那轵侯刘朝，便可封王了，去做常山王好了。"

陈平又奏道："新帝登位，乃汉家喜事，明年可否改称元年？"

吕后便摆摆手，哂笑道："那倒不必。也不知这新少帝运气如何，坐不坐得久长。左不过是我在称制，年号便无须改，一以贯之吧。只是新帝名字，太过俗气。我汉家基业，眼见得弘昌无比，索性改名叫刘弘好了。"

群臣齐声喊好，新少帝就此横空出世，并无半分波澜。

高后四年五月丙辰这日，刘弘冠冕加身，告了太庙，算是登上大位。后世史家论及此，都习称废帝刘恭为"前少帝"，刘弘则为"后少帝"，以免混淆。刘弘比起废帝刘恭来，也大不了两岁。可怜两位少帝，均不满十龄，在吕后威势下，各做了四年的傀儡，都没有好下场。

新帝登位后，前少帝便没了用处，只是累赘。吕后想了想，便唤过宣弃奴来，密嘱了一番。宣弃奴领命，匆匆奔往永巷，如此这般布置了一番。从此，前少帝刘恭便销声匿迹，再无声息了。有宫人私底下传说，或是被勒毙，或是被鸩杀，总之是没了活路。

转过年来，惠帝庶长子、淮阳王刘彊，亦无福消受尊荣，一命呜呼。恰好壶关侯刘武年纪小，尚未封王，便袭了淮阳王位。

至此，惠帝与后宫美人所生六子，已有三子夭亡。余下的三个，吕后已不以为意，打算留待日后收拾。

处置完废帝，吕后坐在长乐宫中，想想孝惠、鲁元先后走了，宫中有了清闲之意，看那来来去去的宫女，便觉人太多，欲打发一些往诸侯国去。

吕后想到窦姬，便头一个唤来，吩咐道："宫人冗杂，要分遣一些往诸侯国。你在长乐宫中，离出头之日尚远，不如趁此往边地去，或有好运道。"

窦姬来长安数年，无日不思乡，闻吕后之言，便问："所遣处，可有赵国？"

吕后笑道："有赵国。终是小女子，闻说可以归乡，竟不念太后的恩了！遣散之事，统归宣弃奴，你找他便是。"

窦姬这才落了泪："太后待我如母，奴婢怎舍得离开？只是多年不见兄弟，惦念他们的生死罢了。"

吕后挥手道："我也不怪你，去找宣弃奴吧。"

当日，窦姬便找到宣弃奴，讲了要往赵国去。宣弃奴应了一声："这有何难？"便走开去忙碌了。

数日后，便有分遣诏下，窦姬闻听，自己竟是被发往代国去了，便急忙去找宣弃奴。

宣弃奴一拍额头，顿足道："哎呀，我历来代、赵不分，将你分派错了。"

"我不要去代国，我只要归乡。"

"窦姬，这事不好改了。难道要惊动太后，去吩咐皇帝改诏书吗？"

窦姬当场便哭了出来："你个宣弃奴！只知道逢迎，能做得甚么好事出来！"

宣弃奴也无奈，只得赔礼道："我就是个阉奴，不得好死。小女子你便忍忍，饶了我吧。"

窦姬哭了半日，也不敢去惊动太后，只得自叹命苦。到了离宫之日，垂泪告别太后，踏上漫漫途程。岂知这一去，竟交上了天大的好运。

抵代国之后，窦姬那聪明伶俐，一如既往，甚得代王刘恒怜爱，不久便纳入后宫，封为美人。其时，刘恒已有王后，却独幸这位窦美人。未几，王后病殁，窦美人便顺理成章封为王后。不数年间，为刘恒生了长女刘嫖，后又生两子，即长子刘启、次子刘武。后皆成大贵。此为后话了。

至此，吕后称制已然四年，普天之下，内外都无隐忧了。吕后看那废立之间，陈平、周勃等老臣，都还颇知趣，便想也该稍加笼络为好。内外既已大定，不妨还是遵高帝临终所嘱，实授周勃为太尉，以示嘉勉。再者，周勃勇武善战，威震天下，用他掌天下之兵，亦可震慑夷狄。

于是便有诏下，重置太尉官，拜绛侯周勃为太尉，掌天下郡国之兵，南北军则不在此内。拜官之日，吕后笑对周勃道："公乃三朝元老，稳坐不倒。哀家看你心机似也不多，何以偏就不倒呢？"

周勃敛容答道："廉颇能饭，然急于立功，故不得重用。吾则饱食终日，不思添功，也就不至添乱，故能安稳若此。"

吕后便笑指周勃道："先帝说你厚重，依我看，你也不厚重了，倒是很会说话了。"

周勃慌忙辩白："臣不敢有机诈。臣为凡人，乐天知命而已。"

吕后不禁大笑："天下人若都似你，哀家临朝，倒要省却许多心思了。"

此次重置太尉官，恰是时候。自高后五年（前183年）春起，南北边陲都有异动。那南越国赵佗，久闻吕后专擅，心有不服，忽然来书，自称"南武帝"，似有举兵相抗之意。

吕后不敢大意，急召周勃来问。周勃答道："南越王何敢来攻汉？无非是看我不敢匈奴，趁机生事，无须理会他。反倒是北边防务，不可不加重。"

吕后从其谏，遂调发河东、上党两地马军，戍守燕赵，添兵以震匈奴。如此静观了数月，果然南北两边都再无动静。自此，吕后便格外倚重周勃，不再疑心。

六

白衣智士
胜卿相

且说吕台之子吕嘉，袭了吕王之位仅及一年，便屡有大臣上奏，说吕嘉做了诸侯王，骄恣不可一世，侵扰地方，目无朝廷，一副狠傲心肠，有司也拿他无可奈何。

　　吕后起先尚不在意，有意敷衍过去。嗣后，朝野非议日甚一日，陈平也几次上奏，吕后便不能再装聋作哑了，召来吕国丞相，详加盘问。这一问才知，大臣所指摘，竟桩桩件件都可坐实。吕后不由就大怒，下了狠心，诏令夺去吕嘉王位，命有司押解来长安训诫。

　　见吕嘉被押到，吕后怒不可遏，斥道："教你袭父爵，是要倚你为臂膀，哪知你是此等犬子！吕台好歹是个君子，倒是如何养出你来的？封吕台为王之时，我便教他管教你，看来他是不听老娘的话，舍不得用狠毒手段。"

　　吕嘉只是不服，回嘴道："儿臣固有不法事，然豪门公子，大率如此，我也不比他人更恶。"

　　"你就是恶！汉家有你这般诸侯王，百官何以能服？百姓何以能畏？你真是要将老娘的天下蹭翻。可知否：那富贵公子，可以骄纵；然你这王，却不可骄纵。百姓看我汉家，他不看《九章律》里的之乎者也，他只看你这等高帽子王，廉耻还余多少，是否还有人样。"

"这个……儿臣可以改。"

"今日方才知错？ 迟了！ 不将你打回到庶民中去，你是不知吕字几笔方能写成。 来人！ 将这个庶民吕嘉赶出去。 普天之下，随你游走，只不要来沾老娘的光。"

赶跑吕嘉之后，由谁来袭吕王，吕后也有所思。 想那吕台之弟吕产，名声颇佳，可以袭爵。 然吕后忽又踌躇起来。 想到吕嘉之事，实是丢尽了颜面，故而封诸吕之事，恐不能强来，还要稍作掩饰才好，免得留下骂名。

如此一想，便将那吕王之选，交给大臣去议。 陈平、周勃等人奉了诏，循例去探听吕后意旨，却都碰了壁，没有半分消息。 陈平、周勃颇感茫然，召集群臣来议，七讲八讲，总也说不到一处，迁延旬日，仍无定论。

这一延搁，垂涎此王位之人，不免就蠢蠢欲动。 其间，有那善于机变的游士、策士，奔走于豪门，上下其手，就显出了他们绝顶的本事来。 历代谋官谋爵，套路都是一样的，本主总不能觍颜去奔走，需有人居间引线。

此次择贤封吕王事，便有一位游士冒了出来，左右逢源，助人且又利己。 此人名唤田子春，本为齐地济北郡人，或为田氏旧族也未可知。 高后称制年间，此人不甘寂寞，远游至长安，奔走于刘、吕之门，代人上下做些疏通。

田子春生来伶俐，工于心计，在长安甫一落脚，便留心结交豪门，探听宫中秘事。 若刘、吕两家子侄有所图谋，他便代为安排。 长安城内，官场水深如海，那公卿巨僚，内廷外朝，田子春将各个门槛都走得熟了，代人谋利，如雨落鸭背，不着痕迹。 此类人，可说是历代京中不可或缺的人物。

这田子春入长安，先前也是两眼一抹黑，欲结交权贵，却不知哪扇门能敲开。他所入手结交的，是不大起眼的一个人。此事，须得倒推两年再讲起。那是高后三年仲秋，田子春来长安已有多日，所携旅资眼看用罄，仍未寻到金主。这日步入食肆用饭，思前想后，便是一脸的愁闷。

店中有一店伙，早便与他熟了，见他来，即端上一碗秋葵羹，随口问道："客官，秋高气爽，如何你满面都是愁云？"

田子春叹了一声："天将寒，冬衣尚无着落呢！"

"哦哈哈……见你常奔走豪门，还以为你早已发迹，腰缠万贯了也说不定呢。"

"说得容易！长安豪门千家，哪一扇门，能为潦倒人大开？"

"这倒也是。客官若不嫌弃，小人倒有个主意。距此地不远，便是营陵侯的府邸。那营陵侯，名唤刘泽，乃高帝一个远房堂弟，娶的是吕氏女，名气虽不大，却是贵胄，职掌卫尉。平素不拘形迹，喜好结交市井小民。我看客官满腹诗书，何不上门去自荐？"

"哦？"田子春心头一震，双目立时炯炯，问道，"那营陵侯国，国都在齐（今山东省昌乐县），营陵侯因何未去就国？"

"这个营陵侯，本就是田舍农夫，胆小怕事。早年沛公举义，他不敢跟从，至汉王名声渐起，他才去荥阳投军，得了个郎中做，不过是随侍左右。后来渐渐官做大了，拜了将军，征讨陈豨之时，擒了叛将王黄，高帝在世时，不大看得起他这兄弟，直至驾崩前一年，才赏了他一个营陵侯做。惠帝即位，由吕太后做主，为刘泽娶了吕媭之女，加名号'大将军'，重用为卫尉，护卫官禁。"

田子春霍地站起身，躬身一揖道："请君指路，在下这便去拜访。"

店伙跨出门去，为田子春指了路，田子春拱手谢道："指路之恩，当不忘。今日饭钱，暂且赊欠，日后发迹了再还。"

店伙便笑了笑："客官欠小店的饭钱，不在这一餐了。你自去寻路，能讨得几个铜板来也好，不然你所欠钱，全是小人代垫了。"

田子春脸一红，赶忙辞别而去。

哪知到得营陵侯邸，但见门禁森严，有士卒数名，执戟而立，闲杂人等不得靠近。有一恶脸司阍，在门后跷足而坐，昂首望天，一张恶脸似城墙一般，拒人千里之外，白衣寒士空着手，哪里能闯得进去？

田子春望门止步，在冷风中瑟缩多时，心中直叹："天下之大，横北海，绝南越，然有了这许多门，又不知塞住了寒士多少路！"

正怨艾间，忽见有一白胡须长者，带了两个店伙，担着酒来，欲进侯府大门。田子春打量一眼，知是酒肆的店主，想必是侯府常客，便闪开身，让那店主过去。

眼见得店主一撩裳襟，昂首往侯府步去，田子春忽一咬牙，将腰间挂的一个玉佩胡乱扯下，跨前一步，递给那店主："老丈，多有叨扰！我本齐地游士，欲拜谒营陵侯，却是无门可入。望老丈提携，带我入此门。此玉佩，为家传之宝，已传了五代，乃扶余国之红玉，不知老丈中意否？"

那店主一怔，即哈哈一笑："自齐地而来？儒生？如何弄得似讨饭的一般？ 我不过坊间一酒贩，与营陵侯并无交情，哪里有面子为你引见？"

"老丈不必客气，只须领小人进得此门，我自有分晓。"

店主犹豫片刻，接过那块玉佩，翻来覆去看了，便揣入怀中，笑道："你这引路之资，倒还贵重！ 我若是不带你进去，反倒是不近人情了。 你只管随我来。"

那司阍显是与店主相熟，见面便大笑，才寒暄了两句，猛然见到有生人，便跳起身，拦住不放。 店主连忙打了声哈哈，拱手道："此乃吾友，儒生一个。 今日之酒，非同寻常，乃自长沙运来，大有典故。 我肚中才学少，讲不分明，须吾友来为营陵侯讲明。"

那司阍转了转眼珠，哼了一声："酒便是酒，儒生来讲一讲，饮了便可长生吗？"这才坐下，挥挥手放行。

此时府邸内，刘泽正倚在榻上闭目养神，忽闻酒家来了人，便跃起身，抢步来至中庭。 见了店主，即朗声大笑道："近日正愁无好酒，你这酒仙，又送佳酿来，恰好救了我！"

店主连忙打躬，脸上赔笑道："侯爷玩笑了！ 我哪里有此神通，今日之酒，倒是好酒，系长沙国所酿醴酒，开坛便能香倒人。 昨日才到货，今日便给侯爷送来两担。 侯爷若饮了不嫌弃，我就教那酒商，每月送过一担来，定不教侯爷口中无味。"

刘泽笑个不住，忽见店主身后有一陌生人，不禁大奇："此乃何人？ 白面朝天，比你雅多了！ 平素不曾见，可是你账房师傅也来了？"

店主正踌躇如何作答，田子春便上前一步，作个揖道："在下田子春，自齐地来，久闻侯爷大名，冒昧叩访，与这位老丈无关。"说罢，便摸出了一片半尺长的谒①来，递与刘泽。

刘泽接过名谒，瞟了一眼，嘴角便有轻蔑意，哂笑道："齐人？白衣？ 田氏？ ……不会是田横之后吧？"

那田子春不卑不亢，昂首道："若是田横之后，岂肯生入长安？"

刘泽便一惊，望住田子春："此话怎讲？"

"入长安者，无非谋有所用。 若为君王所用，便是国器。 然吾国田横，不入汉都，宁愿求仁而死，这便是孔子所言'君子不器'。 田横，千古君子也，其后人，怎肯生入长安？"

此一番话，令刘泽脊背冒出冷汗来，竟一时语塞，打量田子春有顷，方问道："公入长安，便不欲做君子了吗？"

"田横死国，是上一代事。 而今，我入长安，是为求正道而来。"

刘泽眼中精光一闪，知来者定是奇人，便略整整衣冠，向田子春施大礼道："闻先生言，绝非贩夫走卒之流，我素与乡鄙之徒交往，竟忘了礼数。 方才与先生立谈，实欠雅量，这便请先生入内小叙。"

待落座后，刘泽谈得兴起，便不肯放田子春走，食宿款待，务尽周到。 田子春在侯邸淹留了数日，每日与刘泽杯觥交错，上下古今地胡聊，甚觉惬意。 谈到第四日，刘泽举杯间，望见黄叶飘下，忽就叹道："又是一秋了，这流光也忒匆忙！ 自有汉家始，堪堪已二十余年了，人生过了半百，如愿之事却是不多。"

———————

① 谒(yè)，古之名片，汉末改称"刺(cì)"。彼时无纸，古人将自己的姓名、闾里、爵位写在竹木片上，用于拜访时投递。后世则不用竹木而用纸，称"名帖""拜帖"等。

汉风烈烈 3

田子春便问："公为贵胄，与高皇帝同宗。开天辟地以来，生民之数过亿万，几人能有此等之尊？若换作我，死也足矣。不知公更有何求？"

经数日倾谈，刘泽已视田子春为腻友，闻言便大笑道："吾阿兄为高皇帝，吾所梦，自然是封王，好歹独掌一方。今职掌卫尉，不过是大户人家的护院而已。"

田子春一怔，稍作沉吟，便回道："在下入都已有一年，朝中门路，也摸到了些。侯爷望封王，乃人之常情也，吾当居间效力。然目下吕氏势大，刘氏衰微，欲谋刘氏封王，便不能急。好在侯爷为太后侄女婿，又重用为卫尉，或可通融；否则，万勿做此想。"

刘泽颔首道："先生所言有道理，吾虽贵胄，然命却是贱命，或许还能活上二十年。我不急，可否为我徐图此事？"

"君子当成人之美，奔走此事，不在话下，然……在下本一寒士，无力打点豪门，奈何？"

"哈哈，这我倒忘了，先生乃寒素之士，受苦了！如此，某便以金相赠，你不要推辞。金三百斤，可足日用否？"

田子春一惊，竟失手掉落了酒杯，瞪目道："三百斤？足可抵十个富家翁了！在下如何敢受？唯愿为侯爷尽力奔走。这里，且放胆大言——此事必成。"

刘泽大喜，当即唤出家老奚骄叔来，备好了三百斤金，郑重相赠，恭谨道："闻先生之言，大开心窍。区区薄礼，乃为祝君长生。"

田子春正要假意推辞，刘泽便一瞪眼睛，嗔怪道："瞧不起我吗？"

见戏已做足，田子春便一笑，拱手谢过。一番饮宴后，由奚骄叔驾车，载上黄金，送田子春回到尚冠里赁居。

此后，刘泽日日自宫中返家，便要张望门外，坐等田子春消息。却不料，堪堪过了三月有余，只不闻动静。忙遣奚骄叔往田子春住处打探。奚骄叔到得尚冠里，寻不见人踪，问房东，方知他已携财物回乡去了。奚骄叔无奈，回来复命。刘泽闻之，大失所望，然亦不愿轻言上了当，只道是田子春家中或有急务。

奚骄叔道："这不是骗子又是甚？不如知会济北郡有司，拿下此人，解来长安。"

刘泽摇头道："不可，这怎生使得？传出去，恐为都中人笑。待他忙完家事，自会有分晓。"

却不料，如此一等便是两年多，田子春全无消息，刘泽任是脾气好，也不免怨尤，这才疑心是遇到了骗子，便打发奚骄叔，速往济北郡，去田子春家中责问。

奚骄叔奉了命，一路驰驱，来至济北郡泰山脚下，找到田子春，惊见他已一扫寒酸气，广置良田美宅，俨然为当地一富豪了。

奚骄叔进门坐下，便一拜，语带讥讽道："两年不见，田先生不复往日清雅，竟换作冠冕堂皇了！"

田子春心中有数，不卑不亢，含笑道："田某乃寒士也，生平未曾见百金是何模样，况三百金乎？今骤得三百金，便欲登高自鸣，亦是人之常情吧。"

奚骄叔无言以对，眼睛转了转，忽然问道："府上尊夫人，可养有雌鸡？"

"养有数十。"

"饲之，可有两年不生卵乎？"

田子春领悟此语，即仰头大笑道："侯爷心急了！"

奚骄叔敛容道："正是。 侯爷有话，令小臣务必带到，谓曰：'田先生，不欲与我为友乎？'"

田子春便躬身一拜，道："寒士骤富，不免失态，万望侯爷海涵。 请足下回禀侯爷，就说我月内必至长安，登门谢罪。 所托之事，这两年确乎延搁了，待我近日入都，即着手打理清楚。"

奚骄叔仍含怒意："我主相托，如何一搁便是两年？ 那三百斤金，岂是随手拾得的？"

田子春也不辩白，起身送客道："我这里还在起屋垒墙，家无宽敞之所，就不留宿足下了。 我本游士，浪迹四方，侯爷所赠金，于我而言，正似路边拾来，故未能日日感恩，也请侯爷包涵。"

见田子春狂悖若此，奚骄叔也是无奈，只得摇了摇头，起身告辞。

待返回长安，奚骄叔向刘泽复命，多有怨尤。 刘泽听罢，将信将疑："无论真假，便等他音讯吧，再等两年也不迟。"

奚骄叔为主公不平，发牢骚道："再等两年？ 三百斤金，怕是全化成了水！"

刘泽不听，只道："你也毋庸多言了，静候就是。 他不仁，我岂可不义？"

那边厢，田子春送走奚骄叔，便知此事已不能再拖，忙吩咐仆人收拾行装。 隔日，便携其子田广国，同赴长安。

路途之上，田子春将此行所谋，向田广国交代。 田广国颇有不解："父既有然诺，为何拖延两年不为？"

田子春便一笑："那时若便做成，倒显得此事不难做了。"

田广国有所悟，也笑道："阿翁原是为自重！至长安，须如何行事，只管吩咐孩儿就是。"

父子二人一路颠簸，来至长安。田子春却不去拜访刘泽，只撒下大把钱财，在修成里赁了一套大宅。

在此处，田子春广交旧友，问何人能识得吕后身边人，有人便应承，可为他引见中谒者张释。田子春大喜，拿出些财宝来，托那人转赠张释，说愿送子为张释门客。

不过数日，张释那边便有了回话，说可以见。田子春便叮嘱田广国道："此去，将有大任。"

田广国便道："孩儿当如何做？"

"中谒者张释，位高权重，然身为宦者，并无子孙，你只须甜言蜜语，呼他'阿公'，他听了高兴，必器重你，吾事便可成。"

"孩儿记下了，此事易耳。"

这位张释，本为宦者，惠帝在时，就已讨得吕后喜欢，官做到中谒者，深得宠信。他权势在手，却仍觉势单力孤，便喜好结交各色人等，广植羽翼。见田广国聪明伶俐，愿供驱使，便欣然受之，收留为门客。

两月之后，田子春暗嘱田广国，延请张释来居所饮宴，事先交代："请中谒者来，吾有要事相求，事成与否，全看他心思。你我父子，须将此人巴结好。"

当日过午，田广国便陪着张释，乘了一辆辎车，不事声张，来至修成里田氏居所。田子春亲迎出门，便要跪下，张释不要他下拜，与他执手笑道："广国在我门下，如同孙辈。我本无家，来赴你家宴，你我间便无有尊卑。若无此一节，哪个大臣能请动我？"

田子春言下感激不尽，便在前面引路，进了宅院大门。

在门外时，张释只顾寒暄，未及留意。入得门来，见此处虽为一座赁居，然其帷帐器具等，却是极尽奢华，与列侯府邸不相上下，张释心下便一惊，知田子春身家必定不凡。

正讶异间，忽听田广国道："阿公今来，似炎阳当头，田氏门楣，眼见得就亮了起来。"

田子春连忙道："犬子说话，素无遮拦，中谒者休要见怪。"

张释不由就笑："田兄，此子嘴甚巧！吾何来如此福气，竟凭空有了个好孙儿？"

田子春便趁势下拜，恳切道："中谒者看重田氏，这情分，便如同骨肉。"

张释连忙上前，将田子春扶起，道："此祖孙之谊，乃天定。我既为阿公，来日定要好好栽培他。"说罢，又望住田子春笑道，"至于你我之谊，另当别论，只当是兄弟也。"

田子春做直欲泣下状，再三谢过，便请张释入座。而后招呼了一声，仆人闻声而动，将菜肴端出，无一不是山珍海味，世所稀见。张释又是一惊："民间商户，竟富比王侯。若非结识了田兄，吾何以得知呀！"

田子春便一使眼色，田广国连忙跃起，为张释斟酒，贺道："阿公德高望重，护佑汉家，当长生百岁，请受孙儿在此一贺！"

席间，主宾言笑晏晏，亲若一家。酒至半酣，田子春忽然容色一凛，招呼仆人退下，又对田广国道："你也暂避，我有事，要向中谒者讨教。"

待众人退下，张释瞥了田子春一眼，微笑道："事必涉吕太后。"

田子春拱手一拜："正是。足下位高，朝中之事无所不知，然有些话，却是听不到的。”

张释颔首道：“愿闻。”

“在下两番入都，见城中王侯宅邸，竟有百余家，皆为高帝功臣。唯吕太后母家族属，昔年也有大功，却不得遍赏。今太后年事已高，欲封诸吕子侄，又恐大臣不服，迄今仅封了吕王一人。臣闻吕嘉于近日获罪，已废王，王位暂空。张公久随太后左右，不知太后意欲选谁？”

“当然是吕产。”

“那么，为何又迟迟不见大臣推举？”

“这个嘛……是大臣不急吧。”

“大臣为邀宠，哪里能不急？如今不举荐，定是吕太后尚未发话。”

“哦？有些道理。”

“吕太后为何不发话，大有深意在。恐是畏惧众议，实难开口也。”

张释忽然大悟，望住田子春道：“田兄之意是……”

“足下既知太后心意，何不私下知会群臣，联名上奏，荐吕产为王。吕产若继位吕王，足下便立有大功，封个万户侯也不难。倘不如此，太后必恨足下做事不力，恐是祸将及身了。吾虽一平民，然心系庙堂，日夜为中谒者担忧。”

话音方落，张释便霍然起身，深深一揖道：“田兄，真智士也！若非你提醒，则张某必然失机，或沦为有罪之臣也未可知。此大任，在下自愿肩负，不容推托。事若成，吾当重谢田兄！”

田子春急忙拦住，恭谨道：“足下不必见外。田某羞为白衣，技止此耳，蒙足下看得起，深觉幸甚。今日家宴，不成敬意，望足下不嫌鄙陋，尽兴而饮。"

张释哪里还坐得住，便告辞道："事不宜迟，我这便去见大臣，草拟奏疏。今日得识广国之父，赠我以肺腑之言，好不痛快，不饮了也罢。"

此后数日里，张释无暇稍懈，逐个拜访公卿，私下授意。事毕，方返回宫中，禀告吕后道："臣已意会诸大臣，吕王之选，非吕产莫属，不可举荐他人。"

吕后正在椒房殿廊上烤火，闻言头也未抬，只问道："你怎知哀家心思？"

张释连忙伏地答道："人同此心，不问亦可知。"

吕后便甩下紫羔裘，大笑道："中谒者做事，着实干练。事成，定教你做个富家翁。"

几日后，便是高后六年十月。一元复始，吕后心情颇佳，元旦以后大朝，在帘后忽然发声，问众人道："命你等商议吕王人选，如何一月过去，尚无分晓？"

诸大臣早受了张释调教，纷纷道："臣等有奏疏，以为吕王之位，非吕产不可。"

吕后望了张释一眼，微露笑意道："终究还是吕产，群臣既然力推，哀家亦不能违众意。然为何竟拖了近一月？莫非吕产尚嫌勉强？"

陈平、周勃等老臣，连忙作揖请罪。周勃道："太后责备得是！年末事多，微臣有所疏漏。所幸于新年里，便可封吕产为王，正合岁时。"

吕后忍不住一笑："老臣们也学得狡猾了，明明是疏失，却偏要说成彩头！"

张释连忙道："太后既准了奏，散朝之后，微臣便留下拟诏。"

吕后挥袖道："还有何事？ 这便散朝好了。"

待诸臣退下后，吕后便招呼张释道："中谒者，你有大功，哀家不能不赏你。"于是命近侍去知会少府，"搬来一千斤金，赏赐张释。"

张释吃了一惊，连忙谢恩道："赏赐如此之重，臣实不敢当。"

吕后哼了一声："你是老臣，就无须假惺惺了！ 我若不重赏臣下，哪里会有人卖命？"

张释得了黄金千斤，感慨良多，不由就佩服田子春。 想想此赏不能独享，便分出一半来，要赠予田子春。

哪知田子春坚辞不受，只道："吾与中谒者交，乃凭至性，非为谋利。 若受金，则白圭有玷，日夜不能安也。"

张释眼睛睁大，只不信世上竟有如此高洁之人，便险些落泪。此后半月间，又与田子春往来了数次，见他行止恭谨、襟怀开敞，浑不似庸碌商人，倒像个侠士，遂引为至交，频繁往还，遇事便登门相商。

田子春见前面文章已做足，便要点出正题。 一日，在田宅中，两人就着炭炉小酌，田子春忽然轻叹一声："吕产为王，固然是好，然群臣不服者亦多，若不略加安抚，怕是难平。"

张释闻此言，顿感不安，拱手求教道："田兄有何良策？"

"这个容易。 单单吕氏擢升，人难免非议；间或杂以刘氏，人便无话可说。"

张释摆手道："田兄有所不知，吕太后忌惮刘氏，非同小可。私底下，我只能说到此而已。 欲扶刘氏，恐将难于登天。"

田子春便故意淡淡道："刘、吕如今是一家，联姻者比比皆是。且刘氏遍及天下，防亦难防，还不如好好笼络。今有一人，太后最该笼络。"

"是何人？"

"当朝卫尉、营陵侯刘泽。"

张释一怔，便笑道："刘氏未封王者，所余寥寥，你不说，我倒将这人忘了。这刘泽，虽也姓刘，却是远亲，官居卫尉，是沾了丈母娘吕嬃的光，已属万分荣宠了，何须太后特意笼络？"

田子春便屈指数道："首要者，刘泽妻为吕嬃之女，这便如自家人一般。再则，刘泽在诸刘中为长，乃高皇帝之弟，辈分之高，无人能及。三则，刘泽有军功，曾号大将军，职掌卫尉以来，毫无疏失，并非纨绔之流，足可以服众。若封为王，群臣之怨，可立见平息。足下可禀告太后，不如划十余县，封刘泽为王，以消弭众议。所出本钱甚少，却极是划算。"

张释闭目想了想，睁开眼道："倒也无不可。我忽想起：那刘泽，既是吕嬃之婿，便不是远亲，而是近亲了，吕太后必不会疑。"

"中谒者不妨想想，那刘泽若是封了王，岂能不心喜？必谢恩而去，远离长安，太后这边厢，不也少了些近身之忧？"

张释甚惊喜，赞道："田兄高见，我倒不曾如此想过。多谢兄好意，明日我便入见太后，当面建言。"

隔日，张释果然入见，依田子春之计，向吕后建言。

吕后愣怔片刻，忽而一笑："你不提起，我险些忘了，这侄婿，至今还只是个侯。然……终究还是刘氏，不宜封王。"

"太后，天下今已大定，尚未定者，唯众臣心也。如今，封刘便是安吕，太后必能洞见此中机窍。那诸吕封王，岂能仅一吕产乎？若才封了吕产一人，众臣便不服，又遑论其余？因此，封一刘泽，便是塞住一群人之口，此乃以小博大也。"

"唔，也是好计。那刘泽，我看了这些年，还算尽职；又与吕氏婚姻相连，不至为大患。然当年看吕媭情面，给了他'大将军'之号，日后我崩了，他若以此为名，作起乱来，便无人可敌。今日封他僻地为王，令他远离京都，倒也好。"

于是未及旬日，便有诏下，又从齐国划地，分出琅玡郡（今山东省临沂市）来，封刘泽为琅玡王，着令辞去卫尉职，立即就国。

田子春在友人处闻讯，知大事已成，这才将心放下，遂穿戴整齐，赴营陵侯邸道贺。

那刘泽刚刚卸了卫尉职，正满心欢喜，阖府都在忙着收拾，准备上路。忽闻田子春登门，便知果然是田子春使的力——当初之三百金，终见了收效。于是满面堆笑，离座迎出。见田子春入门，便大步迎上，执手谢道："君子一言，果不负我所望。今如愿以偿，当置酒相谢。"

刘泽将田子春延入上座，命家仆摆酒。田子春也不推辞，与刘泽杯觥交错，略叙营谋始末。刘泽听得感慨，唏嘘了几声。

如此饮了数杯，田子春忽然摔杯于地，起身请刘泽撤席。刘泽大惊，心中生疑，忙起身问何故。

田子春便道："大王一日未至琅玡，事便一日未成，臣愿随大王同往，共襄其事。大王请从速整装启程，勿再留长安。"

刘泽不明究竟，还想询问，田子春便厉声制止："我两年未动，乃因时机不到；今大王若迟一日，或时机便已失。若信我，请勿多言。"

刘泽心怀忐忑，只得从其请，命家人连夜收拾。田子春便告辞，返回赁居打点行装，退掉房舍，至次日凌晨，又返回营陵侯邸，催促早走。

待天明之后，刘泽匆忙入宫，见了吕后，禀明出行时刻。吕后望望刘泽，只淡淡道："哦，你去吧。"

刘泽得了允准，即偕同田子春，与家小一起上路。出得清明门，刘泽不免频频回望，大有不舍之意。田子春在侧谏道："大王，离死地，赴生地，有何可流连？"

刘泽便道："纵是此去赴仙境，又岂如长安？"

田子春便抢过御者长鞭，甩了一鞭，催马疾行，正色道："今疾行，长安便可重返。否则，万事难料。"

刘泽心中疑惑，也不好深究，便命御者加鞭，一路狂奔。

如此颠颠簸簸，三日后，出了函谷关。又狂奔了数十里，回望长安已在万山丛中，不见了尘嚣，田子春这才松了口气："大王，今日可慢行了。"

刘泽也吐了口气，苦笑道："齐地侠士，怎的竟如此神神怪怪？"

田子春开颜而笑，长揖道："纵有神鬼，也掠不去大王冠冕了，我为大王贺！"

也就在这几日，吕后在长乐宫闲坐，忽觉心神不宁，便遣人召审食其入见。审食其闻召，匆匆赶到。其时，吕后正在廊上徘徊，便命人设下案几，与审食其并排而坐，同晒冬日暖阳。

方才坐下，宣弃奴便手托朱黑两色漆盘，呈上来一盘甜瓜。

审食其拈起一瓣，欲递给吕后。吕后摆摆手道："哪里还有心思吃瓜？一早便觉心乱。"

审食其劝道："太后有何焦虑？天下不安之处，唯有北疆，然天寒地冻，匈奴断不会南下。”

吕后摇头道：“不干匈奴事。哀家只是想：如何便封了刘泽为王？”

“封便封了，好歹他也是吕氏女婿。”

“女婿算甚么？我问你：那刘泽，他究竟姓吕，还是姓刘？”

“当然姓刘。”

“这便是了！日前哀家昏了头，不知为何，竟答应了封刘。”

“是张释建言，封刘便是安吕，我亦赞同此议。”

吕后苦笑道：“封了那老刘，我这老吕，反倒是心中不安了。”

审食其忙拱手道：“太后一人，身系天下安危，还请宽心。若觉刘泽不妥，可快马追回，废去封王诏令便是。”

“唉，朝令夕改，岂不为天下所笑？”

“笑骂任由笑骂，至尊者，唯求心安而已。否则，独领天下又有何用？”

吕后望望审食其，笑道：“审郎，你活得倒洒脱！哀家便听你的，着人去追回刘泽。这个王，不给他做了！”当下便命宣弃奴，去知会宗正府。

宣弃奴领了旨，欲去宗正府传命，又小心问了一句：“即便追到琅玡，也须追回吗？”

吕后道：“哪里？收回成命，不能出函谷。出了函谷关再追还，天下人都要笑煞，说我太后临朝，封个王都要翻三覆四。”

宣弃奴听得明白，诺了一声，便传旨去了。

当日，宗正府便遣了使者，飞骑东出，直奔崤函古道而去。追了三日，来至函谷关前，向关将打听，关将只说：“琅玡王一行，早三五日已出关去了。”使者闻之，心有不甘，遂至关上远望，唯见去路杳然，一派苍莽，只得辞别关将，打马返回了。

听罢使者复命，吕后半晌未语，仰天发呆。审食其便在旁劝道："未追回，也罢，便任由他去。张释所献计，还是好计，凡事终以中庸为好。"

吕后便瞪了他一眼："中庸，中庸！若中庸，你我今日怎能坐在此处？"说罢，又转头问宣弃奴道："依你看，张释献计，可是受了人贿金？"

宣弃奴慌忙答道："中谒者私事，我不知；唯知人若不贪财，便是心智残了。"

吕后便猛地拍案，恨恨道："这个张释！"

审食其连忙劝解："太后请息怒，中谒者终究是重臣，功高过人，略有过错，亦不掩其功。"

吕后想想，一拂袖道："算了！如此干练之臣，也是难得，我不能自拔羽毛，此番便不与他计较了。然刘泽若敢生乱，我便先砍他张释的头！"

审食其吃了一惊，迟疑道："刘氏个个尊荣，想来，也并非都想生乱。"

吕后瞥一眼审食其，哂笑道："你一个舍人，做了公卿，当然知足；然那刘氏子弟，父祖为开辟之帝，哪一个能知足？"

"愚以为，太后是高看诸刘了，未免过虑。"

吕后便转头望着审食其，缓缓道："审郎，可还记得擒韩信那年？岁寒时，你我曾在栎阳观冶铁，入酒肆祛寒，遇见一老翁……"

"哈哈，是那个'国舅'？"

"那'国舅'，虽是草莽，却有一句酒后真言，令我铭记至今。老者言：'分封子弟，虽是近日无忧，然至圣君万年之后，乱将不旋踵矣。'因何也？你可曾想过？"

审食其瞠目以对，摇头道："不曾。"

"官宦家子弟，不易生僭越之念，即使坐不上高位，也只是叹命不好。然皇子皇孙，则不免个个心存侥幸，都想做皇帝。若做不成皇帝，便迁怒于他人。他们此刻最恨的，便是我了。我若一旦病倒，那刘氏子弟中，还不知有几人要蠢蠢欲动呢！"

"哦？"

"你跟从哀家虽久，也不过充个清客，焉知守天下之难？……给我拿一瓣瓜来！"

审食其连忙递上一瓣瓜。

吕后尝过，面露欣喜之色："此瓜，好甜！莫不是召平所种东陵瓜？"

"甘甜若此，定然是。"

"召平行事，颇似萧丞相，今已征调他为齐相，我才稍宽心。唉！自萧丞相故去，我竟无一日能安枕，这社稷之事，是那么好弄的吗？那失心翁驾崩，好在还有哀家；然哀家一走，谁又能拢住这四野八荒呢？"

"太后永寿，万不可凭空添烦恼。"

吕后便笑："你哄鬼去！我而今也是计穷了，唯有效仿失心翁，多封诸吕而已。一朝我升天走了，便管不得谁与谁拔刀相向了。"

"太后……"

"审郎，我前日忽想起：你若先走，倒也省心；若是我先走，你又将何如？"

审食其神色便黯然，语气幽幽道："到那一日，我也将不活了。"

吕后仰望天上彤云，想了想，忽而道："那陆贾夫子，你须多加敬重。"

审食其目光一亮，似有所悟，连忙叩谢道："太后大恩，所嘱，我谨记了。"

吕后便指了指满庭枯枝，道："你看这树，哪一株不曾有过繁盛？将来之事，人不可无所料呀！"

审食其听得满心凄凉，便是一阵唏嘘。

吕后望望审食其，忽就一甩袖："罢了，不说这些了。你我能同坐于一檐之下，晒晒老阳，便是福气。趁今日暖和，好好晒吧。"

再说那刘泽一行，轻车过了函谷关，便缓辔徐行。昔日刘泽居长安，已有十数年不曾东出，此次沿河之南而行，一路平坦，心情便大好，对田子春道："先生料事如神，大有黄石公遗风，惜乎未遇楚汉相争时，不能名动天下。"

"大王，人各有命，岂能强求？那英布、彭越虽倾动一时，也不过留下一个空名，骸骨都不知撒在何处。田某生也晚，愿随大王经营琅玡，智固不如萧曹，行则必效萧曹。"

刘泽摇头苦笑道："孤王费尽九牛之力，方谋得一郡之地，岂敢奢望萧曹大业？"

田子春矜持一笑，徐徐道："天下有大势，每每契合人心。此中之理，可道，亦不可道。大王，容在下今日放言——逆人心者，绝无十年之寿。"

刘泽一震，似信非信，望望天，只是道："唯愿如此吧。"

这日，车行至淮阳国扶沟县，后面有两辆驿车赶上来，车上邮传吏都拿眼瞄着刘泽。待两辆车驶远，后面又有一驿车追上，车上人仍是拿眼死盯住刘泽。

刘泽大感，终是按捺不住，朝那邮传吏猛喝了一声："尔等弄的甚么名堂？如何个个都拿眼瞄我，难道我是亡命徒吗？"

那邮传吏顿感大窘，忙停住车，跳下车来，上前赔礼道："小官前日出长安，路遇朝中使者，曾快马急追琅玡王，至函谷关方罢。"

刘泽不禁愕然，连忙谢过那邮传吏，命御者加鞭疾行。待疾驰数里后，回望眷属车离得远了，浑家吕氏已然听不到，才对田子春道："先生料事，有如鬼神！若非先生，刘泽必为那老妇所擒，拘在长安，恐将要老死于幽室了！"

田子春微微一笑："大王请宽心。高后虽专擅，却不能福寿万年。独夫在上，众臣离心，这不是好兆头。以臣观之，天下或于数年之内，必将有变。想那高皇帝当年，缘何能趁势而起？皆因心存高远，不灰颓、不丧志而已。"

刘泽闻言，心头便是一激，远眺大野，忍不住簌簌泣下，道："我本姓刘，却活得战战兢兢，无一日似皇亲。幸而天赐我田兄，使我得脱樊笼。我既解脱，便不能负天意。今日，田兄便随我去，为我长史，实为国相。你我躲避一时再说。"

田子春放眼河川，见绿禾万顷，便倍觉意气昂扬，当即道："大王，臣以为，无须再躲多时了！"

七

刘氏枝叶
遭风霜

话说刘泽脱出樊笼，一身轻松，往琅玡地面疾驰而去；吕后却是足有三晚未睡好，这日想想，便召了张释来，当面问罪："张释，你一个阉宦，做到此位，也算是位极人臣了；居然卖官鬻爵，上下其手，风都吹到老娘耳朵里来了，究竟有何所图？"

　　张释不知此话从何说起，不由就慌了："太后，小臣心中正知足，哪里还敢有图谋？"

　　吕后便冷笑："你忘性倒不小！ 那刘泽，竟然将老娘我哄过，去做了琅玡王。 居间说合者，便是你张释，莫非你看他能登大位吗？"

　　张释面色一白，连忙伏地道："臣荐他出为诸侯，是为天下计，岂敢有私？"

　　"岂敢有私？ 如今你这班朝臣，说谎竟连结巴都不打一个了！ 那刘泽，是如何攀上你的？ 他究竟给了你多少钱财？"

　　"他……分文未给小臣。"

　　"不给钱，你为何要助他，莫非要做个活圣人吗？"

　　"小臣……"

　　"罢了罢了！ 大丈夫做事，你怎就不敢认？ 老娘又不要你吐出贿金来！ 只是那刘泽跑掉了，你可敢担保他？"

"臣愿担保。"

"哼，那刘泽多诈、有谋断，怕是你也担保不起！ 既然收了他的钱，为他鼓吹，总不能只赚不赔吧，这样好了——若刘泽日后不反，便好说；若他在琅玡反了，你那头颅，就要交给老娘了！"

"臣愿以头颅担保。"

"那，日后就莫怪我寡恩！ 若要保命，你这就遣人往琅玡，告诫那刘泽，识相者命长，切莫心存歹念。 若他有一星星儿蠢动，哀家必发兵讨灭，还要拿你张释的头来祭旗！"

张释慌忙叩首道："恕小臣方才隐瞒，那刘泽贿金，为数确是不少。 臣愿缴清，不使恶名在外。"

吕后便仰头大笑，戟指道："府库还少你那几个钱吗？ 老娘调教大臣，还不至一窍不通，既要你卖命，就得容你脚底板滑润。 那贿金，你自家收好吧，若教外人知道了，我也保你不得。 下去吧！"

张释至此已是汗流浃背，忙谢恩道："臣知罪，臣不敢大意。 刘泽那边，这便遣人去知会。"

张释退下后，手抚额头，心中连呼侥幸。 一面就写了手书，遣人快马去送给刘泽，再三嘱他不得乱动。

那刘泽得信，心里便笑："此时岂是我动手时？ 若真是时机到了，莫说你张释，便是太后出面，也拦挡不住我。"稍后，便交代田子春复了信，巧言巧语令张释放心。

如此半年光阴过去，琅玡那一带，果然无异常，张释松了口气，伺候吕后就更加殷勤。 堪堪又一年过去，刘泽仍安稳如故，张释这才放下心来，以为刘泽谋外放，无非是图个享乐。

至高后七年（前181年）初，东边诸侯无事，北边诸侯却闹起了家事。 此时的赵国，赵王为刘友。 那刘友为刘邦之子，虽是后宫美人所出，然终究是龙子，惠帝在时，由吕后做主，先封了淮阳王。 后赵王如意被鸩杀，刘友又改封了赵王。

为羁縻刘友，吕后也选了一位吕氏女，为刘友做王后。 那刘友尽管气傲，娶回来这样一位浑家，却也无可奈何。

这位刘友浑家，本不是吕氏近亲，史上连个身世也未留下，脾性却是不输于吕后。 进了赵王宫，一跃而为王后，便作威作福，时常欺凌刘友。 那刘友，再不济也是高皇帝血脉，脾气还是有一些的。 见这吕氏女骄横无礼，又不能与之争，便不掩饰满心的厌恶，将这雌老虎冷落一旁，偏去宠爱其他姬妾。

那吕氏女见丈夫不理不睬，怒从中来，整日里在宫中摔东摔西。 然此等家事，不独大臣无法劝说，便是吕后本人闻知，又能如何？

那吕氏女越想越气，醋意不可遏。 忽一日，便狠了狠心，索性想害死这亲夫了事。 害了，还可以再嫁，总比这日日守活寡的好。

女子主意一定，便是九头牛也拉不回。 正月里，这吕氏女冒雪奔回长安，见了吕后，也不哭诉家事，只声称变告："我夫赵王刘友，胸有异谋，闻吕台、吕产先后封王，便憎恨太后。 平素屡与人言：'吕氏安得封王？ 待太后百年后，吾必诛之！'"

吕后便竖起眉毛来："刘友敢如此？ 可是你亲耳闻之？"

"吾夫刘友，人前一面，人后又一面；然出此恶语，毁谤太后，则不问人前与人后。"

"竖子也敢谋反？ 此罪若坐实，我便教他不能再活……也好！ 你便无须再做他浑家了，索性改嫁，天下好男子，还愁找不到？"

"回太后，此事我早想好：为大义计，妾身得失在所不惜。"

吕后便一笑："你本小家女，何时竟有了大丈夫气？ 别不是夫妻吵架，你跑来告恶状。"

那吕氏女面不改色，只叩首道："异谋之事，小女不敢乱说，请太后查实。"

"那诸刘，哪有一个好崽儿？ 你既如此说，我又何必再查？ 你先在长乐宫住下，稍后再安顿，我这便召刘友来问罪。"

旬日之后，太后诏书飞递至邯郸，刘友闻吕后宣召，心中一惊，想到浑家刚刚出走，太后便宣召，定是浑家去告了恶状，此去长安，恐非好事。

犹豫不决间，刘友召左右近臣来商议。 众人议了半日，皆以为：此去安危难料。

刘友便道："孤王也知长安去不得，然又怎能抗旨不从？"

此时便有近臣道："大王终究是高皇帝骨血，太后或有疑心，总要顾及先帝脸面。 此去，我等尽数跟随，如有万一，也好商议。 我辈入都人多，太后也将有所顾忌，不至突生变故。"

刘友想想，蹙眉道："也只得如此了，你等随我入都，日夜警惕，万一有不测，则相机逃出。 唉！ 先帝之子本为福气，如今却成了祸根，还要牵连诸位。"

诸臣则齐声应道："愿与大王共生死，大王请无虑。"

刘友既不能反，又不能坐以待毙，唯有留下丞相监国，自率近臣火速入都，不欲授吕后以口实。 正月里，一行人奔至长安，便安歇在赵邸内，等候召见。

晚来掌灯，刘友与长史、都尉、督邮等数十近臣小酌，道：

"我今还朝，未有半日延迟，文武重臣皆随行，太后见我心诚，或无事。"

众臣都纷纷道："唯愿如此。"

长史秦眇房却道："王后日前出走，太后即召见大王，恐不会无事。想来是大王宠爱姬妾，王后心中有怨。明日召见，大王请勿任性，向王后赔罪便是。"

刘友怔了一怔，颔首道："你说得是！这世道，哪里还有甚么'男尊'？"

岂料君臣在赵邸等候，一等就是旬日，却不闻太后召见。正在惶然间，忽一日，从南军中开来一队甲士，约有百人，围住了赵邸。为首一校尉手持符节，叩开大门，向刘友一揖道："奉太后令，除赵王而外，赵邸不得居留他人！"

刘友一惊，看看符节不假，便道："卫尉刘泽，乃孤王叔父，我有话与他说。"

那校尉便拱手道："大王有所不知，营陵侯刘泽已卸职。长乐官卫尉，今为赘其侯吕更始接任。他与大王别无可说，唯请大王遵令。"

刘友还想分辩，那校尉却不容他多言，高声下令道："邸内闲杂人等，尽都驱离，不得留一个！"

众军卒得令，发了一声喊，便拥入大门，一阵扰攘，将赵邸内官吏统统赶了出来。

长史秦眇房回望，见刘友为众军剑戟拦住，形同囚徒，不由心伤难抑，向那校尉打了一躬道："军爷，我等尽可驱离，然家仆婢女总该留下，以伺候大王。"

那校尉想了想，便道："事已至此，留下家仆又有何用？"

"军爷，赵王到底是高皇帝血脉，还请赏个脸面。"

那校尉便冷冷道："我只知当今是太后坐庙堂，还不知有别人坐庙堂！闲话少叙，请君速离去，若是迟了，太后亦有令：凡交通赵王者，杀无赦！"

众臣万般无奈，一面散去，一面洒泪回望。

当夜，众赵臣在城内逆旅安顿好，便聚到一处，对泣不止。那秦眇房道："赵王待我等情同父子，今有难，我等仅效妇人泣泪，又有何用？明日，理应前去探望，看大王有甚难处，妥为回护，方为臣子本色。"

众臣闻言，抹去眼泪，都纷纷应声愿往。

次日晨，众臣即携了衣物、吃食，前往赵邸，欲探望赵王。却见门外军卒林立，剑戟密布。秦眇房提了食盒，刚要上前，但见两士卒挺戟挡住，喝道："太后有令，无论何人，不得擅入赵邸。有违禁者，斩！"

"我等为赵臣，今为赵王备好饭食，别无他物。即便是囚犯，也须饱餐吧？"

"我乃南军甲士，唯太后之命是从。若再啰唆，请吃我一剑，你信也不信？"

秦眇房见与粗人说不通，便绕着赵邸走了一圈，见各处密布甲士，虎视眈眈，遂不敢冒昧，只得与众臣怏怏而归。

当夜，众人又聚在一处商议。秦眇房道："赵邸内，仅有赵王一人，众军卒又不允送饭，这分明是要饿毙赵王！临此大难，我等不可退缩。今夜，我即携食盒，潜近院墙外，将饭食抛将进去，不可眼看主公丧命。"

座中便有都尉蔡游威道："公为文臣，不如我等身手矫健，今夜我来当此任，必将饭食送入。"

当夜，都尉蔡游威便带领随从，着一身黑衣，携了食盒，蹑踪至赵邸近前。蔡游威吩咐随从望风，他一人跃至墙下，刚要抛食盒进去，不料暗处早有埋伏。数名甲士已等候多时，此时见有人至，便点燃火把，一起扑出，将那蔡游威擒住。

蔡游威攘臂抗拒，大呼道："赵王何罪，竟遭此虐待？堂堂汉家，何时兴起的如此勾当？"众甲士忙将他嘴捂住，拖至当街，一剑便斩了！

随从在远处见了，心胆俱裂，连忙趁夜色逃回，泣告众臣。

众臣闻听，皆泪如雨下。少顷，秦眇房缓缓立起，吩咐从人道："武臣死义，文臣又岂能偷生？再备食盒！我偏要在朗朗白日下，为赵王送饭。"

众人大惊，纷纷起身相劝："公不可轻生。"

秦眇房微微一笑："求仁者，何谓轻生？眼看君将死，臣却不能舍身相救，才是轻贱此生。臣意已定，无论斧钺剑戟，也愿从君而去，稍有蹙眉，便算不得大丈夫！"

众人再劝，秦眇房只是不语，默默更衣，坐待天明。

次日，晨光熹微时，秦眇房提了食盒，回首望了同僚一眼，从容迈出了门去。其余众臣，哪里忍心见他独自赴死，只得在后远远跟着。

不多时，众臣见秦眇房刚走近赵邸，便有甲士蹿出，喝令止步。

秦眇房昂然答道："我乃赵长史，今为赵王送朝食。"

为首甲士道："公请退。"

"军爷，家中可有父母？"

"有。"

"父母可以两日不食否？"

"吾为兵卒，不知其他，唯知有严令。 公请后退！"

"吾不能退。"

"不退则死！"

"那正遂我愿。 赵之大臣，宁死，亦不退！"

秦眇房话音刚落，但见那甲士退后半步，掣出长剑来，逼住秦眇房。 秦眇房凛然作色，昂首而立，只不退半步。

那甲士怒视半晌，忽就狂吼一声："退也不退？"

"不退！"

甲士顿足暴怒，一剑便刺入秦眇房胸膛。 少顷，剑拔出，血流便如喷泉。 秦眇房跟跄两步，犹自挺住，双目圆睁，手指甲士，缓缓仆倒下去。

众赵臣一声惊呼，都争相上前，要抢下秦眇房来。 那边厢，众甲士也一拥而上，剑戟齐指，逼住了众赵臣。

为首甲士喝道："诸人退走，否则一个不留！"

众人僵住，呆呆张望。 初起，只见秦眇房尚能努力张口，似在詈骂；稍后头一歪，眼看便不再出气了。

众赵臣看看施救无望，只得含泪伏地，朝秦眇房尸身拜了三拜；又凝望良久，才缓缓退走了。

至此，幽禁赵王事，风传长安闾巷。 朝臣闻之，人人震恐。至第三日，赵臣无人再敢来送饭。 刘友饥肠辘辘，凭窗而望，但见窗下满是甲士，街上人影全无，连鸟儿也难飞进。

刘友望了半日，知隔着这条街，便如相隔山海，将他与世上活人分开来了。 想想心伤，不由便唱出一支歌来，那歌词曰：

诸吕用事兮，刘氏微，

迫胁王侯兮，强授我妃。

我妃既妒兮，诬我心恶，

谗女乱国兮，上曾不寤。

我无忠臣兮，何故弃国？

自决中野兮，苍天与直。

于嗟不可悔兮，宁早自贼！

为王饿死兮，谁者怜之？

吕氏无理兮，天将报仇！

唱了一遍，见无人理睬，便又一遍遍地唱，声声哀戚，直传入空寂闾巷中。

赵臣闻百姓中传唱此歌，皆感悲伤，纷纷买通赵邸附近户主，潜进民宅内，伏于窗下，听赵王吟唱。

至第四日，声音渐小。至第五日，尚隐隐有声。到得第六日上，赵邸内声息全无。赵臣仍是每日潜来，于民宅侧耳细听。赵邸内凡有一丝声响，都堪可宽慰。至第十日，终未闻再有何声响，众赵臣知事已无可挽，不禁泪如雨下，朝那赵邸三叩九拜，算是祭了灵，回去又换了素服，为赵王服丧。

春正月丁丑日，正是上元节这日，南军甲士入宫报称："赵王刘友已薨。"

吕后闻之，哂笑道："他薨了？是升仙了吧？他看不惯我吕氏女，今日逢节庆，或是上天去寻佳偶了。这竖子死前，有何言语？"

甲士背诵不下那歌词来，便道："无甚言语，只喃喃几个字。"

"说了些甚么？"

"上元节……平吕……"

"上元节？平吕？他做的千秋大梦！"

吕后正在恨恨间，有宗正刘郢客前来请旨，问赵王谥号、葬仪如何处置。

吕后道："刘友既幽禁而薨，谥号叫'赵幽王'便好，实至名归，不亦美哉？葬仪就不必了。以民礼，葬于民壕之内，我看就恰好。"

刘郢客不敢反驳，遵旨而行，果然依民礼，将刘友葬在了城北乱葬岗上。

夜来，此岗无人看守，皆是狐兔乱窜。众赵臣瞒过逻卒耳目，潜入民壕，烧了些柴枝，算是拜祭了。

众臣拜毕，立于岗上，见赵王墓无碑无丘，凄凉似无主荒坟。又望见夜气迷茫，天高月小，满城已无半点灯火，都倍感凄凉，不由放声大哭。哭毕，唱起赵王《幽歌》来，唱罢又哭，如此直至天将明，方才散去。自此，刘友一支便作星散，亲眷流落于民间。

再说那吕后，只用一道诏书，便结果了刘友性命，心下也是不安，不知臣民将如何议论。恰在三日之后，天有日食，长安白昼骤见晦暗。闾巷百姓都仓皇奔出，鸣锣击鼓，恐吓那"天狗"。

见此状，吕后心甚厌恶，坐卧不宁，耳畔似闻刘友临终呓语，便问审食其道："天有异象，此乃为我乎？"

审食其忙劝慰道："天象示警，或为他事。刘友怀有异谋，薨也就薨了。那竖子死活，上天岂能为之所动？"

吕后摆手道："你也不必宽慰我。平白无故日食，不为此事，又能是何事？ 然我之所为，虽失之过，初心却是为天下，并非为吕氏一门。 我归天之后，万民自可知我用心。"

"太后看得明白。 天道已移，臣民迟早都会归心。"

"罢罢，顾不得那许多了！ 天上有日，地上亦有日，老娘便是那地上红日。 我之所为，尚无人可阻，事就要做下去。 如今刘友薨了，赵王位空缺，便教梁王刘恢去接替吧。"

"那么，空出的梁王位……"

"吕产可为梁王！ 他那吕国，地狭人稀，无大国气象，实是委屈他了。 便教他做梁王，更名梁国为吕国，方才气壮。 他也不必就国，就留在朝中，做那少帝太傅，朝夕为我献计，我也好省些心。"

"如此，原吕国又何如？"

"那蕞尔小国，更名济川国，随意打发了便是。 你可知，少帝如今亦有皇子了，尚在襁褓中，名曰刘太，已封了平昌侯。 这小崽儿，留之何用？ 就教他顶了济川王吧。"

审食其不由一笑："太后打理天下，如同弈棋。"

吕后也笑道："岂不就是弈棋吗？ 地为棋枰，人为棋子。 治天下，也就是个摆布之术，不必非圣贤不可，老妇我也会。"

吕后这一番铺排，朝臣见了，无不眼花缭乱。 嘴上不说，却知太后又在扶植诸吕。 只是那梁国改名吕国，吕国改名济川国，众人皆暗笑，除公文而外，无人加以理会，仍是按老名号叫着。

却说那梁王刘恢，虽年已弱冠，却还未婚配。 他脾性懦弱，不似刘友那般倔强，在梁都睢阳（今河南省商丘市）安居，优哉游哉。 睢阳王宫本就壮丽，宫外又有闻名天下的禁苑"梁园"，美轮美奂。 刘恢常与文友来往，饮宴于梁园，好似富家子一般。

这年二月，刘恢在梁园踏春，忽接到太后诏令，徙他为赵王，当下便满心不悦。想那赵地苦寒，又当匈奴南犯之锋，岂能与梁园美景相比？再者说，赵国自张耳之后，已相继废一王、薨两王，可称不祥之地，此去无异于赴险地。

于是，接旨后，刘恢便迟迟不动。吕后亦知刘恢不悦，为安抚计，又下一诏，将吕产之女嫁与刘恢。

刘恢见此，更是沮丧，怕又生出更多事来，连忙收拾行装，带着家眷、属官就国去了。

果不出他所料，至邯郸后，诸事皆不顺遂。刘恢所带属官，与那赵国原有官吏，不知何故，便生了些嫌隙。国中政事，纷乱如麻。刘恢北上之时，睢阳有数百户百姓感念刘恢仁慈，自愿跟随北上。这一干百姓，落户于邯郸后，与当地民户又起了纷争。官司打到刘恢面前，刘恢偏袒哪一面都不是，终日不胜烦恼。

再说那吕产之女嫁过来后，更是大显雌威，直吓得人不敢近前。又自带属官十数名，个个都是诸吕亲戚，擅权揽政，只盯着刘恢一举一动。稍有不合意之处，便状告长安，吕后那边，立即就有敕令发来，责备刘恢。

如此鸠占鹊巢，那刘恢实似家奴一般，动辄得咎。想想心灰意懒，便百事不问，只陷身于声色犬马中。然这也不成，凡刘恢宠爱的姬妾，吕产之女探听清楚，未过三五日，便予鸩杀——你宠几个，我便杀几个。到头来，刘恢万念俱灰，写了歌诗四章，令乐工歌之。

刘恢本是个情种，听乐工唱此曲，想起几个爱姬面容，心愈悲伤，终日流泪不止。

如此生涯，哪里能熬得久？至六月，刘恢愈觉生之无趣，便一狠心，仰药自尽了。

那吕产之女，将自家折腾成了寡妇，竟也没了主张，只是哭泣。刘恢死讯，便由赵相府遣使，飞报至朝中。

吕后闻知，不禁大起疑心："好好的诸侯王做着，为何要自尽？莫非他也有异谋，为吕产之女所逼？"当下便遣使，急召赵相入都，要问个究竟。

赵相入都后，不敢隐瞒，将刘恢夫妻龃龉之事，如实禀报了。

吕后听了，冷笑一声："我猜也是！那吕产之女，有何本事能逼得刘恢自尽？无非是妇人争宠。这个刘恢，实无度量！"

刘郢客便奏请道："赵王刘恢既薨，可定谥号，其子应为王嗣。"

吕后沉下脸道："他堂堂一个王，竟为妇人事而弃宗庙，哪里还像个王？哀家之意，谥号也不用要了，其嗣索性也废之。这一门，本就不配做王！"

那刘郢客不敢违抗，只得建言道："赵地雄踞北边，屏障中原，赵王位不可虚悬。"

吕后当即怒视刘郢客道："我不虚悬！那刘恒做代王，不是做得好好的吗？徙他为赵王就是。"

不久，太后便有诏令，飞传至代，令代王刘恒徙赵。那刘恒在代地，已安稳了十余年，闻诏大惊，遂与其母薄太后商议："诸兄弟封于赵者，再死三死，无一善终，我又如何能去？"

薄太后遂道："正是。吕太后容不得刘氏枝叶，百计除之。而今高帝之子，还剩得几个？你稳居代地，或还可多活几年，倘今日赴赵，明日便是个死。"

刘恒会意，道："母后之意，与儿臣相同，儿这便致书吕太后，婉言谢绝。"

数日后，朝使携刘恒信返回。吕后拆开信来看，见信中写道："儿臣蒙恩，守代十余年，使匈奴不敢南犯。今又蒙太后看重，转徙赵王。赵地远胜代地，然儿臣守代日久，于人情地理已谙熟于心，故不愿徙赵，宁愿为太后守代边。乞予恩准。"

吕后看了信，便对审食其道："想想那刘恒，确也恭谨，十余年未曾生事，拒胡骑于边外。今若强徙赵地，天下人未免有非议，还不如做了这人情，随他去吧。赵王位空悬，无人愿去做，就教那吕禄去！"

审食其拊掌赞道："如此甚好。那吕禄，尚有些才。年前由胡陵侯徙为武信侯，位次为列侯之首，不如趁此时，加封为王，也可使吕氏再添一王。"

吕后道："哀家身体，眼见得日渐衰败了，后事不可不虑。此次吕禄回来，便留他在都中，不要就国了，与那吕产一道，为我掌文武大事。只可惜诸吕数十人，唯吕产、吕禄二人，略似吾之子。"当下就召来太傅吕产，低声叮嘱了一番。

次日上朝，吕产、陈平等重臣便进言道："赵王位不宜虚悬过久，今吕禄为上等侯，位列第一，可以为赵王。"

吕后佯作犹豫道："吕禄确是小有才。然封王……其德能，可当乎？"

陈平便道："吕禄之才，可经天纬地，惜乎未逢楚汉争霸时。今为赵王，只觉此位太轻，而吕禄兄才具更重也。"

吕后便笑道："古今会说话者，哪个能胜于你陈平？也好，如此哀家便准了。赵王之位，既然不配吕禄之才，那么遥领也可。人留在长安，兼顾朝中事，不必就国。"

陈平闻言，怔了一怔。日前吕产私下里招呼时，陈平原想：若吕禄徙至赵地，管他是王是侯，总还是离朝中远了。因此欣然附议，与吕产一起举荐了吕禄。此时方知，吕后如此安插子侄，竟似在布置后事了。

想到此，陈平便眨眨眼，强作欣然之色，贺道："太后英明！贤才不外放，朝中之事才理得清楚。吕禄才艺俱佳，留朝中任事，乃汉家之福，臣为太后贺。"

吕后笑指陈平道："哀家睁眼之时，你无须说这些好听话。待哀家闭眼之后，你也能如此说，便是君子了。"

"微臣所言，或有溢美，然不至于无心。"

"好了！你也毋庸辩白了。吕禄封王，顺天应人，也不算是阿谀。我在，听你说话顺耳，这便够了。我那身后事，交付予天，也做不得主了。"

众臣闻此言，皆笑。吕禄封王事，就此一言而定，全无滞碍。

诸臣议罢，正要散朝，刘郢客忽又奏道："吕禄封王，其父吕释之，亦当追尊为王，方合礼仪。"

吕后道："不错。宗正府便拟个谥号吧，即日颁诏。"

如此，隔日便有诏下：封吕禄为赵王，留都中任用。其父吕释之，追尊为赵昭王。众臣闻之，仍是敢怒不敢言，各个道路以目，在心中愤愤。

当此际，吕后处心积虑，欲剪除刘氏枝叶；偏巧那刘氏子弟，又纷纷凋零。当年九月，忽有燕使快马入都，报称：燕王刘建因操劳伤身，已于日前病殁。

这刘建，乃刘邦最末一子，在当年卢绾投匈奴后，便立为燕王，迄今已有十五年。

吕后闻报，甚感惊奇，便召燕使来问："燕王年方十七，政事全托付相府，如何便操劳至暴薨了？内中有无隐情？"

那燕使不敢隐瞒，老实答道："燕王喜围猎。近日围猎，为狐狸所伤，未能及时敷药，染疾而薨。"

吕后当即面露不屑："死都如此不雅！刘氏子孙，多似他们老祖，亡命徒也。"

燕使不敢对答，只伏地叩首。

吕氏想想，便又问："燕王尚未婚配，后宫美人，定又是多多。究竟有多少子嗣了？"

燕使答道："燕王身后，仅庶出一子，为后宫美人所生。"

"果然！有几岁了？"

"尚在襁褓中。"

吕后一笑，对燕使道："你且退下吧，谥号及嗣王事，静候诏令。"

燕使便遵命而退，吕后又拿起燕使所呈文书，沉吟起来。

其时审食其在侧，深知吕后心思，便道："燕王，末枝也，不足为虑。刘建为王，自幼及长，十五年来未曾生事，便令其庶子继嗣好了。"

吕后却道："审郎，你可知朝野之议，说谁最似高帝吗？就是这个刘建！我不怕高帝子孙有才，单怕有人貌似高帝。也是老天有眼呀，竟将刘建收去了，不然，此子便是天下大患。"

"长得像其父，便可得位吗？"

"你见识浅了！长得类其祖父，也可得上位呢，此事奇怪吗？千年之后，亦必如此。"

"臣生平未闻有此说。 且刘建之子，总不至酷肖高帝吧？"

"那刘建，本就是后宫美人所生；其子，又是美人所生。 难不成汉家之王，都要给美人之子来做了？"

审食其回味此言，便觉惊异："太后之意是……"

"你门下，可有那鸡鸣狗盗之徒？"

"有。"

"明日遣一得力者，潜往燕都蓟城，刺死刘建之子，哀家自有重赏。"

"此事易耳。 只是……太后此意已决？"

吕后便甩了甩长袖，笑道："秋之时，扫扫落叶而已。"

审食其便一揖道："臣领命，这便去扫。"

一月后，蓟城果然有使入都，报称燕王庶子暴毙，系溺水而亡。

吕后召见燕使，故作不解，问道："襁褓幼子，如何落入水中？ 有司可曾勘验过，是否有人加害？"

燕使答道："有司验看过，全无头绪，或为自行落水。"

吕后一笑："自行落水？ 如今这死法，真是千奇百怪。"便又回头问刘郢客道："日前拟了燕王谥号吗？"

刘郢客答道："已拟好，谥号灵王。"

吕后便道："这燕灵王也是无福，独子夭亡，即属无后；无后，则国除。 这一门，便废了。"

陈平心中一惊，连忙建言道："刘建一门，可以除国，然燕王位不可废。"

"自然不可废，老娘囊中，有人呢。 年前吕台薨，朝野都叹可惜。 幸而有长子吕通，人如其名，堪称通达，便去接那燕王位吧，为我守北边。"

诸臣听了，面面相觑，沉默有顷，只得错落赞道："太后圣明。"

于是，至十月新年，便有诏下：立东平侯吕通为燕王，吕通之弟吕庄为东平侯。

至此，刘邦所生八子，多半凋零。仅存活二人，一为代王刘恒，与薄太后相依为命，屈居代地；一为淮南王刘长，系赵姬所生，由吕后抚养大，因而得存活。

如今算起来，加上齐、吴、楚、琅玡、常山、淮阳、济川等诸王，刘氏子弟及孙辈仍有九人为王，看似人丁兴旺，实则多为弱枝，分散四方，全不成气候了。

吕后问政，至今已有八年。其间苦心布局，或废或立，致使后少帝形同木偶。吕氏子侄遍布内外，其中已有三人为王，即梁王吕产、赵王吕禄及燕王吕通。其中吕产、吕禄两人，因高踞朝中，权势尤重，与审食其勾连，已成难以动摇之势。

如此，吕后既不敢公然坐龙庭，亦不欲还政，专以刘氏为表、吕氏为里，将子侄亲信四处安插，以便来日可放心离去。

八

皇孙拔剑
击浊浪

上文说到，历经八年经营，吕后权势，已如泰山之固。三个赵王的厄运，如阴霾压顶，令刘氏子孙心惊胆寒，纷纷蜷缩避让，或隐忍于僻地，或甘心为附庸，鲜有如前少帝刘恭那般硬顶的。

然凡事都有例外，刘氏子孙中，竟然有一人，既受吕氏赏识，又心怀除吕大志，游走于朝中，如鱼得水，可谓太后称制时的奇观。

此人年方二十，生得仪容俊美，膂力过人，是个极好的才俊。他不是别人，正是朱虚侯刘章，乃齐悼惠王刘肥的次子。前文表过，那刘肥，虽庸碌了一生，却是生有九子。他病殁后，长子刘襄袭了齐王。吕后放心不下刘肥这九子，每思之，便觉是虎狼成群。及至见到刘章英气勃勃，吕后眼前就一亮，心下也喜欢，便做主将吕禄长女吕鱼许配给刘章，又封他为朱虚侯，调入长乐宫做宿卫。其弟刘兴居，也因此沾光，于数年后亦入都任宿卫，且封了侯。

那吕后做主的刘、吕婚配，夫妻多不谐，吕氏女猛如雌虎，乖张横霸，先后逼死了两位赵王。然吕鱼与刘章，却偏就恩恩爱爱，情同鱼水。这一番情景，吕禄看在眼里，只道是招到了一个佳婿，心中欢喜，对刘章格外高看一眼。吕后也喜刘章英俊伶俐，直将他当作"弄儿"①一般。起居坐卧，常唤刘章来侍卫，方才安心。

刘章岂能不明大势，原本他是想：太后定下的媒妁之婚，既然不能违逆，便作权宜之计，讨好了吕氏女再说。哪知弄假成真，小两口真的就恩爱起来，刘章心中暗喜，一面借浑家之口，哄得太后放心；一面暗自韬晦，为光大刘氏埋下伏笔。

且说有一夕，刘章入宫侍卫，正逢吕后置酒高会，款待刘吕宗亲。各支宗室，络绎入长乐宫正殿，人头攒动，竟有百位之多。刘章抬眼一看，内中竟多半为吕氏子侄。

看诸吕意气飞扬，似天下已改姓了一般，刘章心中便冒火，手按剑柄，僵立半晌，才忍下气来，只想寻个机缘，要杀杀诸吕的威风。

他刚侍立片刻，吕后便一眼看到，扬手招呼道："章儿，过来！"

刘章连忙上前，拱手一揖道："太后请吩咐。"

吕后拉过刘章，满面喜色道："今日高会，来的都是自家人。你来做酒吏，为我监酒，哪个不饮，便是折老娘面子，你须狠狠责罚！"

刘章心下一喜，便有了主意，慨然道："臣本将种，奉太后之命监酒，请比照军法从事。"

吕后只道刘章是撒娇邀宠，便摩挲他头顶道："好个将种！今日酒会，无有诏令；你出言，便是诏令。谁敢不从，行军法便

_____

① 弄儿，供人狎弄的童子。

是。"

刘章得令，便掣出剑来，双目炯炯，环视殿中，高声道："诸位听清，今日饮酒，不可敷衍蒙混，否则军法从事。"

诸宗亲只道是戏言，都嘻嘻哈哈道："今日须强饮了，否则头颅不保呀！"

待众人陆续就座，谒者一声唱喏，乐工将丝竹奏起来，便有宦者鱼贯而入，为众人斟酒。

吕后举杯，环顾满堂道："天下者，我宗室之天下，在座者不可糊涂。哀家昔年随高帝，杀伐征战，实属不易。丁壮也不知死了多少，方得了这天下。至高帝宾天之前，仍有兵燹，其余可想而知。所幸哀家称制后，四海无事，或为天意也未可知。今日大宴宗亲，便是要刘吕两家浑如一体，不分彼此，勿使天下移作他姓。鼎革之事，血流漂杵，也是惨得很，可一而不可再。我辈今日尚在世，便是上天眷顾，今后诸事宜协同，莫因自相残杀而失了天下。"

在座诸宗亲闻言，都齐声喊好，一同举杯，贺吕后长寿。

如此酒过三巡，席上喜气便愈浓。刘章见势，上前一步，向吕后请道："臣愿以歌舞助兴。"

吕后含笑道："难得盛会，章儿，你且好好歌舞一回。"

刘章获允，便披一身软甲至殿中，手持长剑，歌之舞之，跳了一回"巴渝舞"。只见他簪缨如火，剑芒如蛇，左右腾挪，灵巧如猿猱。吕后看得心喜，击节赞叹，诸宗亲也大赞不止。

一曲舞罢，满堂喝彩。吕后喜极，几欲泣下，对众人道："章儿所歌，甚是好！高帝在时，常闻此曲。自他走后，竟有十余年不曾耳闻了。"

刘章便又请道："臣愿为太后唱《耕田歌》。"

吕后便笑："崽儿，才夸你两句，便又耍狂了！你父幼年在沛县，尚知耕田；你一出世，便是皇孙，哪里知晓耕田？"

"臣亦知耕田。"

"唔？那好，就算你也知耕田，且为我歌吧。"

"遵命！"刘章望了一眼吕后，便挺直身，高歌起来。歌词曰：

  深耕穊种，立苗欲疏；非其种者，锄而去之。

此曲一唱三叹，回环往复。尤其"非其种者，锄而去之"一句，越唱声越高，尾音竟凌空而上，久久不散。

座中诸人听了，都起身叫好，大赞不止。

吕后却听出刘章所唱，是暗讽剪除刘氏子弟事，心中便不快，欲当场责问，又觉不妥，只好装作不解，默然无语。

刘章歌罢，诸宗亲喧嚣愈甚，直呼"拿酒来"。宦者又鱼贯而入，逐个斟酒。如此饮了数巡，便有人东倒西歪，显见得是大醉了。

一片杂沓中，有一吕氏子弟，不胜酒力，眼看宦者来添酒，便欲趁乱潜出殿去，脱席溜走。刘章看得清楚，哪容他跑掉，立即持剑，追下阶去。那人酒已半酣，腿脚不快，刘章三步两步追上，喝问了一句："胆敢脱逃耶？"

那人吓得酒醒了一半，转身欲赔罪，忽闻刘章厉声道："已奉太后令，今夜监酒，以军法从事。你擅自逃席，藐视军法，当立斩！"

那人大惊:"怎么,不饮酒,也当斩?"

刘章一把拽住那人衣领,道:"不错。军法岂是戏言?恕我不敬了。"言毕,将那人按在地上。那人正待喊叫,刘章便猛一剑下去,斩下了他头颅来。

此时殿上诸人已醉眼迷离,皆未理会阶下之事。刘章便一手提首级,一手提剑,步入正殿,高声道:"适有一人,违令逃席。臣已依军法处斩!"

众人循声望去,但见刘章左手上,正提着一颗血淋淋的人头,不禁都大惊,满堂立时鸦雀无声。

吕后亦吃惊不小,凤眼圆睁,直视刘章,良久不作声。

刘章却镇定自若,手提首级,向四面宣示,而后将那首级一抛,正落在那人的空席上。众人不由惊呼一声,纷纷退避。刘章则从容收剑,向吕后一拱手,奏道:"臣执法已毕,酒会可重开。"

吕后心中冒火,几欲发作,然想到既允了军法从事,便不好反口,只得强忍怒气道:"你看你看,哀家一念不周,话音刚落,便又砍杀起来了!今日事……砍便砍了,下不为例。我死后,你们再随意砍杀也不迟。"

张释闻吕后此言,连忙传令道:"诸臣请就位,重开酒会。"

吕禄眼见这一幕,也是心惊,然终究是自家女婿所为,不便多言,只得低头不语。吕产却气不过,面露怒意,起身道:"臣甚感不适,不能奉陪,这便告辞了。"

他话音一落,便有十数人也相继站起,声言告辞。

吕后望望众人,一拂袖道:"今日便散了吧,都不要再生事。若将老娘气死,看你们如何收场!"说罢,便也起身离席,转入后殿去了。

诸宗亲见吕后离席，便都起身，纷纷朝殿外走去。只见刘章面不改色，随众人之后，也大步走下丹陛。诸吕见了，都纷纷闪避，不敢多看一眼。

刘章回到家，吕鱼见他一脸杀气，吃了一惊，忙问缘故。刘章将方才监酒事讲了，吕鱼大惊："夫君，杀了吕氏子侄，这如何得了？"

"太后尚未责备，你有何惧？"

"……人家要害你，手脚岂能做在明处？你命危矣！我今夜便要去见阿翁。"

刘章一笑，也不阻拦。那吕鱼确也好生了得，要了夜行符牌，便亲自御车，直赴吕禄府邸。

见了吕禄，那小女也不多言，只是跪在地上哭。吕禄正恼恨刘章，气还未消，一脸都是严霜。见女儿悲泣，心中又不忍，思忖片刻，才道："你嫁得一个好夫君！罢了罢了，回去吧，我自会在太后面前说情。"

此事之后，吕禄因刘章之故，受了族人许多白眼，本欲斥责刘章一番，然想到女儿，也只得忍下了，但求小两口恩爱便好。

经此次饮宴，诸吕个个胆寒，都盼吕后能发雷霆之怒，诛了那刘章。哪知多日过去，吕后并未责罚刘章，反而宠信如故，诸吕不由就疑虑丛生，气短起来。刘氏子弟则反之，闻说刘章斩了吕家人，都心中暗喜，只为刘章捏了把汗。

隔了数日，刘章正在家中休沐，见司阍忽然奔进，报称陈平丞相来访。

刘章心中一动，面露喜色，急推司阍道："快去迎丞相下车，我这便到大门恭迎。"

当下，刘章便整好衣冠，恭恭敬敬迎于侯邸门内。

陈平见了刘章，不容刘章施礼，一把便拽住他衣袖，连声道："虎子，虎子！ 刘肥兄好福气，竟有如此虎子。"

两人步入正堂坐下，刘章又唤出浑家来见过。 那吕鱼见是丞相光临，心中暗暗吃惊，寒暄过后，便退至内室，躲在屏风后偷听。

刘章遂向陈平一拜，道："丞相光临敝舍，实不敢当，有何吩咐，下官当效犬马之劳。"

陈平道："朱虚侯客气了。 你入都后，尚未来你府上叙过。 当年在军中，你不过是个小儿，匆匆十余年，竟成虎将一员，甚是可喜呀！"

刘章连忙致谢，道："有劳丞相登门下问，下官不胜荣幸。"

陈平问了侯邸大小、房宅几间、仆从若干，而后又问到身体如何。

刘章一一作答，拍拍胸膛道："在下别无长技，肉还吃得几斤。"

陈平便笑，又闲聊了些天气，便起身告辞。 临别，在门口稍停步，殷殷嘱道："小将，也须保重。"便深深一揖，登车而去。

刘章回到内室，吕鱼便问："丞相今日来，倒是奇了，如何说了些不咸不淡的话，便走了？"

刘章佯作不解，挠挠头道："这个……我也不知。 那班功臣，人渐老，言谈亦多不明其意。"

隔了没两日，司阍又报，有太尉周勃来访。 刘章便一惊，连忙迎出中庭。

周勃入得堂来，与刘章相对而坐，半晌未发一语，只将那室内陈设细细打量。临了，忽问了一句："小将军，身体可有恙？"

刘章忙答道："谢太尉挂心，下官并无恙。"

周勃便道："无恙便好，无恙便好。老臣路过，打扰小将军了。"说罢，起身便告辞。

刘章也不挽留，亲送至大门外。周勃正要登车，忽又驻足回首，目视刘章。刘章心中一凛，想了想，便一揖道："下官自当保重！"

周勃这才颔首微笑，拱了拱手，登车而去。

此后数日间，又有灌婴、张苍等文武重臣，陆续造访，也都是言不及义，坐坐便走。

吕鱼便大惑，拽住夫君问道："你近日未封未赏，祸倒惹了一堆，那文武诸臣，为何倒是蜂蝶儿一般，相跟着来做访客？"

刘章暗暗心惊，连忙敷衍道："我哪里知？想必是太后赏识我，诸臣亦趋附罢了。若不是太后推重，公卿岂肯屈尊来咱家？"

吕鱼闻之，颇觉有理，也就不再追问。刘章便将那心机深藏，每每与诸臣相会，数语之间，都彼此会意，要伺机举大事。

隔日，吕鱼又稍起疑心，娇嗔道："诸臣之意，你岂能不知？只哄着我一人罢了！"

刘章连忙搪塞道："功臣都已老，巴结小辈，显是气数已尽了。"如此哄着，一面却在心中暗笑。

又数月过去，见刘章安然无事，刘氏子弟便都扬眉喜笑，互相走动，声势大振。

朝中诸臣见了，也扯起顺风旗，纷纷依附刘章、刘兴居兄弟。原已倾斜之政局，竟稍稍有所回摆。

且说那吕后之妹吕嬃，得封临光侯，消停了几年，近日见右丞相陈平势大，不免勾起旧恨，又想进谗。这日入宫谒见时，忽对吕后道："姐夫在时，用萧何治天下，四海安泰。阿姊问政，却用了个陈平……"

　　吕后不同于吕嬃，到底以治天下为重，此时倚赖陈平，反倒甚于审食其许多，闻此言，便面露不悦，问道："我用陈平，又如何？四海便沸腾了吗？"

　　"那陈平做了右相，初起尚可，近年阿附者多，权势渐盛，便只知醇酒妇人，越发没个样子了。朝中重臣，品行不端，只怕阿姊也要被人戳脊梁呢。"

　　"哼，我坐这龙庭，做好做歹，都会有人戳脊梁，莫指望众心皆服。倒是陈平他耽迷醇酒妇人，我甚是放心。"

　　"为何？这……我便不懂了。"

　　"朝中众臣，若行事都似鲁儒，一板一眼，你我焉能在大殿上议朝政？"

　　"哦？"

　　"陈平岂能不知，他所得好处，系何人所赐？若想长享乐，便要知吕字如何写。你说，他既爱醇酒妇人，还敢怀有异心吗？"

　　吕嬃却不服，喃喃道："自古做官便要正，怎的到了阿姊这里，做官也须是歪的？"

　　吕后瞄一眼吕嬃，笑道："你且说说，自古女子，有几个能封侯的？阿娣论事，不要只拣有理的说！"

　　正在此时，有谒者来报，称右丞相陈平求见。吕嬃闻之，起身便要回避。

　　吕后伸手拉住吕嬃，道："你且坐下，听听我如何问政。"

少顷，陈平趋入，猛看见吕媭在侧，不由一怔，忙向两人施了礼。吕后笑道："丞相莫怪，吾女弟进宫来，不过说说平常话而已。你有事，不妨坐下说，不碍事的。"

陈平所奏事，原是入夏以来，江汉两水暴涨，水患所及，流走万余家。陈平讲明灾情，便向吕后讨教赈济事。

吕后偏头思忖半晌，道："人祸消弭已久，天灾却不绝，莫非天公也来逼我？哀家之意，各地官库虽不充盈，然亦须赈济。那流民可怜，不可佯装不知，先要有食，后要有居。"

"有食不难，郡国皆有藏粮；唯有居室，甚棘手。"

"棘手亦须做。丞相之用，便是用在这上面！上古那始祖，名儿叫个'有巢氏'，便是使民有居。我汉家行仁义，怎可以使民无居，教那有巢氏在天上笑？"

"太后所言极是，臣当竭力，务使流民有居。"

"令郡国筹钱，劝富户舍财，发丁壮相助，这都是解救之道，你自去筹划吧。"

陈平应道："太后既明示，臣心中亦有数了，当极力赈济。"说罢便要告退。

吕后却摆手道："且慢，稍坐坐不妨。丞相，今吾女弟在，吾有数语，要嘱咐你。市井有谚曰：'儿女子之语，不可听。'君为丞相，循例做事，吕媭若有何话说，你无须听。我但信君，不信他人。"

此语一出，吕媭与陈平都大窘。吕媭当下以袖掩面，陈平则惶恐万分，叩首道："臣不敢！昔年为奉先帝诏，惊到了樊相，罪无可赦。"

吕后挥挥袖道："你扯到哪里去了，哀家今日所嘱，绝非戏言，丞相请退吧。"

陈平连忙谢恩退下，这边吕媭闻听他走远，才哇的一声哭出声来。

吕后也不劝解，只冷眼瞄着吕媭哭泣。僵了片刻，吕媭自觉哭得无趣，便起身拭泪道："阿姊一问政，便不似往日了，只信那些粉面郎。满堂上下，哪个不似宋玉？那些粉面郎，当得饭吃吗？迟早我吕姓人，都要死在粉面郎手中。"

吕后忽也气上心头，叱道："吕氏若不想死，也须稍加收敛才是！我在，尔辈个个权势熏天；我若不在了，何人还能看你脸面？"

"莫非姊妹至亲，倒不如外姓亲了？"

"用人是用人，岂是论亲疏？我固然与你亲，如骨肉之不可分，然你可知掌兵吗？可知治国吗？你便说与我听——那周勃、灌婴、张苍、周緤、徐厉，哪个是粉面郎？即便天下改姓了吕，那官吏也不能皆姓吕。你且回吧，好自省思，不要泼妇似的来骂。"

"好好！阿姊，我今日方知：这长乐宫，竟不是吾姊妹的长乐之地。你尽管安心，我不会再来了，只在家中做个守财老妪，免得人看到生厌。"说罢，扭头便跨出了门，一路抽泣而去。

吕后眼看吕媭掩面走远，也不挽留，仰首想了想，便唤了宣弃奴来，吩咐道："去嘱少府，为临光侯邸送去五百金。"

宣弃奴忙问："太后有谕旨吗？"

吕后略略一笑："无须言说，送去便是。"

又过了半月，春意渐浓时，吕后觉身体愈加虚弱，忽而想道：吕媭所言，也并非无端生事，总还有回护吕氏之意。然环顾诸吕，已各占要津，不便再贸然加封了。

如此想着，卧于榻上，望见窗外绿意，吕后便生出些孤苦之感。想到自家一对儿女尽都早死，连那女婿张敖也死了，不由就流泪。张敖与鲁元的嫡子张偃，虽封了鲁王，此时却还年少，父母双亡，正是孤幼无助。于是，便起身唤来宣弃奴，传令中涓下诏，将张敖与前姬所生的两子——张侈、张寿，都封了侯，以辅佐鲁王张偃。

同日，又下诏：加中谒者张释为建陵侯，位在列侯，可出入太后卧室领旨。又加封所有阉宦为关内侯，倚之为心腹。

经此一番安排，吕后仍不能抛却心事，总觉吕氏天下有飘摇之感，然想想已尽了人事，也不知该如何再使力。

那边厢，陈平也正心事重重。吕后虽已当面斥责吕媭，以示笼络，然陈平心中仍是惴惴，想到吕氏枝叶已渐盛，自己这右丞相，便做得尴尬，事权屡屡被侵夺，竟是朝堂上一个摆设了。看来，应早谋应对之策才是，不然祸将及己。如此一想，不由便发起愁来。

环顾海内，可用之才或凋零或隐没，全不成阵势，重臣如周勃等亦不吐真言。若想遏制吕氏，竟然无一人可以共谋了。

平日里，陈平本就酣酒，而今更加颓唐起来，每隔三五日，便要大醉一场。却未料到，此刻有一位老臣，正想与他商议平吕之计。

此人便是老夫子陆贾。自惠帝登位之后，陆贾眼见吕后专权，天下已是要改姓的样子，自觉无力与之争，便托病，辞去了太中大夫职，一心要隐居起来。陆贾老妻早已病殁，家中有五子，便率了这五子西行，去寻个隐居处。

向西走了一百余里，路过好畤，望见有座九峻山，便觉此处山色甚幽，可以隐居。于是唤五子至膝前，吩咐道："阿翁不善聚财，家无寸土，仅有南越王所赠财宝，或值得千金。尔等拿去平分，各自去谋生好了，若买卖有盈余，便轮流送些饭钱来与我。我自有剑一柄、车一乘、马四匹，居于好畤山中，偶尔云游，正为平生之快事。儿郎们以为如何？"

长子便道："阿翁岂能独居？可居吾家。"

陆贾摇头道："人世龌龊，尔等仍孜孜以求，不觉餍足。然阿翁我已看够，不欲心上蒙尘，只想登仙，小子就无须再劝了。"

五子虽是放心不下，却也不便勉强，只得平分了财宝，各奔生计去了。余下陆贾一人，带了两个仆役，在好畤赁了屋，布衣蔬食，悠游林下。邻人不知夫子是何人，只疑是硕儒来此安家，竟有携童稚前来求教识字的，陆贾也含笑应下。

春日桃杏花开，夫子率了农家稚子，濯足水畔，沐风陌上，琅琅诵读《论语》，大有孔门之风。然每隔十天半月，必乘车赴长安，去拜访旧僚。

陆贾善辩，与人谈，滔滔不绝，大小旧僚均喜他来访。久之，各府阍人皆识得陆夫子，不须通报，便可昂然直入，连那右丞相陈平府上，亦是如此。这日，陆贾来至丞相府，司阍自然放过，他便直入内室。

时陈平正在内室独坐，苦思冥想，不知该如何保全自己。待陆贾入，陈平竟视而未见，陆贾便一笑，拱手道："丞相，何思之深也？"

陈平愕然抬头，见有客至，连忙起身道："得罪，原来是陆生来了。"便邀陆贾入座。

两人坐下，陈平便道："陆生，你猜，我所思为何事？"

陆贾道："陈平兄位列上相，食邑三万户，可谓极尽人间富贵也。当此际，应无悔无欲。然以我观之，足下满面忧思，必是因诸吕势大、主少国疑而致。"

"正是如此。夫子知我心，然怎奈何？"

"丞相且听腐儒一言。人皆曰：天下安，重在相；天下危，重在将。将相和，则群僚依附，人多势众，即使天下有变，权亦不分。权既不分，社稷之大计，便在将相两人掌中，他人不可窥伺。"

陈平略感惊异，问道："夫子是在说太尉？"

陆贾颔首道："不错。在下常访太尉周勃，天下之事，亦曾与他说到过。然太尉与我太过相熟，每见，他必屡出戏言，不以为意。君为丞相，令出如山，何不交欢太尉，深相结纳。如此，将相共谋，天下事何患不济？"

陈平面露难色，起身一揖道："惜乎吾与周勃，略有嫌隙，欲交好怕是不易。今谋大事，为何要拉上他？还请先生指教。"

陆贾连忙起身，拉陈平坐下，含笑道："君与太尉有何隙，在下怎从未闻说？"

陈平脸便一红，道："我早年投汉，周勃曾向高帝进言，劾我收取僚属贿金，又诬我盗嫂……"

陆贾便大笑不止，险些笑出眼泪来："丞相，这些陈糠烂谷之事，还提起来做甚？周勃乃武人，早年受人怂恿，妒你白面郎做了高官，亦属常情，万不可记恨在心。太尉到底是忠厚人，决不至与足下为难。"

陈平也觉尴尬，便道："夫子，你劝我联结太尉，道理何在？"

陆贾左右看看，方低声道："诸吕羽翼，如何比得上丞相之势？ 彼辈能震慑京畿者，唯南北军而已，故丞相必借太尉之力，事先谋划，适时夺下南北军之权。 南北军若归顺，则百僚再无疑虑，皆愿群起相从，平吕之计，又何愁不成？"

陈平大悟，连连致谢道："夫子在野，仍心存庙堂，难得难得！ 若事成，实不知当如何谢你。"

陆贾闻言，便低头略作沉吟，而后道："事若成，群情激奋，当诛者恐不唯诸吕，凡依附诸吕者，命皆危矣。 然朝中诸臣之间，恩怨交错，不可判然两分。 来日平吕，应止于吕氏一门，不事株连。 届时，我或为亲朋故旧讲情，还望丞相宽大为怀。"

陈平道："这个自然。 今日闻君之言，如开心窍。 待事成，夫子的情面，我岂能不顾？"

送陆贾走后，陈平立即依计行事，命家老取出五百金来，送往太尉府，为周勃贺寿。

周勃在府中闻报，心中纳罕，连忙出来察看。 见果然是陈平家老登门，便道："周某当不起丞相如此抬举，你且携回礼金，我自会写信答谢。"

那家老却不动，只拱手道："太尉，丞相交代之事，小臣不得不从。 太尉若坚辞不受，可另请他人送还，恕小臣不能携回。"

"我焉能无端受丞相之礼？"

"我家丞相，想来不会无端，或有求于太尉也未可知。 太尉先请收下，容小臣告辞。"说罢，转身便带着从人走了。

周勃瞟一眼堂下，见五百斤金锭堆得整整齐齐，心中不免疑惑，与左右道："丞相意欲何为？ 莫非看上我周家女子了？"

正进退两难之际，阍人忽又来报："丞相陈平有请柬送来！"

周勃忙接过请柬，拆开来看，原是陈平在府中设宴，专邀太尉对酌。 看罢，周勃觉陈平似颇有诚意，便不再疑，吩咐下人道：
"这五百金，暂且收下吧。"

至约定日，周勃亲临陈平府邸，陈平迎出门来，于正堂开宴，
备极隆重。 宴席上，陈平只谈享乐，不涉其他。 在这半日里，飞
觚流觞，乐声绕梁不止，两人都饮得大醉方罢。

周勃酒足饭饱，回府后，甚是感念。 未及五日，便以同等酒
宴，回请陈平。 两人一来二往，渐渐便言及国事，都露出伺机平
吕之意。

周勃以拳击案，叹道："天无日，实在难熬。"

陈平便劝道："莫急。 待此日落，彼日方出。"

周勃会意，转而一笑："正是!"

两人便击掌为盟，心中都有了数。 宴罢，周勃也送陈平同等
厚礼，陈平欲不纳，周勃便道："不为别事，谢足下来访，令我猛
醒。 若足下不来，我终将随波逐流矣。"

陈平结交周勃之后，忽又想起陆生来，便遣人往好畤，送去奴
婢百人、车马五十乘，嘱陆贾要多多结交百官，伺机兴刘。

陆贾慷慨从命，遂奔走于公卿府邸之间，凡谈得稍微入港者，
便劝人助刘灭吕。 众臣本就厌恶诸吕，经陆贾一说，都愿为扶刘
出力。

这日，陆贾想到中大夫曹窋，为曹参之子，必与吕氏有隙，又
常在宫中值守，将来定有大用，须刻意笼络，便登门去拜访。

曹窋见陆贾来访，心中亦有数，忙迎入密室，屏退左右。

陆贾便道："贤侄，令尊过世之后，便没来看过你，匆匆十
年，光阴也是快。 如今世事更易，奇葩异草遍地，不知故旧之
子，是否还如旧?"

曹窋略一思忖，便答："旧也未必朽，新也未必不朽。 小侄倒一向是念旧的。"

陆贾笑道："老夫是旧人，许多事是有心无力了。 可知，汉家河山，皆为高帝与令尊辈一刀一枪搏来。 若在贤侄手中失却，你辈是当不起的。"

曹窋便面露凛然之色，回道："世伯，无须忧心。 小辈虽未弄过刀枪，然不会轻易任人宰割。"

陆贾闻言，心中便豁亮了，仰头大笑道："虎父，果无犬子。世事，可以不平，然不可以颠倒。 今日是如何颠倒过去的，明日便要如何颠倒过来，不过是那些躁进之徒，搭上几条性命而已。"

曹窋两眼炯炯有神，赞同道："然也！ 拨乱反正可待，且为期不远。"

陆贾大喜，竖拇指道："智者无须多言。 贤侄便请留意，拨云见晴之际，还望襄助。"

曹窋便斩钉截铁道："愿为内应，以迎王师。"

陆贾不由朗声大笑："须待日落时，方可动手。"

曹窋会心，便一笑，大声唤从人拿酒来，两人即酹酒为盟。

出了曹窋府邸，陆贾又来至朱虚侯邸叩访刘章，又是一番如法炮制，亦得刘章慨然允诺。

经此一番奔走，陆贾之名鹊起，公卿中愿跟从者甚众。 刘氏之势，不知不觉竟由弱变强起来。

那吕产、吕禄，妄自尊大，以为深结党羽，权势已固，便不信世间还会有强敌，举措往往失当。 虽也知陆贾喜好东游西窜，但又想此人好歹与审食其为挚友，或不致为敌，便未加留意，竟令陆贾轻易得了手。

九

齐鲁忽闻
军声壮

这年春上，吕后常犯心慌，眼皮跳动不止，枕上便睡不安稳，只是唉声叹气。至三月中，依例要赴霸上渭水边，行"祓禊"①大典。吕后举着铜镜，端详半晌，对宣弃奴道："天下已安，我却无一日得安。我做善事，是为万民，世人有谁能知，后世又有谁肯信耶？"

　　宣弃奴忙劝慰道："太后想多了。太后之功，不输于高帝。且高帝在时，时有诸侯反；太后临朝，则郡国心服，四方无事。显见得太后功劳，前世无人可及。"

　　吕后便笑道："不是我能胜高帝，是天下已无英雄了。治天下，好比治家，要那些逞能之徒何用？能循规蹈矩，便是好。"

　　"太后说得是。高帝若能见今日，也定是心喜。"

　　"虽说称制不易，我到底对得起刘家，也对得起吕家了。"

　　宣弃奴想了想，又道："不止于此。天下万姓，太后都是对得起的。"

　　吕后便大笑："明知你这是阿谀，听来也还是顺耳——哀家做

---

① 祓(fú)禊，古代春秋两季在水边举行的祈求福佑的祭礼。

了事，总不能白做呀！"

宣弃奴忙道："太后太过操劳，小的们都心疼。渭水大典在即，除凶祈福，还要有一番操劳，这几日，太后还请好好将养。"

如此，祓禊大典前，吕后便在宫内斋戒了三日，焚香沐浴，将身上弄得清清爽爽。

高后八年（前180年）三月上巳，乃祓禊之日，一清早，大队卤簿即浩浩荡荡出城，东赴霸上。

长安百姓已多时不见大驾出行了，都奔出家门来看，一路观者如堵。吕后一身盛装，强打起精神，端坐于黄盖戎辂车上。百姓远远望见，欢声震天。

吕后环顾左右，心头略喜。又见身后吕氏子侄，人人高头大马，簇拥而行，便更是得意。此时诸臣也都欣欣然，唯审食其一人郁郁寡欢，吕后见了，便甚觉奇怪。

至渭水，天色已晚，君臣露宿了一夜。次日晨起，众人走出帐幕来，见水畔早已矗起九尺高台，四周遍植松柏。群臣来至台下，分席入座，不多时，便有乐声响起。但见少帝刘弘，头戴十二旒冕，身佩白玉，由奉常杨根引导，径直步向台顶。

台下，百官见天子出来，皆高举双手，避席俯首。少帝缓步登至台顶，笔直站定，大行令便向台下唱道："起！"百官这才起身，各归其位。

此时，有宦者持酒觞，步上台阶，呈给少帝。少帝手便一挥，将酒酹入渭水，以为祭礼。此后，各皇子皇孙依次上台，亦洒酒祭之。

酹酒礼毕，群臣皆伏地而拜。少帝便缓缓步下台阶，为百官分赐胙肉。待众臣食毕，大礼方告成。少帝换了衣巾，大队人马便又重张旗帜，浩荡返城。

路上，吕后将审食其唤至近前，问道："左相，春日郊行，人皆有喜色，如何你独自不欢？"

审食其勒马道："不知为何，臣近来心甚不安。虽朝野气象博大，远胜于高帝基业，然微臣只觉——座位下就是个汤镬！"

吕后遂仰头大笑："左相过虑了。吕家子侄今已成强干，与刘氏枝叶相连。山河之固，甚于高帝时，不知何事能烫了你屁股？"

"只恐盛大之世，顷刻间冰消瓦解。"

"焉有此理！哀家自问政以来，无一日不在用心，只悟得一个理来，即是：汉家之危，唯在外患。前年匈奴击狄道（今甘肃省临洮县），去年赵佗侵长沙，皆小恙也。今南北之敌，已无力与我做生死缠斗，汉之天下，无大患矣。"

"非也，祸恐在宫墙内外。"

"哦？"吕后双目灼灼，似有所思，稍后才道，"此事不必再提了。倒是你，与陆老夫子可有结交？"

"臣素来与陆贾友善，近年走动更勤。"

"那便好！吕氏子侄大势已成，哀家这里，你可以少操些心了。我送你一个为臣之道——不树私敌，便可保全。"

审食其心头一热，几欲泪下，忙谢恩道："臣之得失无所谓，太后须保重。"

两人正说话间，车过轵道①地方，有亭长率父老数十人，夹道迎送。吕后朝父老们招手，见百姓衣衫敝旧，便对审食其道："出

_____

① 轵（zhǐ）道，此处是指"轵道亭"。轵道即是秦时驰道之一，从渭水南至长安横门，穿过北城，宣平门东出，过灞河。

长安，仅二三十里，便可见乡间贫瘠，看来，所谓'三代之盛'，你我都看不到了。"

说话间，吕后便命车停下，下车面询亭长及三老诸人。

二人上前，与父老们逐个揖过，忽见一位三老面熟。吕后与审食其对望一眼，同声惊呼："曹……国舅！"

那老者抬头，果然是当年栎阳酒肆所见之人。老者亦颇愕然，忙一揖道："不敢！在下曹无妨，迁居于此，为乡民推为三老。当年栎阳偶遇，竟不知……这厢见过太后、丞相。当年相遇，小民十分唐突了。"

吕后便道："哪里，既是故人，便不必客套。如何从栎阳迁至此处？"

"回太后，昔日咸阳，兵连祸结，百姓逃散一空。萧丞相起造长安城之后，栎阳百姓即多迁徙至此。老夫故旧星散，耐不住寂寞，便也跟来了。"

"也好也好。当年说起这……'国舅'来由，只不知令爱可曾寻到？"

那曹无妨便是一震："此等细事，太后竟也未忘？"

吕后瞟一眼审食其，笑道："哪里忘得了，前朝'国舅'嘛！"

曹无妨也忍不住笑："蒙太后垂问，小女当年九死一生，逃至上郡，嫁了人，前年方有路资归宁，总算得见，如今倒也好好的。"

"哦，那便好。当年酒肆中，长者曾有教诲，老身经年也不曾忘呢。我本信黄老，不喜孔孟之说，先生则教我孟子所言，铭感至今。先前只觉那老孟，与孔子无异，惶惶如丧家之犬，所主张者，玄虚过甚。然闻国舅指点，方知与民同忧乐，乃山河永固之韬略。 先帝宾天后，我秉政十五年，更觉老孟之苦心。 看如今世道，民是否更少忧？"

"太后垂治之功，自不待言。 然人主事功，就似妇人所用铜镜。 在上者，喜抚其面，甚觉光洁；在下者，则恶其背后甚不平。 太后所自得者，镜面也；百姓所愤者，镜背也。 汉家天子一向所虑，为民之仓廪。 然天下事，不唯仓廪一节，首要者，仁也。 孟子曰：'天子不仁，不保四海；诸侯不仁，不保社稷。'故老夫以为，饱腹，不过事功一尺；为仁，才是功高千仞。 太后，以今日论，天下事，可称仁乎？"

吕后便面色大变："公以为我不仁乎？"

那曹无妨忽然跪下，伏地道："臣并无此意，然……民间皆怀赵王！"

吕后脸忽地涨红，审食其也大惊，欲拉吕后退走。

吕后不肯走，凝视曹无妨片时，方揖谢道："终有敢忤我者，使我知有亏。 谢了！"言毕，回身便走。

上得戎辂车，吕后一路郁郁寡欢，良久，方叹息道："我为政，其不仁乎，弄了这许多年？"

话音刚落，忽见道旁荆丛中，蹿出一只怪兽来，颇似黑犬。 那兽倏忽而过，低吼一声，一头便撞在了吕后腋下！

吕后吃不住痛，大呼一声，险些摔倒。 审食其连忙拔剑，护住吕后，然定睛一看，那黑犬却不见了踪影。 车后郎卫听见喊声，皆执戟跑上前，闻说有怪兽，立时四散开来，在草木中搜寻。

寻了半晌，毫无所获。 审食其问近旁郎卫道："适才可有人见怪兽蹿出？"

众郎卫皆感茫然，答曰："不曾见。"

吕后手抚腋下，犹觉疼痛入腑，便纳罕道："这轵道上，难道有人作祟？"

审食其应道："早年间，秦王子婴便是在此处，素衣白马，降了高帝的。"

吕后摇摇头道："那子婴，又不是我汉家杀的，他作鬼祟，怎能来害我？"

回到宫中，吕后即唤太医孔何伤前来。孔何伤验视伤处，见吕后腋下，已有瘀青一片，便连忙敷药，然疼痛却未减分毫。

见外敷无效，孔何伤又张罗要煎药。吕后一拂袖道："你医术究竟如何，哀家不知，然从未听你说过一句清楚话！我也不怪你，且退下吧。十五年前，你治死了一个高皇帝；今日，莫要治死老娘就好。"

孔何伤满面羞惭，退了下去。吕后便吩咐，传太史令谭平定入宫，有话要问。

不多时，谭平定匆匆而来。吕后便道："今日大典毕，返回途中，忽有恶犬撞我，众人却未曾见。你且就此事占卜，问个究竟。"

那谭平定久已厌恶吕后专政，受命起卦，心中已打好主意，要吓一吓吕后。遂翻开《日书》①，查阅今日天象，阅后，故作大惊失色，禀报道："今日荧惑守心，竟是大不吉之象。"

"你不要弄玄虚，且讲，守甚么心？"

"荧惑星，滞留于心宿中不去，赤光四射，是为守心。主兵

---

① 《日书》，是古人从事婚嫁、生子、丧葬、农作、出行等活动时选择时日的参考书，书内标明每日的吉凶宜忌等。

乱、旱灾、饥荒，或……"谭平定忽然就咽下了后面的话。

"你说嘛，哀家不怪罪你。"

"……或死丧。"

"好，这个我已知，你且占卜。"

谭平定便以火炙龟甲，细察其裂纹，看了半晌，神情又是一变，举起龟甲，呈与吕后察看。

吕后问道："此象如何？"

"鼎折足，凶。"

"鼎折足？ 是何意？"

"力小而任重，将有祸。"

"历书、龟纹都看了，你所言，我半句也不懂。 我只问你：那轵道黑犬，究竟是何人作祟？"

谭平定略一迟疑，横了横心，答道："是……赵王如意。"

吕后脸色便惨白，忽地想起当日，田细儿禀报，如意死前，曾哀告愿做黑犬效命，于是喃喃道："他果然不甘心，弄死了田细儿，今日又要来拉老身下黄泉了！ 太史，可有解脱之术？"

"有。《诗》曰：'彼泽之陂，有蒲与荷。 有美一人，伤如之何？ 寤寐无为，涕泗滂沱。'便与此象甚合。 那荒郊野外，赵王如意坟前，不要有女子夜哭，便好了。"

"哦，女子夜哭？ 莫不是……哀家知道了，便赏你百金，且退下吧。"

翌日，吕后召来审食其，告之："昨日黑犬事，已问过太史令，是个想不到的人与我作祟。"

审食其不免惊奇："是何人？"

"赵王如意。"

"啊！谭平定不是乱说吧？那如意，一个小崽儿，何来这般神通？"

"谁知道。谭平定嘱我禳灾，要赔个罪；这人情，就派给你去做吧。明日，你去寻到如意墓，好好修缮一番，算是我给戚夫人赔了罪。"

审食其闻言，怔了半晌，才喃喃道："居然是如意！"

吕后便道："那崽儿确也冤，皆因他娘，才不得好死。你代我去，好好祭扫一番，以祷免灾祸。"

审食其领命，当下去问了宗正，知如意墓并未迁入安陵，仍在城北乱葬岗上。便率了石工、园丁等一众杂役，去了墓地，将杂草除尽，植下松柏，重新立了石碑。

一连数日，审食其带领数十人忙碌，岂能不惊动地方？有啬夫、里正前来询问，知是左丞相带人来，修葺赵王如意墓，都惊得半晌合不拢嘴。

十日后，如意墓修整一新，碑碣巍然，四面松柏森森。审食其备了酒水果品，叩首上香，祭了一回。附近百姓有来观望者，也不禁动容，齐刷刷地跪下，跟着审食其叩头。

未几，消息便传遍长安。百官闻之，都极感惊愕，只道是审食其良心未泯。众功臣相聚，说起此事来，都忍不住为如意洒了些泪。

审食其禳灾归来，复了命，吕后便拉住他手不放，哀声道："杀人多，必有报应，老来才应验出来。近年已觉命不久长，今日，果然有如意来索命！这几日，腋下愈发肿痛了，似有刀剑穿心，或将不能痊愈。看来，这长乐宫，我也住不得了——那戚夫人鬼魂，就在永巷，如何能放得过我？明日，我将移往未央宫住，暂避祟气。万一有个山高水低，也可与少帝在一处，如此，倘有大事，子侄们不用分作两处。我移住未央之后，你便不必再来，来多了，于你无益。我若能病愈，日后再召你；我若病重不起，你自顾保命便好。"

审食其闻听，心中大起感伤，伏地道："太后永寿，岂能说走就走？偶染疾患，挨过了炎夏，便可痊愈，何由伤悲若此？"

吕后便摇头，惨笑道："哀家寿数如何，哀家自知。我吕雉，是何许人也？生于乱世，一田舍妇罢了，未料却做了皇后，此乃一知足也；自沛县至今，有你审郎为伴，此乃二知足也。有福若此，不能再奢望长生了，牵牵绊绊，好歹也胜过无数平常妇人。"

"太后，你有天赐之福，岂是平常民妇所能比的？臣半生跟从你，乃大幸。"

吕后望望审食其，温言道："审郎，你头也渐白了，当年英俊，似还在眼前呢。随我半生，也是多磨难。此刻无外人，我只要你说：平素你在朝野奔走，闻民间议论，究竟是如何说我的？"

"太后不必多虑。民间称颂太后，皆出自肺腑，不似朝堂上那些阿谀话。"

"是如何说的？"

"说太后政令不出门，天下却晏然。刑罚罕用，罪人稀见，民无租赋之苦，皆安心稼穑，衣食滋润。"

吕后便吐了口气："天下，竟有这么好吗？"

审食其便道："民之口，如江河泻地，他们要说甚么，无人能阻得住。"

"官吏也知感恩吗？"

"大小臣吏，俱得休息，以无为而治民，官民皆安。故而，臣吏无不赞太后宽宏。"

"哦？ 这就奇了！ 如何我见群臣，却多有怨恨之色呢？"

"或是为诸吕。"

吕后便仰头一叹："正是！ 我施政一反秦政，秦政苛，我便宽怀；秦政不施仁义，我便体恤鳏寡。 按理，千秋后应留美名，然诸吕封王事，惹得群臣不乐，难与我同心，后世也不知将如何褒贬呢！"

审食其朝吕后深深一拜，道："吾起自乡间，知民之悲喜。 太后不夺民财，民无愁苦，仅此一端，纵然千秋后，亦是圣人。"

吕后面露微笑，道："审郎，有你，我可以瞑目了。"

审食其慌忙道："太后尚有万岁，臣愿永随。"

吕后望望审食其，忽就落下两行泪来，摆手道："你今夜，便早早归家吧；明晨，早些入宫来，送我往西宫去。"

审食其心乱如麻，已不知如何说才好，只得流泪叩首而退。

次日平旦时分，移宫大队便从飞阁浩荡而过，审食其亲推辇车，送吕后入未央宫。 吕后居所，就在承明殿，此地高敞开阔，隔窗便可俯瞰长安城内。 与少帝所居之前殿，亦相去不远。

那少帝刘弘，今已长成翩翩少年，一早便迎候在飞阁出口，见辇车缓缓而来，急忙上前，换下了审食其，亲推太后至承明殿。

随行阉宦、宫女们忙碌了一阵，将各样器具安顿好。 吕后便对审食其道："搬来西宫，有孙儿刘弘照拂，你就不必辛苦了。 自沛县起事，便苦累了你，我这里总算无事了，你且在家中将养，我若不宣召，你不必来。"

审食其顿时哽咽，竟不能应对："太后……"

吕后卧于榻上，命少帝道："弘儿，你去送送左丞相。"

少帝应命，向审食其揖道："左丞相请。"

审食其心中顿起悲凉，知再也难见吕后一面了，只得含泪而去。至殿外，忽泪如泉涌，一步三回首，徘徊多时。

此后，吕后心如槁木，在病榻上迁延时日，觉身体时好时坏，病愈却无望。平常所有朝政，都交陈平、周勃、吕产、吕禄去打理。四人若有事不能决，再呈报上来，吕后也懒得理，一概答复"容后再议"。

病榻上，所见人少，耳目清净了许多。宫内诸事，多由张释、曹窋两人打理。那两人，都是清静无为之人，一连数月，涟漪不生。吕后每日卧着，看花开花落、静日生烟，心中便起了感慨，想自家沧桑半生，到如今，却只余了吃睡两件事，这人间之事，真是难料。

身边人，唯有阉宦宣弃奴善解人意，可以说上两句话，吕后便常与他说起病情。

这日晨起，吕后又觉腋下剧痛，便叹道："这是煞气蚀了骨肉了，药石怎能解得？别家君王当政，多有祥瑞。我一个妇人问政，却遇见这般恶煞，神鬼也不放过我。"

宣弃奴连忙绞起汗巾，为吕后擦脸，一面就劝慰："太后病弱，不宜多想。那苍狗，虽不是祥瑞，却也未必是凶煞。天地间，生有万物，能亲见苍狗者，万不及一，或是幸事也未可知。"

吕后便微笑，嗔道："你这甜嘴的话，比陈平要差得远了，有云泥之别！那苍狗若不是祸，还有甚么是祸？哀家不怕就是了。这辈子，想也想了，做也做了，可以闭目了。"

宣弃奴望着吕后，呆了半晌，方道："小的明白了，眼见敌手先走，便是大幸事。"

吕后笑了笑，道："身边人，只你一个是明白的。"

搬来未央宫后，少帝刘弘便逐日来请安，未尝稍懈。起初，吕后还记恨着前少帝刘恭，见了刘弘，总觉心中不快。日久，见刘弘低眉顺眼，绝无冒犯，吕后渐渐也就心软了，常笑着夸道："你父惠帝就是个疯癫，你却生得好，恁地知礼！"

堪堪来至七月中，吕后忽觉病情加重，心知将要不起，便急召吕产、吕禄入宫。吕产、吕禄闻召，知大事不好，仓皇奔入宫内，跪在吕后病榻前。

吕后强打精神，双目灼灼，望着二人道："天将召我去，我不能不去，身后事，要交代你二人。"

吕产、吕禄都慌了，涕泗横流道："太后，你不能走，我等撑不起这天下呀。"

吕后挥挥手道："事已至此，焉有退路？朝中重臣尚堪用，遇事须与之好生商议，不可仗势欺凌。"

吕禄便道："那陈平、周勃，如何能靠得住？不如这便除去，以免生事。"

吕后摇头道："顾命老臣，系高帝再三嘱托，可以安天下。今若下诏除去，虽为易事，然来日我一走，朝中人心不服，必有人倡乱，你等便要以命偿了，故万万打不得这主意！"

吕产望一眼吕禄，仍是疑虑，便又问道："少帝刘弘，应如何待之？"

"我看他还听话，及至年长，便知感恩了，必将厚待吕氏。太远的事，我不能替你辈谋划，且将眼前的事打理好。今日便可下诏：吕产为相国，位在陈平之上，居于南军，严守宫禁。吕禄为上将军，领北军，拱卫京畿，北防匈奴。"

吕产、吕禄心中一凛，双双下拜领命。

　　吕后又嘱咐道："今日天下晏然，既无山贼，亦无外寇，故而谁领禁军，谁便是真皇帝。吕产，你平日起居，只在南军，不可离开一步。吕禄，北军有人马五万，此兵一动，便地动山摇，故不可似往日嬉戏了。我这里，有《韩信兵法》三篇，所述皆精要，你拿去，好好研习。平素只知游猎，有事如何能掌兵？"

　　吕产、吕禄汗流浃背，连声应诺。吕产心中惴惴，忍不住问道："太后称制已八年，群臣并未有不服。今日看太后安排，似要动刀兵一般，事有如此之急吗？"

　　吕后道："高帝病重之时，与大臣相约：'非刘氏而王者，天下共击之。'今吕氏封王，大臣不服，不过嘴上不说罢了。我是活不了几日了，那刘弘年少，张嫣也只是小家妇，都镇不住，恐将生变。你二人，须领兵守牢宫禁，勿为我送丧，免得半途为人所制。"

　　吕禄愤愤道："大臣果有如此胆量吗？"

　　吕后叱道："你又耍公子脾气！我一崩，你若无兵，谁人都敢踏你一脚！"

　　吕禄怔了怔，脸红道："这一节，侄儿倒疏忽了。"

　　吕后又道："领南北军，是为威吓天下。另一面，也须安抚好公卿百官，我崩后，赐诸侯王各千金，将相、列侯、郎吏等按级赐金，并大赦天下。臣民领了些好处，想来也不至生乱。"

　　吕产应道："太后所虑深远，侄儿当谨守。"

　　吕后忽又注目吕禄，问道："你还有一女，在闺中？"

　　吕禄答道："然也，便是次女吕鳌，此女幼小，尚未字。"

　　吕后断然道："就嫁与刘弘，为皇后。后宫之贵，莫过于此，吕氏一门自然也就安稳了。"

吕禄连忙叩首谢恩，想了想，又试探道："辟阳侯可以信赖否？"

吕后便低头沉吟，半晌才道："审公此人，与你辈到底不同，人若恨他，他防无可防。我崩后，可令他退下，万勿招风，改任帝太傅就好。"

二吕便应道："太后之命，侄儿必遵行。"

"我称制八年，每夜必读黄老，那老子曰：'强梁者不得其死。'你等若想久安，便不能逞强。想那韩信、彭越，哪个不是强梁？就连那戚夫人，也想逞强。这几人，今在何处？全在老娘面前化作了土！你二人，掌了禁军，便是天下头等的强梁，须以仁厚待人，笼络住官民，方可保万世为王。"

"太后请安心。吕氏兴衰，系于我二人，我辈只得拼死担待。"

"又逞强！你二人，掂过剑戟吗？岂是无事不能的？遇大事，切记先推出少帝、张太后来，替你们挡一挡。"

"侄儿知道了，绝不敢慢待君上。"

吕后喘息一回，摆摆手道："我着实累了，不多说了。你二人下去吧。"

二人见吕后面色发白，汗湿衣裳，便不敢再多言，惶惶然退下，去找张释拟诏了。

次日，以少帝之名，有诏下，为吕产、吕禄加官晋爵，各掌文武，分领南北军。又令吕禄次女吕鳌，嫁与少帝为皇后。

众臣闻之，知吕太后来日无多，心中皆忧喜参半。

且说那朱虚侯刘章，这日适逢休沐，默坐于家中，思虑大事，不觉便失了神。其妻吕鱼见了，不免奇怪，便上前询问了几次。

刘章思来想去，终于横下心来，对吕鱼道："你下嫁至我家……"

吕鱼当即嗔道："哪里敢说下嫁，是我高攀到你皇孙家来。"

"好好！事急，莫玩笑了。你嫁入吾家门，耳闻目睹，可知万民如何看吕氏了？"

吕鱼一怔，便也坐下，满面愁思道："夫君说得是。妾身待字闺中时，只道万民感激吕氏，颂声盈耳，人皆笑面相迎。出了吕氏门，方知民间憎吕氏，切齿之声可闻。"

"你可知吕氏招怨，缘何故？"

"妾实不知。或因位高权重，故招人嫉恨。"

"绝非如此。刘氏亦为王侯，如何便不招恨呢？"

"妾于此事，也十分纳罕，还请夫君教我。"

"刘氏所得，乃天命，官民皆心服。那吕氏豪夺，却是倚太后之势，如鸠占鹊巢，万民如何能服？"

吕鱼闻之，甚不安，疑惑道："今日吾父与伯父，皆又加了官，威临中外。万民即便不服，又能如何？"

刘章便一笑，转了话头："今日里，有贵客陆夫子，要来咱家。你去吩咐灶下，好好煮些牛肉，我与夫子对饮，你在旁伺候，也好听听先生如何说。"

这日过午，陆贾果然如约前来，刘章迎出中庭，执陆贾之手，引入堂上，即招呼浑家出来伺候。

吕鱼闻声而出，向陆贾施过礼，忙吩咐庖厨上菜。

陆贾入了主座，刘章在侧座坐下，吕鱼便上前道："先生大名，四海皆知。妾在闺中时，便常闻阿翁提起。"

陆贾大笑道:"乃父不是常骂我吧?"

吕鱼道:"哪里话! 阿翁只是夸赞,天下儒者,唯先生为大。小女平素孤陋寡闻,不大知理,今日先生来,愿亲奉羹汤、面闻赐教,请先生恕我冒昧。"

陆贾便对刘章道:"哈哈! 朱虚侯,你娶得个好吕氏女。 别家吕氏之女,都似猛虎,只将夫君视作犬羊;你这浑家,却是彬彬有礼。"

刘章忙对吕鱼道:"先生不怪罪,你便坐在下首吧。"

吕鱼谢过,便规规矩矩在下首坐好,屏息恭听。

刘章便提起话头来:"先生,楚汉相争时,吾尚年幼,唯喜见战车交驰、烟尘大起,如游戏一般。 记得汉家兵将,各个都惧项王,闻楚军来,一日数惊……"

陆贾便笑:"小子记得不错。 老夫虽为文臣,恶战却经了不少。 那高帝上阵,哪里是项王对手? 大小数十战,无一得胜。汉军畏楚,如羊畏虎,于战阵上逃起命来,只恨爷娘少生两条腿。"

吕鱼便面露不解:"那为何是汉灭了楚,却不是楚灭了汉呢?"

陆贾瞄了瞄吕鱼,略显诧异,便道:"问得好! 你这小女子,还有些心思。 诚然,项王善战,天下无敌,怎奈世上有一物,强势亦难胜之,那便是人心。 当年,高帝出征,诸侯皆相助,关中百姓也心服,愿送子弟投军。 汉军虽弱,然人心向汉,以弱兵鏖战,屡仆屡起,人马便不疲,终获完胜。 楚军虽勇,却处处寡助,左冲右突,无个安稳处,终陷于死局。 因此,势再大,亦敌不过人心。"

吕鱼恍然大悟,连忙道:"先生之论,小女以往从未耳闻,今日才如梦醒。"

刘章便趁机问陆贾道:"太后恐已来日无多,若太后驾崩,则刘吕两家必势同水火。 先生对来日变局,有何见教?"

陆贾一惊,便抬眼去望吕鱼,见吕鱼并无异常,又见刘章以目示意,当即便领悟,忙答道:"昨日楚汉,便是今日刘吕。 孰胜孰败,在深闺中或不知,然只须步出门去,闻街谈巷议,已是一目了然,还用说吗?"

吕鱼脸便涨红,惊道:"事竟已至此了? 多谢先生点破,不然,小女还糊涂着呢。"

陆贾便笑:"你夫君刘章,胆略甚是了得,刘氏子弟全仗他,方能直一直脊梁。 你只须随他进退,便不至入歧路,性命也可无虞;否则,一切难料。 吕氏这'吕'字,我劝你还是离远些为好。君不见,这世上倒行逆施者,势再大,可有大过秦始皇的? 然始皇一旦驾崩,天地却还是要翻转的。 往世今世,道理皆一样,即便是来世,也变不出甚么新道理来。"

刘章与吕鱼皆大悟,对视一眼,便双双叩首致谢。 谢毕,刘章握拳道:"闻先生言,如闻雷鸣。 来日事起时,大丈夫当如何,小子已然有数了。"

吕鱼也道:"谢先生指教。 妾虽姓吕,然也明大势:凡逆势而动者,欲求长久,可得乎? 妾不忍心害万民,定随夫君进退,唯求仁义。"

陆贾望望眼前两人,便仰天大笑:"你家的酒,饮来痛快,下回还要来饮……只怕下回饮的,该是庆功酒了!"

此后,在未央宫中,吕后又挨了几日。 至七月辛巳,即月末最后一日,朝暾初起时,吕后醒来,咳嗽两声,觉周身通泰了不少。

宣弃奴见吕后面色红润，有了些精神，便欣喜道："太后，今日气色大好，眼见是要痊愈了。"便将吕后稍稍扶起，倚在榻上。

吕后一笑，未接宣弃奴的话头，只吩咐道："去唤张太后来。"

那张嫣，日前也随吕后移到未央宫，就住在近旁，不多时，便来到榻前。

吕后执张嫣之手，细看其相貌，微笑道："你就似鲁元，你不似那张家人。"

张嫣笑道："太皇太后在夸我。"

"张偃那小子还好？"

"还懂事。"

"嫣儿，你也是我吕氏一门呀。"

"回外祖母，儿臣不敢忘祖。"

"那就好。吕产、吕禄两个舅舅，你要多多相助。"

"儿臣知道。"

"唉，糊里糊涂的，竟活了六十二载……"

"外祖母不糊涂。"

"我累了……身上凉……"

宣弃奴闻听，连忙为吕后加了被盖，又与张嫣扶吕后卧下。

吕后双目合上，似在昏睡。不久，却又睁眼，拉住张嫣问道："莲荷枯了吗？"

张嫣忙答："秋七月，已然枯了。"

"谷禾熟了吗？"

"可见黄熟了。"

停了一会儿，吕后忽又喃喃道："鲁元呢？盈儿呢？"

张嫣慌乱中不能答，只是流泪。

宣弃奴连忙抢上答道："都在树荫下，正小睡呢。"

"哦……"吕后松开张嫣之手，呼出一口气，头一歪，便睡了过去。

张嫣与宣弃奴不敢大意，寸步不离病榻，守候了多时，仍不见吕后有何动静。

宣弃奴起了疑心，起身端详了半晌，伸手去探鼻息，探了片刻，又去号脉。忽然便大叫起来："太皇太后宾天了！"

张嫣尖叫了一声，猛扑在吕后身上，便号啕大哭。

此时，有宫女端了一盘瓜上来，闻之猛然变色，慌忙将瓜盘放下，也跟着大哭起来。

讣闻传出，长安城内一片静默。朝官多半在心中暗喜，却佯作忧伤，事事闭口不言。吕产见众人似有不服，便下令，百官不必至宫内哭祭了，仅刘、吕宗亲可以入宫。

其时，未央宫内外，一派缟素，如同八月飘雪。刘、吕两族宗亲，各怀心事，络绎来至前殿，列队拜祭。

吕产谨记太后所嘱，领南军守住两宫，将那下葬事宜，交予张释、陈平去办。吕禄则日日带一队北军精锐，往复巡城，捉拿可疑人等。禁城内外，忽就多了些甲士踪影。

如此停灵旬日，便依天子例，为吕后送丧。百官闻令集结，由陈平、周勃带领，簇拥少帝刘弘，浩荡出城而去。吕产、吕禄则立于城头，按剑而望，一刻不敢大意。

吕后棺椁，依其生前所定，葬于高帝长陵，与高帝合葬而不同陵。

早在定都之初，萧何便调发了丁壮，于高帝墓冢之东五百步处，为吕后起了墓冢①。后又陆续修造了十余年，方告落成。墓冢高约十丈，状亦如覆斗，与高帝墓冢巍然并立，仰之如山，极是壮观。

此冢迄今犹存，远望之，有恢宏之象。惜乎在史上屡遭赤眉、董卓、黄巢等乱兵盗掘，至近世十数年，又屡遭今人盗挖，已是创痕累累了。

话说高后葬毕，少帝刘弘便遵遗旨，有诏下：免去左丞相审食其职，改为帝太傅。审食其知是吕后生前安排，也乐得从高位退下，任个闲职。

朝中其余诸事，则全无变化。正值举丧之际，各类人等皆沉默行事。那吕产、吕禄唯尊吕后遗嘱，身居南北军大营内，轻易不出。

陈平、周勃看了几日，不见有隙可乘，相见时便以目会意，知道还须静待时机。

一日散朝，陈平车驾赶过周勃，便回首招呼道："太尉，大丈夫贵在动如风；然足下车驾，为何如此迟缓？"

周勃闻声，探出头来笑道："近日雾大，老夫看不真切，快不得呀！"

反倒是那边厢，吕禄耐不住，急入未央宫内，与吕产商议道："高后崩去，天下至多太平三月，后必有人反。不如趁高后余威尚在，我二人率南北军起事，以吕代刘，易了帜再说。"

---

① 在今陕西省咸阳市渭城区正阳街道办事处红旗村后排。

吕产想了想，摆手道："不可。 高帝旧臣，半数尚存，武将更有绛侯周勃、大将军灌婴，都可与项王比高下的。 你我若举事，二人岂能坐视，一旦厮杀起来，我二人可是彼辈敌手？"

　　"事成在先机，抢先用兵，绛、灌或有所不备。"

　　"不然，诛杀绛、灌，易耳，然诛尽天下功臣难！ 只要有一人漏网，登高一呼，天下便立成汤沸，再难平息。 你虽精于骑射，也不过随身小技，若临阵交兵，可有胜算乎？"

　　吕产这一席话，说得吕禄大沮，不由抱怨道："高后经营十五年，今吕氏气焰之盛，已压住半面天，却要坐以待毙吗？"

　　吕产低头想想，道："只要绛、灌二人在，就只能坐等。 若绛、灌先后薨了，我便不怕他人。"

　　吕禄无奈，只得怏怏而归，也无心守在北军大营了，只顾回家去饮酒。 灯影下，一面饮，一面想到大计落空，好不心伤，便拍剑狂歌起来。

　　府中家眷们闻听，都惊恐不安，却无人敢出头来劝。 恰好吕鱼这日归宁，见阿翁如此失态，忙上前来劝。 吕禄便恨恨道："你那伯父吕产，左怕天塌，右怕地陷，还能做得甚么大事？ 此时不为，更待何时？ 这大好的天下，难道要白白送人吗？"

　　吕鱼听了，心中大惊，忙问："阿翁想作甚？"

　　吕禄斟满一杯酒，看看吕鱼，又将酒泼在地上，怒道："你伯父，他就是个妇人！"说罢，便不再言语，只呆望着房梁。

　　吕鱼虽未问出底细来，但心中已然明白：阿翁与伯父，定是在商量起事！ 如此一想，心中不由大恐，也无心再坐，匆忙告辞，返回了家中。

　　入得侯邸大门，吕鱼腿便一软，竟瘫坐于地。 众奴婢见了，慌忙去扶，吕鱼只是摆手道："不用扶，我且坐一坐。"

刘章闻声赶来，见吕鱼神色慌张，便起了疑心，盘问道："看你面色发白，何事竟惊恐至此？"

吕鱼手拊胸口，喘息半晌，方才问道："若父谋逆，事败，子女可免乎？"

刘章闻言，便知事非寻常，一面扶起吕鱼，一面答道："今有新法，罪不诛三族；然谋逆为弥天大罪，不在此列。"

吕鱼闻言大惊，连叫道："天，天啊……"

刘章猜出个大概来，便温言道："你嫁入刘家，便是刘家的人，何事不可对夫言？你说出来，我也好帮你有个计较。"

吕鱼一听，知无侥幸可言，便狠了狠心，将所闻吕禄之言，备述了一遍。

刘章一凛："你父与吕产，要做甚么？"

"浑家我猜度，定是阿翁欲与伯父倡乱，以吕代刘；只是伯父胆小，未允而已。"

刘章将吕鱼挽扶至内室，叮嘱道："你今日所闻，不可对人言，即便是仆从奴婢，也不可令其知。我原就猜，你父定有此等念头，却不料他下手如此之快。"

"这该如何是好？速报予丞相、太尉知，可否？"

"陈平、周勃，此时正与我类同，手下无半个兵卒，还不抵你父一道令牌有用。"

"除诸吕而外，谁还能掌兵呢？"

"我手下虽无兵卒，然刘氏有人有。"

吕鱼被点醒，想了一想，大喜道："你是说齐王？"

刘章便握住吕鱼之手道："吾兄齐王平素不露山水，等的便是这一日。待我密遣家臣赴临淄，令阿兄起兵西来，讨逆除奸，自立为天子。我与兴居在都中，与大臣为内应。如此里应外合，何患事不成？"

吕鱼忽又犹豫起来，问道："若讨逆事成，我阿翁性命可保乎？"

刘章望望吕鱼，沉默有顷，才答道："当此际，你性命可保，方为正事。"

吕鱼怔怔想了一会儿，忍不住泣下数行，喃喃道："阿翁，孩儿顾不得你了！"

当日，刘章便遣一家臣，微服快马，潜出城去，一路向东狂奔。

旬日之后，家臣到了临淄城南，叩王宫大门而入，见到了刘襄，从鞋底掏出帛书密信来，俯首呈上。刘襄展开看过，脸色就一变，忙命人取出十斤金来，打发了来人，便坐下来想事。

密信中所述，正是刘襄日夜之所思。数年前，袭了齐王后，刘襄谨记父嘱，隐忍退让。齐原本有六郡，先后为吕国（后名济川国）、鲁国、琅玡国划走三郡。刘襄声色不动，仿佛无事一般。早前吕台封至济南时，刘襄还亲迎至济水边。后吕台病殁，刘襄又赠珠宝玉器为墓葬，执礼甚恭。

刘襄如此忍让，竟瞒过了吕后的一双毒眼，以为子必随父。加之刘襄之弟刘章、刘兴居都在宫中宿卫，吕后倚之为心腹，便不再疑心刘襄。

这些年里，刘襄就似薪尽火熄一般，人前不发一句牢骚。直至读罢密信，心头才砰地爆起火来。

当下，他唤了母舅驷钧、郎中令祝午、中尉魏勃三人来，闭门商议。

这三人，平素便为刘襄心腹，皆厌吕后专权。近闻吕后驾崩，都摩拳擦掌，来劝刘襄起兵。前几日，刘襄只是不允，责备诸人道："高后方崩，上下不安，朝中所提防的，就是诸侯王有异动者。诸位若为孤王好，便请勿躁。灶若无柴，点火何用？想那市井人家，一户之主若丧，家中定会大乱，况乎这天下百万户？我辈只须坐视，自有可观之处。"

那三人听了，皆感气沮。驷钧脾气暴戾，又为刘襄长辈，说话便分外难听："你脾性随父，只长了个鼠胆，天大的好事都要错过了！"

刘襄听了，也不恼，反倒越发信赖这位母舅。

这日召了三人来，驷钧见刘襄屏去左右，心中便有了数，以拳击案道："襄儿，莫非朝中有变，可效法陈胜王了？"

刘襄便取出密信来，交予三人传看。看毕，驷钧拊膺大叫道："这多年，可闷死我了！我这便回府，披挂起来再说。"

刘襄笑着扯住他衣袖道："舅父，你勇气可嘉，然举兵西向，你一人披挂有何用？"

驷钧便望望中尉魏勃，纳罕道："俺齐国，不是有兵吗？"

魏勃一笑，回道："下官虽为统兵之将，然无齐相发给兵符，我带不走一兵一卒。"

刘襄拍了一下掌，对诸人道："不错，今日来商议，便为此事。丞相召平，行事规矩，以诸君之见，他能否交出兵符来？"

驷钧便道："那个老古董，吕太后将他遣来，便是要提防你的，他怎肯与你合谋？"

原来，这召平，便是当年萧何的门客，来历大不凡，在秦朝曾为东陵侯，后又曾为陈胜辅臣，陈胜覆灭，他流落民间，终为萧何收入门下。吕后既敬重萧何，自然也知召平名望。萧何亡故后，便征召平为官，遣至齐国为丞相，权作耳目。

召平感激吕后赏识，相齐多年，兢兢业业，凡事从无错漏，世人皆称他"白头丞相"。

议起召平来，诸人都摇头苦笑。魏勃道："欲令丞相交出兵符来，难于登天。"

刘襄便霍地起身，拂袖道："高后已崩，我不想再忍，有无兵符，我都要调兵。劳烦中尉，你便去知会丞相：人心思正道，天下不能久为鼠兔所据。孤王拟近日提兵，西向讨逆；至于丞相跟随与否，孤王并不勉强。"

驷钧当即赞道："大丈夫，当如此决断。这个白头翁，知会他一声，也算是看得起他了。"

魏勃却道："仅凭微臣一语，只怕他不肯。"

刘襄道："孤王礼数在先。若他抵死不交，则……"

驷钧会意，便做手势劈空一砍，道："那就怪不得我辈狠毒了！"

刘襄闭目片刻，睁开眼道："魏勃，你去吧。"

魏勃便领命，来至丞相府，将刘襄之意转告召平。

召平闻罢，浑身一颤，斜睨魏勃问道："中尉，可知你所言为何吗？齐王欲提兵，可有少帝手诏？"

"并无。"

"可有少帝赐给虎符？"

"也无，唯有天道人心而已。"

"你我同僚，就无须在此大言了！齐王无少帝所授虎符，便欲调兵，岂非形同造反？ 你乃国之重臣，难道不明此理吗？"

"臣为齐王属官，便唯齐王之命是从。"

"你糊涂！ 犯禁之命，便是乱命。 中尉，今日你不能走了。来人！ 押中尉往后堂去，好生伺候。"

堂上众亲兵闻令，便一拥而上，将魏勃擒住，拖往了后堂去。

魏勃大怒，一路高叫："我传齐王诏令，凭甚将我拿下？！"

待魏勃被推下，召平稳了稳神，取出兵符来，唤一校尉到近前，举符示意道："高后崩逝，郡国有不宁之象，吾邦尤须当心。为防意外，着令你率封国兵两千，去拱卫齐王宫。 无我手令，不许人出入，仅庖厨杂役可通行往来。"

那校尉一怔，便问："若齐王欲出行呢？"

"此为将令，无有例外。"

校尉眨了眨眼，便会意，退下去点了兵，浩浩荡荡开赴南城，将那王宫围了个水泄不通，有齐国属官来晋见，均被拦住。 刘襄在宫内闻报，吃惊不小，便亲上高阁去看。 只见宫墙外面，兵甲林立，连只鸟儿都飞不过，不由就长叹："大意呀，轻看了那老儿！"

在王宫之外，魏勃被软禁于相府，驷钧、祝午亦受困于王宫不得出，急得顿足不止。

僵持了一日一夜，魏勃困在相府后堂，水米未进，心想如此下去，大局必将崩坏，便决意使诈，高声大叫要见丞相。

召平闻下人来报，便命左右将魏勃提上来问。

魏勃踉跄步入大堂，伏地便拜："丞相，在下自省了一日一夜，痛彻肺腑，觉丞相品格之高，当世罕有。 为人臣者，当忠于君事，齐王未得朝中虎符，便欲发兵，确乎形同谋逆。 丞相发兵围王宫，善莫大焉！ 在下枉为统兵之将，险些入了泥淖，今愿将功补过率兵守卫王宫，不使齐王有异动，以报朝廷之恩。"

召平未曾料到魏勃悔悟，便一时迟疑，摆手道："中尉并无大过，能做如此想，便是改过。 这就可以回府了，照常任事，也不必亲往王宫守卫。"

"丞相，在下统兵多年，熟知兵卒习性。 看守王宫为大局，不可稍有疏忽。 臣既已悔悟，便不能弃大局于不顾，愿领兵守王宫，勿使有变。"

召平见魏勃说得诚恳，不由大喜："也好，你仍去带兵吧，都中之兵，尽归你调遣。 非常之时，更需好好用心，待此事平息过后，我将上报朝廷，为君请功。"说罢，便将兵符交予魏勃。

魏勃接过兵符，望了一眼召平，忽就满眼含泪，道了声"丞相保重"，便深深一揖，扭头走了。

出了相府，魏勃回到府邸，稍事沐浴，便披挂整齐，带了亲兵，飞马驰往城南。 一路上，手捧兵符如捧一轮日月，想着汉家百年运祚，当下就在自家手里，心都要跳了出来。

王宫门前，众军卒见中尉驰到，都一阵欢呼。 内中有冒失鬼，竟脱口问道："要攻打王宫了吗？"

领兵校尉闻知，连忙飞奔过来，向魏勃施礼。 魏勃理也未理，放马至军前，高声问道："诸位儿郎，可用过朝食？"

众军卒齐声答道："用过！"

魏勃便一笑："用过，便不差力气了。 给我一起答：汉家天下，姓甚么？"

军卒便憋足了气力，高声吼道："姓刘！"

魏勃大喜，当即举起手中兵符，向众军卒宣示，慷慨陈词道：

"诸君执戈，深知大义，这便好！ 在下今奉王命，拥齐王刘襄，遵高帝'白马之盟'，发兵征讨非刘氏而妄为王者。 儿郎们想必也亲眼见，自高帝驾崩以来，天下怪象丛生，吕氏为王，刘氏凋零，迄今已是人神共愤！ 今齐王举大义，行天道，要带领诸儿郎，西进长安，一举平吕。 儿郎们，可有此心？"

那诸吕近年猖獗，民间早有非议，军士又焉能不知。 日前围齐王宫，军心就甚为不安，唯恐天下将从此多事。 今日闻听魏勃之言，正中下怀，恰如干柴遇烈火，勃然而发。 魏勃话音方落，两千齐军便一齐举臂，大呼道："愿从大王！"

内中有胆大者，以剑击盾道："汉天下，非旧时暴秦，怎么坐着坐着，便要改姓？ 还不是诸吕贪婪，要巧取社稷。 天下万民，早已看清，将军便带我等去立头功吧！"

魏勃大笑，这才转头，对那领军校尉道："撤王宫之围，全军随我迎出大王，先往齐相府，擒拿逆贼召平！"

宫外诸军动静，刘襄在宫中早看得清楚，知大事已成，不由大喜，立即披了铠甲，亲驾戎车，载了驷钧、祝午，冲出宫门来。

众军卒见了，一片欢腾雀跃，随即簇拥在刘襄车旁，浩浩荡荡往相府去。

大队来至相府近前，刘襄便对魏勃道："相府无兵，无须大动干戈，围住就好。 召相年高德劭，素有威望，军卒不得唐突。 你劝他降了便罢，又何必苦撑？"

魏勃领命，便打马来至相府门前，朝司阍大声道："相府人听着，今齐王奉天命，起兵讨逆，击杀非刘氏为王者。 齐相召平，却是执迷不悟，多有拦阻。 今大王开恩，有令下：召相若降了便罢，视作同心一体；若不降，便走不出这相府一步了！"

那门前的司阍、卫卒等人，早望见前街烟尘大起，心头便惶惶，此刻又见大队兵甲源源而至，更是慌了手脚。听罢魏勃宣谕，都面色苍白，忙退回门内，关门落锁，奔去禀报召平。

此时召平正在拟奏稿，拟将齐国不宁的情形写明，上禀朝廷，忽闻阍人禀报，忍不住掷笔，霍然而起，怒道："我五朝为臣，竟为一个小儿所骗！"

此时长史在侧，急切道："今日之事，或降或死，别无他途。丞相若不欲降，请集合曹掾、家臣、兵丁、仆役等，也可凑齐百十余人，做拼死之斗。"

召平失神良久，忽就瘫软下来，对长史道："诸君都有家小，作无谓之死，又有何益？可叹我一世英名，今日尽付流水，唯听天由命而已。那齐王虽造反，然终究为齐国君上，你我不得冒犯，亦不能开门迎降。去架起木梯来，我要与齐王隔墙说话。"

片刻工夫，众属官就在院墙下竖起梯子，召平爬上去，头伸出墙垣，见黑压压遍地都是甲兵，便知插翅难逃，当下打定主意，向齐王遥遥一揖，高声道："齐相召平，受国恩甚重，不忍见大王误入歧途。自天下无兵燹，不过才历惠帝、高后两朝，何其短也！莫非大王忍心重见刀兵，要将万民再推入火中吗？"

刘襄听罢，遥遥回了个礼，答道："召平先生忠君，有大儒之风，然君主若昏聩，权奸又当道，便不是臣民的好天下。高帝白马之盟，言犹在耳，吕氏伪王便接二连三冒出，先生为高士，岂能假作看不见？若论忠君，将那僭越的逆贼擒住，方为正道。我今举义，顺从天意，上承陈胜王之志，下启万民拥刘之心，所到之处，必是望风披靡，妇孺箪食壶浆以迎。我闻先生早年仕秦，也曾反戈，投效陈胜王麾下。今日之势，堪比昔年诛暴秦。此等大义，先生何不慨然相从，也好善始善终。若为那吕氏殉身，分文不值，徒留后世笑柄而已，还望先生三思。"

召平冷笑一声，反驳道："为人臣者，必遵礼法。大王以下犯上，实为毁礼；擅自调兵，更是犯法。如此鬼祟的乌合之众，居然想举大义而求仁，何其谬也！若此刻大王掷剑于地，不逾矩，老臣我保你无事。若执意要反，须细思量：朝中有几人能容藩王造反？即便事成，终也难逃斧钺。若不信，可拭目以待！"

刘襄渐渐收起笑意，冷下脸来道："既举大义，已将生死置之度外，且我之生死，召相怕也看不到了吧。"说罢，便命魏勃率队进击。

魏勃便掣出长剑来，下令道："众儿郎听令，拆毁墙垣，踏将进去，将逆贼擒住，责令抵罪。"

众军卒得令，发一声喊，便四面动起手来。军卒十人一队，抬起圆木撞墙，其声如雷，地动山摇。

墙内相府诸人，各个拔剑在手，张皇不知所措，都只拿眼看着召平。

墙外魏勃忽又高声道："相府诸人听好，我只要召平性命，与他人无涉。放下刀剑，便是一家，又何必为老叟卖命？"

相府吏员闻言，面面相觑，都垂下了头去。

就在此时，忽见召平从梯上跨步，登墙而上，挺立于墙头，高声喝道："民宅不可侵，何况堂堂相府？齐之封国兵，如此毁墙凿洞，难道是江洋大盗吗？你辈尽都罢手，召平一人做事一人当便是，与手下人无关。只可叹，道家之言'当断不断，反受其乱'，吾未信，乱即到眼前。我知齐王今来，其志不小，亦有心招降我。然我为朝廷命官，握有相印，便不能与叛贼同处于一檐之下。 嗟乎！ 想我五朝为官，阅尽盛衰，今日即便走不脱，又有何憾？ 以吾区区老命，为你辈小儿……抵罪了便是！"说罢，便猛地抽出长剑，横在颈上，狠狠一抹。

霎时，墙外众军卒皆瞠目结舌，不再鼓噪，呆看着召平血染须发，缓缓自墙头跌落。

此时的召平，仍是一身白袍。 衣袂飘逸如仙，坠落墙外，卧于枯草之中。

齐军将士见此，都心存敬畏，不敢上前去看。 刘襄望见，忙跳下车，大步奔上前去，驷钧在旁不放心，大呼道："小心老儿未死！"

刘襄头也不回，高声答道："召平先生岂能有诈！"便大步来至相府墙下，弓身看去，只见召平双眼圆睁，犹有不甘之态，不由就落下泪来，跪地为他缓缓合上眼皮，而后吩咐魏勃道："先生以国事死，应享之尊，岂止二千石官秩？ 请以国礼葬之。"

魏勃领命，朝召平尸身下拜，三叩首道："丞相，大人也。 吾侪共事一场，请勿记恨。"便分派兵卒，将召平尸身仔细收殓了。

刘襄率军返回，眼望王宫，仍心有余悸，索性不再回宫，移往齐军大营住下。 隔日，便于辕门竖起大旗，招兵买马。

隔了三五日，投军丁壮虽多，然亦不过万余，加上原有封国兵，也仅两万。 若以此数西行讨伐，仍觉势弱。

这日，刘襄便召集近臣，商议此事。 驷钧嚷道："今既已反，便无退路，人少也须杀将过去，不然，我必成今之臧荼，坐等枭首。"

魏勃却连连摆手道："国舅，使不得！ 发兵平吕，乃我日夜之所思，然用兵者，最忌单薄。 我军仅有两万，实是令小臣为难，即是号称四万，亦为弱旅，不等开拔，便被天下人看低了，如何还能攻城略地？若凑齐四万，我便敢撄其锋，万死不辞。以今日之势，不如先联络近旁诸王，壮大声势，联兵征讨。"

驷钧便嗤笑道："近旁诸王，是何等猪狗？彼辈如何肯反吕氏之族？那鲁王张偃，是吕太后外孙；琅玡王刘泽，为吕媭之婿，哪个不是吕氏私党？你这里去信邀约，他那里倒要去朝廷变告了！"

刘襄便道："舅父所论甚是，邻国不来伐我，便是幸事。平吕事大，我只管自谋，无须惊动近邻。"

祝午却道："微臣以为，鲁王张偃为吕太后血脉，难以说降；然那琅玡王刘泽，辈分甚高，身世与吕太后全不相干，可以为我友。当年他若是甘为鹰犬，何不留任京都，却偏要到齐地来为王？显见是心怀异志。微臣愿前往琅玡，说服他来归，共襄大事。"

刘襄不禁犹疑道："琅玡王阅历甚厚，若不欲犯上，将何如？"

驷钧便道："刘泽为人，显是首鼠两端，公然反朝廷，怕是不能。大王不若遣一善辩之士往琅玡，巧夺其军兵，为我所用。"

在座诸人便一起称善，刘襄笑道："舅父到底多智，如此便罢，明日即由祝午领一彪军，东下琅玡，见机行事，将那琅玡王诓来。"

祝午便起身，领命而退，自去点验兵马了。

刘襄又道："今齐相空缺，文武之臣名皆不正，出兵怎能有威风？可由舅父接任丞相，魏勃为将军，祝午为内史。如此，便文武齐备，师出有名。今夜便请拟好《告诸侯王书》，传檄四方，起兵平吕。"

驷钧、魏勃闻命，皆叩首谢恩。驷钧更是慨然道："大王信我，我便为大王剖肝胆，南征北讨，绝不言他！"

次日晨起，天晴日丽，两万余齐军披挂整齐，云集临淄南门。刘襄亦披上戎装、头戴皮弁，登车至军前，展开刚拟就的《告诸侯王书》，高声宣谕道："高帝平定天下，以诸子弟为王。年前齐先王薨，孝惠帝立臣为齐王，孝惠帝崩，高后擅权，年事渐高，听任诸吕猖獗，废帝更立，连杀三赵王，灭梁、赵、燕三国而代之以诸吕，又分齐为四，益发不可忍。众臣进谏不听，朝廷惑乱不明。今高后崩，帝又年幼，不能治天下，本应依恃大臣、诸侯，而诸吕却又自行加官，聚兵扬威，挟持列侯忠臣，矫诏以令天下。宗庙社稷，因此临危。寡人今举大义，率兵入都，将尽诛不当为王者，以申天下之愤！"

刘襄所读，早已是世人心中所盼，只不过以往无人敢言而已。今忽闻"平吕"二字，众军卒顿感激奋，无不踊跃。

见军心可用，刘襄心中便踏实了大半，即令祝午率兵五千，前往琅玡。祝午领命，将令旗一招，齐军一队，便将那"齐"字大旗高举，鸣起金鼓，往琅玡国去了。

且说那琅玡王刘泽，躲在临海一隅，消停了几年。自吕后驾崩，便觉不安，不知诸吕将如何摆布天下。国中长史田子春倒还沉得住气，屡次劝刘泽静观就是。

那刘泽正在忐忑间，忽闻城上守将来报，说有齐军一彪人马，已兵临城下，不知是何意。

刘泽闻报大惊，自语道："刘襄这孙辈，与我并无往来，今日齐兵叩门，恐非善意。"遂下令，将城门四阖，要亲上城头去察看。

待上得北门城楼，刘泽手搭遮阳远眺，见城下果然紫旗飘飘，齐军士卒数千，已将琅琊城四门皆围住。正惊异间，城下忽有一戎车驶出队列，车中立者，原是齐国一锦衣高官。

只见戎车驶近城下，那人跳下车来，向城上一躬，高声道："下官为齐内史祝午，在此拜见琅琊王。"

刘泽只略略拱了拱手，便大声质问道："祝午！如此阵仗，不去讨伐匈奴，来我琅琊做甚？"

"大王问得好！自太后驾崩，天下不宁，吾王刘襄更是寝食不安。今遣下官来，是要向叔祖讨教，请示行止。"

"看尔等架势，似是要提兵平乱。然天下若生乱，必起于朝中，来此海隅小国有何用？"

"大王教训得是。微臣来，事关大局，不宜声张，请大王下城来，微臣当面讨教，勿为外人所知。"

刘泽想了想，便一撩衣襟，自语道："下城便下城！"

此时，田子春闻讯赶来，连忙劝阻道："兵临城下，情势不明，大王不宜出城。"

刘泽便一笑："刘氏骨肉，还不至于相残。我便去听他怎样说，再做道理。"

田子春放心不下，又谏道："若怂恿大王起兵，万勿应允。"

刘泽便不耐烦道："高后已崩，即是起兵，又算得了甚么？或百姓能闻风而从呢，也未可知，长史何须胆小若此！"

田子春只得退开，仍叮嘱刘泽道："事若蹊跷，其必有因，请大王谨慎。"

刘泽听也不听，便登上车，喝令戍卒打开城门，单车驶出城门去了。

两人相见，祝午分外殷勤，迎上前去，将刘泽扶下车，躬身道："近闻诸吕已于长安作乱，劫持功臣列侯，危及社稷。今吾王欲提齐国之兵西向，入都讨逆，然又恐自家年少，不习兵革之事，难孚众望。今遣小臣前来告之，愿以举国之兵交予大王，由大王统领。大王起自高帝驾前，久历兵事，素有人望，今小臣前来，乃因齐王不敢离大军，请大王临幸敝邑，与齐王商量大计，率军西向，平关中之乱。届时若万民拥戴，大王亦可正名。"

刘泽先是不动声色，只想听个分晓。那祝午才说了两句，刘泽心中便已明了，心下只顾盘算利害，并未动心。直至听到最后一句，不禁怦然心动，忽而就大笑："正名？正甚么名？为天下讨逆，功在千秋，其美名，还用草头百姓来正吗？襄儿欲讨逆，我来相助就是。"说罢，便一把拉住祝午衣袖道："祝内史，今夜，你便随我入城，好好商议一番。"

祝午闻言，怔了一怔，连忙堆笑道："大王深知大义，为天下所敬。齐国上下，无不称颂，诸臣更是渴慕一见。今吾王已在临淄恭候，请大王及属臣，同来临淄把酒言欢，共商大计，便无须入琅玡惊扰百姓了。"

"哈哈，你家大王，可备了兰陵酒？"

"这个自然。宴请大王，岂能不备美酒？"

"那我今夜便启程去临淄，我那些属臣之辈，无须理会。"

祝午心中狂喜，忙扶刘泽上了车驾，两车一前一后，驶向齐军大营去了。

那田子春立在城头，将前后情形都看得明白。先见刘泽要拉祝午入城，心中便喜。不料一转眼间，刘泽却与祝午一道，往齐营去了，便知事情不妙，忙吩咐守将关好城门，诸军不得歇息，彻夜守望，等候大王归来。

刘泽哪里还能归来？ 原来，当夜刘泽将那御者、骖乘打发回城，自己由百余名齐军甲士护送，一路狂奔，驰往临淄去了。

飞奔三日，到了临淄，便见刘襄率了群臣，恭迎于郊野。 刘泽见此，不再存疑，拉住刘襄衣袖道："襄儿，数年不见，竟是一虎威少年了！"

刘襄一笑，便将叔祖父迎入王宫，设宴款待。 大殿之上，齐国君臣轮流祝酒，刘襄又提起愿将齐军交出之意。 刘泽环顾众人，不由踌躇满志，大言道："两国之兵，还分甚么你我？"

齐诸臣闻言大喜，一片颂声，刘泽更是忘乎所以，饮至半夜，早已是酩酊大醉，人事不省了。 散席时，驷钧唤了几个力大的阉宦来，架起刘泽，安顿在了宫中。

至次日晨，日已迟迟，刘泽方才醒来，却见卧在一幽室中，旁有婢女伺候。 身上衣物，尽被换掉，连那腰间挂的长剑、印玺、虎符，也不知去向。 忙起身问婢女，婢女却只是摇头。 刘泽慌了，欲出门去找刘襄，方一推门，却被卫卒两支长戟逼住。

此时，驷钧忽然闪身而入，面带笑意，躬身一揖道："大王稍安。 承蒙昨夜大王应允，两国合兵一处。 今晨，吾王已遵大王之命，遣使持大王虎符，送交祝午，调遣琅玡兵去了。"

"调兵？ 调兵作甚？"

"回大王，调来与我军会合，也好即日西行呀。"

刘泽素知兵法，闻听此言，便知昨夜是中计了，不由大呼："刘襄小儿，黄发尚未褪尽，竟骗到祖辈头上来了！ 我何时允他动我虎符？ 何时允他调我琅玡兵？ 我兵权尽失，人又遭软禁，世间羞辱，还有比这更甚的吗？！"

驷钧便略略一躬，赔礼道："大王息怒！ 吾王也是好意。 劳师远征，绝非易事，大王昔年征战，多有创伤，实不宜诸事亲为，可于军中压阵，为吾王多献计。 平吕之功，将来少不得有琅玡王一笔。"

　　刘泽气得发抖，戟指驷钧道："你君臣竟是何等人，没有一个不说谎的！ 昨夜方允诺，由我来做两军统领，今日便夺我兵权，又欲挟持我在军中。 原来，夜宴之上，好话全是假的，看重的只是我的兵马。"

　　驷钧也不恼，只冷冷一笑："大王，常理便是如此。 故而，在上者不可轻弃权柄。"

　　刘泽不由怔住，呆了半晌，才愤恨道："悔不听田子春劝谏，信了小人之言，失却根本，倒还要谢你君臣不杀之恩了。"

　　"大王，焉有此等事？ 臣只为大王庆幸——不须劳累，便可获澄清天下之功，又何乐而不为？ 若与吾王闹翻，大王独自在此，微臣只怕是事有不测。"

　　刘泽直瞪住驷钧，半晌才啐了一口："我竟盲了这双眼！ 刘襄有独吞天下之志，岂肯让叔祖分沾？ 可叹我豪雄半生，到头来，反为竖子玩弄，只怪自家太蠢就是！"说罢，便颓然坐下，挥挥手令驷钧退下。

　　自此之后，驷钧每日都来问候。 几个婢女杂役，亦是尽心伺候，竟无可挑剔。 刘泽无人可以怨，只得任人摆布，暂不做他想。

　　那边厢琅玡城内，刘泽走后，田子春便下令紧闭城门，遣人多方打探，却无从得知刘泽行踪，亦不明城外齐军动静。

　　三日后，有齐使飞马至琅玡城下，将刘泽虎符及策书交予祝午。祝午得之，将那盖了琅玡王印玺的策书展开，读了一过，心下大喜，当即点齐军兵，来至北门城下，唤守将出来，以刘泽虎符示之，吩咐道："你看清了，琅玡王虎符在此！军情火急，在下受琅玡王之命，进城调兵，请听命。"

那守将接过虎符，看了又看，见无差错，连忙招呼戍卒，放祝午入城。

祝午正欲挥兵而入，那守将忽又上前一揖，问道："吾王日前赴临淄，迄今未归，不知王命意欲如何？"

祝午并不下马，只一拱手道："天下刘氏，根脉一家，将军不必多虑。你家大王今有策书一道，令尔等听命。"说罢，便展开那策书，高声宣读："琅玡王有令：琅玡与齐两军，今合为一处，西行讨逆。琅玡兵暂由齐内史祝午统领，若有不从，便是附逆，必以军法从事。"

那守将听了，脸色便肃然，似有疑虑。祝午便催促道："将军不可再迟疑，请带我赴大营，点齐兵将，即刻西行。"

待祝午将琅玡兵尽数带出，正欲出城，田子春闻讯赶来，于北门阻住，大声道："琅玡国长史田子春在此！吾王赴临淄，音讯全无，足下不可凭一符一策，便将我军兵尽数带走。"

祝午一见，连忙下马，躬身一揖道："原来是田长史，久仰久仰。琅玡王与吾王，虽为祖孙两辈，然骨肉却不可分。前日在临淄，已歃血为盟，推琅玡王统领两国兵马。我今所携虎符，便是将令；我今所读策书，便是王命。上有命，下必行之，请问长史：下官祝午，又何错之有？平吕檄文，此刻已传于四方，军情刻不容缓，请长史允我出城。"

那田子春，虽为刘泽心腹，然手中并无虎符，唤不动一兵一卒。虽疑心有诈，却是无力阻止，只得无言闪避一旁。

待琅玡兵万余人开赴城外，与齐兵合为一处，祝午这才朝田子春一笑，拱手道："琅玡王今在临淄，好吃好睡，田长史尽可放心。"

田子春无奈，只得礼送祝午领军远去，自顾收拾残局。

再说那齐国的都城临淄，此时已如汤沸，人人攘臂，声言平吕。待琅玡兵一到，义军人数便逾三万，声势顿然壮大。那招兵旗下，每日都有数百壮丁入营，踊跃投军。

儿郎们每日操演，士气甚高，但见金戈耀日，旗幡高飘。人马进退之间，可闻阵阵高呼："平吕！平吕！"直是将十数年胸中抑郁之气，一泄而出。

刘泽在宫禁之中，听得外面吵嚷，便愈加难耐，想来想去，觉唯有孤注一掷方可。这日，便隔窗大呼，要见刘襄。

刘襄闻报，想想刘泽已无兵权在握，见见也不妨，于是率左右近臣，来至软禁刘泽处，见过叔祖。

刘泽此时，已然气平，见了刘襄，便苦笑："襄儿，乃父刘肥，忠厚为世间罕有，为何你却有这许多心肠？你欲夺我兵，拿去就是，又何必将我幽禁，整日无事，只盼两餐，好不气闷也！"

刘襄无言以对，只得赔罪道："叔祖大量，请宽恕晚辈冒犯，事急矣，不得已耳。"

刘泽便道："你看我如今，王不王，民不民，国也无颜返归，全没个安置处。这数日，我倒也想好了：乃父刘肥，为高皇帝长子；由此推之，大王正是高皇帝长孙，立为帝，本无不妥。然朝中诸大臣，乍闻大王起兵，或心存狐疑。臣刘泽虽不才，在刘氏中却为最年长者，诸臣倒还愿听我主张。今大王留我在此，毫无用处，不如命臣为义军密使，西入关中，暗访大臣，为大王谋事。"

刘襄听了，不禁动容，忙起身揖道："大王，我为晚辈，你怎可以称臣？既如此，我也知叔祖之心了。这便将讨逆檄文交予你，请叔祖先回关中一步，为大事谋划。"

当下，刘襄便将琅玡国玺奉还，又命人备好车驾，选了几个得力随从；次日，便放刘泽西行入关了。

刘泽主仆数人，皆换了商贾衣服，微服西行。至霸上，却不敢再前行，于是寻得一间逆旅住下，以观动静。

却说刘泽走后，刘襄便召近臣商议大计，发问道："义旗已举，檄文已发，然兵锋所指为何，尚无定见。今日召诸君来，便是为此事。"

魏勃道："吾王起事，虽属大义，然仅为一方诸侯，势甚弱，与汉军相抗，不宜久战。应效当年沛公军，避实就虚，直捣长安。"

祝午却摇头道："汉军势大，我军岂能直捣长安？两军若迎头撞上，我区区三万兵，又如何能一战？"

刘襄便道："我军薄弱，固不能直趋长安，然亦不能坐守临淄，不然，臧荼覆辙即在眼前。"

驷钧便指点着刘襄，笑道："大王虽不懂兵，此话却说得对！我军若只顾摇旗，不杀出齐境，那吕产、吕禄也要将我看扁了。故而，大军这几日便要动。"

祝午望望驷钧，道："四周诸国，全无响应，我军欲动，未免势孤呀！"

驷钧轻蔑一笑："我军弱小，当如何用兵，要窍就在搅水，搅得涟漪荡起，事便有望。 故我军所先攻，只管拣那弱国便好。 拿下一个，即声势大振。 目下诸吕专权，功臣离心，我军即是小胜，也足可激他生变。"

刘襄顿然醒悟，拊掌赞道："阿舅真是高见！ 就依此计，明日由魏勃领兵，一鼓作气，拿下那个济川国。"

驷钧便忽地按剑而起，双目圆睁，逼视刘襄道："此役，为举事首战，天下瞩目。 即便是小国，也须全力攻取。 大王你也要亲征，以取信于天下。 你我君臣，不要留一个在临淄！"

刘襄闻言一凛，便也霍然起身，朗声道："好，丞相既不畏死，寡人又岂敢偷生？ 祝午，去拿酒来！ 生死明日事，今宵且醉了再说。"

十

未央宫阙
悲残阳

吕后崩逝没几日，长安城内，便处处暗流涌动。各家各户，都惶惶不安，总疑心将有大祸临头。说来也奇，似是应印人心一般，自八月中起，济川国、鲁国果然就连连有警，飞报入都，说是齐王诛了丞相召平，与琅玡国联兵谋反，不日即将西取长安。

　　不数日，济川国又有信使仓皇来报，说齐兵有数万，直逼济南。济川王刘太是个婴孩，留居长安，并未之国。强敌压境时，济川相无计可施，官民惶恐，举国已成崩解之势。

　　吕产阅毕急报，立时面沉如水，急召吕禄入宫商议。

　　吕禄闻召奔入，急问道："齐王果然作乱了？"

　　吕产便将急报递给吕禄，恨恨道："姑母英明一世，临了却糊涂，齐悼惠王刘肥一门，岂能信任？"

　　"两国急报，都称有琅玡兵参与作乱，却不见琅玡王刘泽踪迹，这倒是蹊跷。"

　　"那刘泽老儿，也万不该放到琅玡去。"

　　吕禄苦笑道："事已至此，怨姑母已无用。刘襄倡乱，其弟刘章、刘兴居仍在宫中，你看如何处置？那刘章为我婿，小夫妻并无嫌隙，依我看，尚不至勾连其兄作乱。"

　　吕产瞥了一眼吕禄，轻叹一声："也罢。刘章在宫内宿卫，我这里严密看管；他若回府邸，则由你多用心。当此之际，人心都难测……"

吕禄不由一惊，问道："兄之意，是要我大义灭亲吗？"

吕产却摇头道："算了！有你我掌南北军，刘章、刘兴居兄弟，谅也无胆作乱。我若开了杀戒，则都中功臣必不自安，各个与我离心，那倒是大祸患了！"

"唉！前日我倡言举事，先诛尽刘氏。那时兄若首肯，便无今日之变了。"

"以往姑母诛刘，你我并未出面。今姑母已崩，又何必与刘氏结下血仇？凡昨日种种，都休要再提了！今日看来，济川国陷于齐王叛军，只是数日之内事。当今皇长子封国，竟为乱贼所陷，实是我兄弟之奇耻！我之意，发兵征讨之际，须得声势浩大，不能教那天下人看轻我。可发大军八万，以堂堂之阵，压住那贼势。"

"统军之将，欲用太尉周勃吗？"

"周勃不可动。命灌婴领兵即可。周勃若统兵在外，一旦跑掉，我将无以应对贼兵。留他在都中，即使灌婴战败，我手中还有他这员老将。"

"兄所虑甚周，便将那周勃留住吧，遣灌婴领军亦不妨。昔年追得项王无逃路的，便是灌婴。由他统军，贼势自然不敢嚣张。"

至夕食过后，吕氏兄弟已将大计定好，便唤来张释，起草平乱诏书，以备明晨发下。

不多时，诏书便拟好。张释誊写毕，又细看了一遍，才递给二人。吕产、吕禄阅过，神情郁郁，呆望着张释，竟是相对无言。

此时，正值日暮，斜阳红光自窗棂映入，照在壁上，一派血红。

吕产忽觉不吉，仰天叹道："鬼谷子言，'欲张反敛，欲高反下，欲取反与'。他刘肥父子，深谙其道，将我姑侄瞒得好苦！当年项王灭，便源自齐乱；看今日之势，吾辈也难得安生了，只能打起精神来应付。"

吕禄便道："今日之势，其实姑母早也料到。不然，你我兄弟此刻，岂能稳坐于宫掖？以弟之意，贼来，自有王师阻遏，兄也无须多虑！"

次日，晨钟刚鸣过，平乱诏书便发下，指斥齐王刘襄作乱，人神共愤，天地不容。今加灌婴大将军名号，领北军及关中兵八万讨伐，绝无姑息。

诏书下过，长安官民闻之，无不群情耸动。此时，离吕后下葬尚不足一月，城内仍禁张灯结彩，北军巡行甲士随处可见。市井虽貌似沉闷，私底下却已是滚沸，商民、仆妇窃窃私语，都忧心将有大乱起，怕是要重现秦末景象了。

这日，吕产在未央宫，召灌婴受命。灌婴上殿，向少帝拜了一拜，便对吕产道："在朝列侯，冠盖如云。以灌某之才，实不足以服众，望相国另选他人。"

吕产便道："汉之大将军名号，迄今仅三五人得之，莫非灌兄还嫌威名不重？"

"下官不敢。想那齐王虽叛，然到底是天潢贵胄，小民难分尊卑。不如委任绛侯周勃出征，绛侯声名显赫，师出便有名了，不怕百姓有疑虑。"

"哪里话，将军之名，不输于绛侯。且周勃乃顾命大臣，另有重用。灌兄此去，不过略略费神。一切谨慎从事便可。"

灌婴仍是踌躇，迟迟不愿领命。

吕产脸色便一变，高声问道："将军莫非心向齐王，不欲朝廷得胜乎？"

灌婴额头便冒出汗来，连忙伏地谢罪道："蒙相国看重，本不该有疑，然下官多年未曾操戈，左右臂膀傅宽、靳歙，也先后病殁了，真真有所怯战。"

吕产便大笑："那刘襄小儿，懂得甚么战？将军出马，不过鹰击燕雀耳！能战之将，周緤、徐厉不是还在吗？兄无须多虑了。明日功成，当另有大用。"

灌婴略略一怔，即正色道："臣不求大功，唯求上下不疑，来日也好安安稳稳去见高帝。"

"不疑？"吕产怔了怔，方才领悟，便一挥手道，"自家人，请勿自扰，大将军焉用心疑？甲胄、粮秣需多少，报来相国府，早日出征才是正话。"

"征战事，相国可放心。日后在外应变，还请相国容我临阵做主。"

"这个自然。加你大将军号，便是不疑。高帝、高后或有疑人之举，我吕氏兄弟，却从未冤枉过一个功臣。"

灌婴迟疑片刻，未再应对，道了声"从命"，又向少帝一揖，便退下了。

过了旬日，关中兵马已集齐，与北军拨出的四万余兵合为一军。择好吉日，灌婴便领着八万兵马，吹吹打打出清明门去了。

汉家至今，已有十五年未有战事，百姓闻战，如闻闾巷斗殴，争相来看出征。然无论是兵是民，都不再似高帝在时那般豪壮了，兵马虽盛，却极似执戟巡游而已。

灌婴率汉军一路东行，未曾稍缓，只想离长安越远越好。未及旬日，便来至荥阳城下。高帝驾崩时，灌婴曾奉命驻守荥阳，在城中盘桓有日，内外都熟。此地可进可退，灌婴便不想再走，号令三军歇息，命军卒每日击鼓、吃饭，却不布置征讨。私下里，吩咐副帅周緤潜回长安，与太尉周勃通消息。

周緤易装遮面，单骑潜回长安，见了周勃。数日后，又驰返荥阳大营。灌婴急忙问道："太尉有何话说？"

周緤应道："下官入太尉府，正是日中，见绛侯小睡刚起，于庭中漫步，懒得与我说话。闻我禀报，只以树枝在地上写字，再无二话。"

"写字？写了些甚？"

"反反复复，只是一个'止'字。"

灌婴大喜："好了，足下立了大功。太尉之意，我已尽知。"

周緤甚诧异："只这一个字，大将军可知甚么？"

灌婴笑道："你莫将太尉看得憨直了。这一'止'字，大有深意在。二吕拥兵据守关中，我今若破齐军，得胜回关中，岂非长了二吕的威风？长安诸臣，势将更难，因此伐齐须见机而止。"于是便下令，屯兵荥阳，不再东行，鼓也无须再敲了。

汉军原本就无斗志，闻军令下，满营皆欢呼。立时全军解甲休沐，儿郎们纷纷出营，斗鸡走狗，寻娼吃酒，玩个不亦乐乎。

灌婴便又将周緤唤来，吩咐道："事已至此，齐军那边，闻说已到了定陶，还须你去招呼。只说有功臣在朝中，无一日不想诛诸吕，我今止步，劝齐王也止步，不要相杀。稍假时日，自有人除去诸吕，还天下一个干净。"

周緤慨然应命道："这有何难？ 下官去就是了。"

灌婴却摇头道："将军有所不知，那齐王，敢冒天下之大不韪，举兵犯上，所为何来？"

"不是平吕吗？"

"若平吕得手，又当何如？"

周緤想了想，不禁瞠目道："那是要……做皇帝？"

灌婴一笑，又道："若齐王军至长安，新帝便非他莫属；然朝臣是何主意，却由不得一个藩王来左右，因此……你附耳过来。"

灌婴将诸般机宜耳提面命，周緤这才领命，趁夜潜出了营，去寻齐军踪迹。

且说那齐军在济南得手，正沿河向西疾行，打算一路向西杀去，再做一回沛公军。

这日，前锋已至甾县（今河南省民权县），忽见一壮汉单人独骑，当道而立，手举符节大呼道："齐军止步！"

前锋数十名士卒，立即将壮汉团团围住，只听那人自报道："我乃汉家列侯周緤，欲见齐王，快去通报！"

齐王刘襄闻知，连忙宣召。 周緤来至齐王车驾前，下马刚要施礼，刘襄连忙拦住，满面堆笑道："前辈，万勿多礼！ 今微服来军前，定有要事，但说无妨。"

周緤便道："请大王屏退左右。"

齐王连忙挥退左右从人，周緤这才神色肃然道："齐王，大将军灌婴遣下官前来，是为禀告大王：朝中重臣已与大将军有约，军至荥阳，便驻足不前，静等朝中生变。 今汉军已止军于荥阳，不再前行。 请齐王也止军，两军不可自相残杀。 相持而不战，方为万全之策。”

刘襄闻言，颇觉意外，沉吟半晌才道：“灌婴将军既有平吕之意，何不与我联兵，或是让开大路，放我军西行？”

齐王所请，早在灌婴预料之中，此时周緤便按灌婴所嘱，从容答道：“大王为皇孙，举兵起事，乃为廓清天下，世人也无话可说。我灌婴大将军，只是个臣子，若也随大王举事，则长安一道诏书下来，便立成叛臣。不旋踵间，左右必作鸟兽散，又怎能为大王襄助？”

刘襄不由一悚：“哦？这一层，寡人倒还未曾想过。”

“大将军所统之军，为天下精兵。此军不为诸吕所用，大王显是得天之助。如此想来，不如彼此都收剑，以观长安之变。”

刘襄一时拿不定主意，便忽然一笑，拱手道：“将军千里远来，辛苦得紧，且在营中歇息一夜。天下事，不是这一时半刻就能了的，明日再议也不迟。”

这一夜，周緤在寝帐中安睡无话，齐国君臣却是吵嚷了一整夜。

荥阳有八万汉军挡道，就此止步，还是杀将过去，君臣举棋不定。丞相驷钧平日脾气最暴，这夜却是闷声不响。

魏勃为统军之将，自恃军已壮，便攘臂大呼道：“八万汉军，到底不是楚军，我君臣不可胆怯！今我军已可一击，逢此天时，不战更待何日？天子位，不亲力夺之，何人能为大王争来？”

祝午却道：“灌婴率大军伐我，不来攻，却来约定止军，这个面子，算是给足了。我若攻汉军，便是名不正；名既不正，胜负亦难料。”

刘襄颔首道：“然也。若是诸吕统汉军来，我攻之，是为征讨逆贼；今灌婴统汉军来，我若攻，便是举兵反汉了，顺逆顷刻便颠倒，又将以何名义晓谕天下？ 幸而灌婴遣使来，相约罢战，已执礼在前，故我军断无攻汉军之理。"

魏勃争道："你不取，人何予？ 齐国不动一兵一卒，便有人送来天子冠冕吗？"

祝午便逼视魏勃道："与灌婴争，怎能与拿下召平相比？ 依将军你看，可有几分胜算？"

魏勃答道："我为郡国兵，与朝廷大军争，即便有五分胜算，亦是大胜。"

此时忽闻驷钧几声咳嗽，众人便一起拿眼去瞄驷钧。

驷钧双目圆睁，已闷了好久，此时忽然猛击案几，大呼道："与汉军争，我军固然羸弱，然你刘襄先祖，莫非一出生便是周武王吗？ 天赐我良机，千载只这一回，诸君若无大志，自回临淄去，拥娇娘而饮美酒，我本大丈夫，天予而不受，必为后世所笑。 刘襄贤甥，你不敢做英雄，阿舅我便来做！"说罢，便起身拔剑，一把揪住刘襄衣领："贤甥，甚么汉家不汉家，今日你反也得反，不反也得反！ 这便举旗，去与灌婴拼个死活。 若胜，你便坐上未央宫龙庭，阿舅我不居功，自回临淄做田舍翁。 若败，便是我驷钧挟主造反，与贤甥无关！"

当下座中诸人大惊，纷纷跳起，拔剑在手，直逼驷钧。

刘襄急得连呼："阿舅不可莽撞！"

驷钧便仰头大笑道："可惜你先祖豪雄，竟生出此等孱头子孙。 座中诸君，拔剑向我作甚？ 但凡有血性，可上阵与灌婴一决，自家里相残，算得了英雄吗？"

诸臣都脸色惨白，汗流如注，手中长剑微微颤抖，片刻也不敢疏忽。

如此僵持半晌，祝午忽然弃剑于地，悲叹道："我少年时便随齐王，岂有不欲齐王称帝之心。丞相今有为齐王谋天下之心，下官愧不能及。然昔年楚汉之争，勇冠天下之项王，亦不能敌灌婴，今日与灌婴战，我必不能生还。且容下官告假回临淄，与妻、子作别，再来效死。若为灌婴所败，臣必也效项王，阵前自刎，授首于敌。臣若眨一眼，子孙万代皆为人奴仆可也！"

众人闻言，皆是一凛。那驷钧虽正盛怒，听罢也是怔住，刘襄见此，趁势一把夺下他剑来。驷钧顿然气泄，委坐于地，号啕大哭。

诸臣连忙收起剑，上前劝慰。魏勃亦流泪道："我辈死不足惜。只未曾料，今日之事，竟为灌婴所左右！若与汉军和，则新天子将不知是谁；若与汉军争，则新天子必定不是大王。"

众人一时不明其意，思忖了片刻，方恍然大悟。驷钧听了，越发悲伤，只不住地拍膝捶腿。

诸臣又劝了片时，驷钧方才收泪。君臣相对，一派沮丧。刘襄颓然道："走到这一步，实乃天定。"

祝午勉强打起精神，宽慰道："大王系高帝长孙，新天子若不是大王，别人也不易得之。"

刘襄摇头苦笑，道："天命所归，强索不得。如此，也只得罢战。好在有刘章、刘兴居在都中，总还可为我出力。"

魏勃便道："那刘章、刘兴居，论起来，也是皇孙！"

刘襄愕然，半晌才回过神来，摇头道："他们……哪里会想做天子？"

此时，驷钧怨气已尽出，遂起身道："失笑了！大丈夫，平生唯此一泣。天不佑我，汉祚亦不由我，然诸君气不可泄。此刻天将明，各位也须小睡才好。都散了吧。待朝食之后，请大王礼送周𫗦回去，与他约好，朝中若有变，再合军攻之。我军先退回齐境，留在边界观望。今后事成事不成，唯看天意了。"

刘襄松口气道："丞相说得是，诸君不必丧气。平吕之役，我为首功，朝臣必将感恩，不会亏待寡人的。"

魏勃便道："天气已转凉，今日若罢了兵，拖上一两月，雪落冰封，只怕是欲战而不能了。"

驷钧冷笑一声："这恰是灌婴之所愿，我能奈何？"

众人听罢，又唏嘘了一回，不知不觉已至天明。刘襄便嘱道："昨夜所议，万不可泄。我既不能与老臣争，诸事便听天由命。若强自出头，必招来族诛之祸，诸君万勿以为儿戏。"

众臣都默然无语，相互望望，便各自散去。

次日朝食过后，刘襄客客气气送走周𫗦，便命齐军返国，留驻边界观望，静候消息。

且说陈平、周勃在朝，暗中与吕氏较量，见灌婴率大军出长安，都窃喜，私下里三日必有一晤。

这日夕食过，周勃又轻装简从，到访陈平府邸，见面便笑，附陈平之耳道："灌婴已有使者来，我嘱他驻马荥阳，以观其变。"

陈平听了，也喜出望外，颔首道："灌婴那里，不与齐王相杀就好。如此，齐王人马可保，二吕便多些顾忌。"

周勃随陈平进了内室，先向窗外看了看，见院中无人，便拉陈平坐下，低声道："灌婴那里，固然无须你我操心，然吕产、吕禄各握重兵，未可小觑。你我这文武之首，形同虚设，那百官都只怕他二人。陈平兄，今有何计，能逐二吕出朝？"

陈平便笑："太尉稍安，白登之围尚可解，区区二吕，不足为虑矣。"说罢，便高声唤左右，端上两盏临邛香茶来。

周勃略觉诧异，问道："丞相亦喜此物？"

"宫中诸郎都喜饮之，在下亦受熏染。太尉且饮，饮茶可以安神，诸事全不用着急。"

"若不急，吕产、吕禄怕是要先下手了！"

"他二人，逢迎吕太后，宛如事母。太后丧期中，总要顾忌天下之议，谅他们还不敢即刻就杀人。"

"唉！我只是连三日也等不得了。"

"太尉急，在下亦急，然心急当不得食吃。人做事，终非鸟卵无缝，必有缝隙，有隙，便可为我所乘。"

周勃将那茶饮了一口，圆睁眼道："我乃武人，最不喜这茶汁，如温暾水。丞相有何奇计，快些讲出来吧。"

陈平望住周勃，问道："可知郦商与二吕交好？"

周勃猛地一喜，旋又踌躇起来："我与郦商，倒是可以共语，然郦商与二吕，也仅是未交恶而已。欲使郦商劝二吕弃兵，难矣！"

陈平便眨眨眼，笑道："将军临战，岂可不遣斥候打探，你可知郦商之子郦寄？"

"略知。此竖子，不大成器。"

"此子与吕禄素为密友，朝夕与共。郦寄若能进言，吕禄必信。吕氏之破绽，便在此处。"

周勃心头一震，猛然站起，问道："丞相要我作甚，是要将郦寄那小儿绑来？"

"你手下，可有死士？"

"从军多年，岂能无死士相从。"

"好好好！即去将那曲周侯郦商绑来！"

周勃立时涨红脸，瞠目道："郦商？绑一个列侯来……"

陈平也起身，略一拱手道："列侯也是常人！太尉若绑了郦商，其子郦寄为救父，自然劝得动吕禄弃兵。"

周勃怔了一怔，不由拍掌道："丞相之机巧，当世所无，即便鬼谷子也是难及！"当下便拉陈平坐下，又密语了一番，将大计商定周全，至日暮方告辞。

数日之后，离曲周侯邸不远处，忽多了几个黑衣人，闲散观望。

正值郦商这日闲得无事，午间寂寞，便唤了几个随从，往巷口酒肆去，打算邀几个父老饮闲酒。

那几个黑衣人转脸望见，便一起闲踱过来，与郦商等人相向而行，老远便闪避路旁，躬身揖道："曲周侯安好！"

郦商只当是解甲的旧部，挥挥袖应道："都好，都好！儿郎们，毋庸多礼。"

说话之间，两伙人错肩而过，但见有一黑衣人忽地伸手，迅疾如电，点中了郦商后肩穴道，郦商刚一张嘴，便动弹不得了。

另一黑衣人撩开衣襟，拽出一个布袋来，趁势一跃，竟将郦商兜头套住！

郦府随从料不到会有这变故，都惊呆了，正要拔剑，几个黑衣人早已一拥而上，只三五下，便将一行随从统统击倒在地。

为首一个黑衣人将郦商扛起，转身便走，一名随从躺在地上，挣扎着呼道："英雄且慢！我家主公，不知得罪了何人？有话可讲，万不可伤及将军性命。"

那黑衣人便转身，冷冷道："你家主公，得罪了天下人！我辈并不要他命，只要他赔罪。"

那随从又道："郦商将军若有闪失，不单是小的们必死，各位英雄，莫非也不惜命吗？"

黑衣人便仰天一笑："你等若敢报官，待廷尉来了，便只能见到将军头颅！"

那随从连忙爬起来，伏地哀告道："我家主公得罪人，想必是因往日军务，此非私怨，万望英雄手下留情。"

"任是公仇私仇，总要他赔罪方可。"

"请英雄告知：事应如何疏通？"

那黑衣人回首望望，哼了一声："算你聪明。若想转圜，去太尉府打探就好。"说罢，一声呼哨，便有人牵马过来。为首黑衣人将郦商往马背一抛，飞身上马，打马便走。其余人也撩开大步跟上，转过街角，一阵疾奔，便无影无踪了。

这一场劫人，只在三五句话之间，便干净利落收手。巷中本就清静，动手之际，正是正午，行人寥寥，竟无一个闲人在旁侧看到。

几个随从爬起来，朝远处张望了一回，不知所措，只得垂头丧气回府，去禀报郦寄。

郦寄闻报，心中大骇，不由脱口啐道："太后方崩，长安竟有这等事出来。我这便去报廷尉，不信拿不住这几个小贼！"

众随从连忙恳求道："小主公，万万不可报官，只按那黑衣贼所言，去太尉府打探便好。"

郦寄心中大起疑惑："太尉与我家能有何仇？只怕是贼人胡乱

说。"

随从们又苦劝道:"信与不信,任小主公自便,然总要往太尉府去问一问。"

郦寄想想,也别无良策,只得换上衮服,带了亲信,骑马往太尉府去了。

在太尉府门前,郦寄递了名谒进去。稍后,司阍出来道:"小将军,太尉有请。"

此时周勃正在庭院中,斜倚着案几赏菊,见郦寄进来,便扬手招呼:"贤侄,你也来坐,看看这黄花。吾老了,唯有园圃可赏。这个……令尊近来如何?这几年风头不对,他便不来走动了,也不知他怕的是甚?"

闻听此言,郦寄便咕咚一声跪下,叩头如捣蒜。

周勃连忙坐起,板起脸道:"贤侄,有话就说,这是为的甚?"

郦寄泪流不止,泣道:"家父粗人一个,早年不过一豪强,侥幸得封列侯,但仍不知轻重。在太尉面前多有得罪,还望太尉海涵。"

周勃只做惶恐状,连忙起身,将郦寄扶起,嗔怪道:"贤侄这是哪里话?郦氏一门,非忠即烈,令尊更是武人中之君子,待人谦和,如何便能得罪周某?"

郦寄便将老父被歹人劫走一事,详述一过。

周勃听了,略显诧异之色,问道:"何不速报廷尉?"

郦寄道:"家父身边随从皆言,看那几人,不似江湖之徒,倒颇似军伍中人。那几人又放话:转圜须找太尉府。小侄这才斗胆前来,有扰太尉了。"

周勃捋须沉吟片刻,才道:"听你叙说,歹人手段确非寻常,至于言语涉及敝府，却是其意不明，你还是告官为好。”

郦寄又连忙哀告："小侄若告官，家父性命必定难保，周世伯不可不救！"

周勃起身，踱了两步，这才回身道："患难同袍，我岂能不救？ 那些歹人，或为解甲兵卒，与你父有旧怨，不过是挟嫌报复。 幸而，军中各部，迄今还都买老夫的账，彼辈若是军伍旧人，且容我几日，定可查出。 只是……此事既不欲报官，便须自始至终私了，贤侄不可节外生枝，免得有不测。 你且回府吧，三日后再来。"

闻此言，郦寄心中一块大石落地，知周勃定与此事有干系，既有此话，便可保老父无虞。 然老父究竟如何得罪了太尉，却是一件蹊跷事，一时也想不出名堂来。 只得拭干了泪，向周勃再三叩首致谢。

周勃淡淡一笑："贤侄无须忧心，我手下，倒还有些鸡鸣狗盗之徒。 不出三日，定能探听出眉目来。"

郦寄这才愁云顿开，喜道："事成，我必倾家以谢太尉。"

周勃笑道："贤侄，你这是说笑了。 乃父与我情同手足，我何须你来谢？"

三日后，郦寄如约来至太尉府门前，却为一陌生司阍阻住。 那人一脸漠然，摇头道："太尉今日有令，无论公事私事，概不见人。"

郦寄便急得直顿足，大呼道："这如何使得？ 这如何使得！"

那司阍连忙拉住郦寄，低语道："公子莫急，请随我至僻静处说话。"

郦寄望着那司阍，迟疑道："请问足下贵姓？"

"公子客气了，门下之人，还谈甚么贵？ 敝姓李，名尹桑。公子之事，小的也略知一二，颇为之不平，愿为公子尽绵薄之力。"

郦寄虽是满腹狐疑，终还是横了横心，随李尹桑入了府门。两人一前一后，曲曲折折走入一个僻静处，见前面有一茅舍，室内幽暗，恍似洞窟。

李尹桑将郦寄引进门，回首笑道："公子之事，白日底下说不得，且掌了灯来说。"便用火镰打起火，点燃油灯，请郦寄坐下。

郦寄只觉此境有如梦寐，心中便不安，勉强坐下来。 那李尹桑仿佛看透郦寄心事，只淡淡道："此屋虽陋，然可议大事。"便从袖中摸出一条缣帛来，递给郦寄。

只见那帛上，草草写了"吕禄就国"四个字。 郦寄看过，认出是老父字迹，不由就脱口而出："就是为此事吗？"

李尹桑答道："劫令尊之人，来头不小，乃绝代侠士。 莫说太尉，即是吕禄、吕产，也奈何他们不得。 如今之事，只能照侠士之意，劝吕禄速离北军，赴邯郸去做诸侯王。 侠士放话，吕禄何日离京，令尊便何日得解脱，其余再无二话。"

郦寄顿时惶急，几欲泣下，搓手道："我如何劝得动吕禄离京？"

李尹桑道："侠士既如此说，必有其因。 小的虽不才，倒是为公子想了些说辞。"

郦寄连忙拱手道："在下愿闻。"

李尹桑便附郦寄之耳，说了些言辞。 郦寄连连点头，茅塞顿开，听罢便伏地叩首。

那李尹桑忙扶起郦寄，连声道："公子礼忒大了，小的消受不起。请公子勿疑有诈，今日便去见吕禄。早一日进言，便早一日收效。旬日内，即可接回令尊。"

郦寄又叩首谢道："李公仗义相助，郦某感激不尽，容日后再谢。也请转致太尉，救命之恩，小侄没齿不忘。"

李尹桑却诡秘一笑，将那缣帛拿过，放在灯上烧了，而后嘱道："此事，太尉一无所知，李某亦是受人之托。公子自去救父，无须言谢，今后也不要来寻李某。太尉门下，确有李尹桑其人，却是在十年前就已病殁了。至于鄙人是谁，公子今生，怕也是探听不出了。救父事急，迟缓不得，请公子这便回府！"

郦寄惊得目瞪口呆，想了想，也不敢造次，只得向那假冒的李尹桑深深一拜，反身出了太尉府，去寻吕禄。

郦寄与吕禄交好，每三五日便有一晤，故而早已知：自高后驾崩，吕禄就极少在家中，日夜都在北军大营中。郦寄来至辕门前，卫卒见是熟面孔，也不通报，便放他进去。

吕禄见郦寄来，便笑道："郦兄，如何气色不对？今日来此，又想去何处玩耍？如今齐王作乱，害得我也玩不安心，出城围猎是万万不能了。"

郦寄便道："如今之势，岂有心思游猎？来此，是打算与吕兄切磋棋艺。"

"你来弈棋？笑谈吧？"

"绝非玩笑。太后驾崩后，世事就是棋局。目下吕兄已执了先手，开局也是好局，然只要一子落不好，就难免满盘皆输。"

吕禄望望郦寄，疑惑道："你怕不是来弈棋的，要说甚么，走，去校场上说。"

两人便来至北军校场。此刻，场上并无士卒操演，除两三卫卒值守外，四处空空荡荡。

步入场中，吕禄便道："郦兄，你是整日里说笑之人，今日不苟言笑，必是有惊天的大事。你说吧，弟这数十日来，如坐火炉，也是烧炼出来了，天大的事，也不焦灼。"

郦寄便一揖道："素日与兄来往，弟只知纵情声色，今日忽生一念，不可不说与兄听。"

吕禄便拉了郦寄席地而坐，颔首道："唔，且说。"

郦寄拱了拱手，徐徐说道："高帝与太后共定天下，刘氏立了九王，吕氏立了三王，皆出自大臣之议。吕氏新封王，事前告知诸侯王，各王都以为相宜。朝中之事，看来已各自相安。今太后崩，新帝年少，兄台不急于之国，好为天子守藩，反而仍为上将军，留京统兵。如此悖理，大臣、诸侯怎能不疑你？"

"之国？前此，是太后不欲我赴赵国。且那几个赵王，接二连三地薨掉，我想想便胆怯。"

"正是刘氏坐镇不住，才要你去！赵地紧邻塞上，天高皇帝远，正是逍遥的好去处。刘氏王之国便薨，是他们命不强；吕兄乃天地间强者，百毒不侵，神鬼远避，何人敢与你为难？何不归还将军印，速交兵权予太尉；并请梁王吕产也归还相国印，与大臣盟誓，永不相犯，而后你二人各自之国，做个逍遥诸侯去？如此，齐王师出便无名了，必然罢兵，大臣也乐得自安，不再与吕氏龃龉。兄台为王，高枕而拥千里之地，岂不是万世之利吗？"

吕禄面露迷惘，道："郦兄今日，怎的忽然雄辩起来？这道理，我竟听不大懂了，你再说一遍。"

郦寄忙拜了两拜，重说了一遍。

吕禄摇头道："心里乱了！也知郦兄是为我好，然我须静一静，理出个头绪再说。"

送走郦寄，吕禄在军营呆坐半晌，耳听得士卒操演呼喝声，忽觉心烦，叹了一口气，自语道："郦寄所言，当是至理！人生在世，快活莫过于封王。放着清福不享，日日如此怵惕，所为何来？"

想到此，吕禄便狠了狠心，决意退让，不再过这焦心的日子了。当即起身，欲往未央宫去找吕产商议。然转念一想，若吕产及诸吕不赞同，则此事必将落空，不如遣人知会一声就算了事。想到此，便唤了一名心腹来，将郦寄所言告之，命其入宫禀报吕产。

吕产闻报，吃了一惊，再三盘问来人，知吕禄退意已决，亦是无奈，只得召来诸吕老人商议。众人闻听吕禄有意之国，立时起了争议，或以为可行，或以为不便，乱哄哄地吵成一团。

赞同者言："投桃报李，是为常理。吕氏半有天下，今让出高位来，大臣岂能不感恩？如与大臣盟誓，相安勿扰，则天下万世可安。"

言不便者则甚感疑虑："吕氏之盛，缘于太后，太后今已不在，空有威名，能吓得住谁？世事之变，不可不防。吕产、吕禄在朝中，百官不得不服；一旦离朝，诸吕又何所依恃，岂不成了待宰的猪羊？"

吕产听了半晌，也不得要领，便对众人道："设若今日我诸吕起事，易了这汉家旗帜，又何如？"

众人惊异片刻，都一迭连声说不可。有人忧心忡忡道："我吕氏所提防者，内有陈平、周勃，外有灌婴、齐王。我若举事，灌婴率大军叛去，我将奈何？"

也有人谏言道："不若稍候，免得四面树敌。若闻灌婴有与齐王勾连之举，则在长安以吕代刘，也不为迟。"

因兹事重大，吕产犹豫而不能决，便令诸吕都散去，改日再议。

那边厢，吕禄却是铁了心肠要走，只觉一身轻松，便邀郦寄来，同去打猎。

二人带领随从，驰出清明门，一路往骊山狂奔。吕禄挥鞭策马，逸兴遄飞，笑对郦寄道："这一月有余，为天下事担惊受怕，夜不能安枕。今弃重权，坐享诸侯之福，方为人间至乐也。"

郦寄心怀异谋，便无一句真心话，只一力劝诱道："赵地虽为边塞，然天高地阔，最宜快意驰骋。兄若之国，弟当为宾客。三秋草黄时，与兄同赴塞下，纵马游猎，岂非神仙日子？"

吕禄大笑道："正是。天赐我一个姑母，得享这万人所羡之福，若不尽兴，便是愧对上苍了。"

郦寄心中且叹且笑，只附和道："正是。天道将如何，人不能逆。"

吕禄回首望望郦寄，又道："吾有郦兄为友，也是天之所赐，吕某今生足矣！"

两人恣意玩了大半日，猎得许多禽鸟狐兔，载了半车归来。入城后，恰好路过临光侯吕嬃府邸，吕禄便忽然想起，对郦寄道："我多日未见小姑母了，今日顺路，正好略作问候。郦兄且在门外稍候。"便提起几只猎物，进了临光侯邸。

不想，吕嬃一见吕禄来，勃然大怒，戟指责问道："你来做甚么，还未赴塞上逍遥？你好得意，上将军都不想做了，竟想弃军权而去，好一个败家竖子！想当初，这将印还是我为你争来。此物有何不好，有何不吉？竟弃之如敝屣！我这寒舍，你也无须再来了，再来还不知谁住在这里。竖子无能，不知好歹，我吕氏一门，还有何处可安身？"

吕媭之威，一如往日，吕禄虽横霸，然自幼便怕这位姑母。今日遭吕媭劈头喝骂，全不敢回嘴，只嗫嚅了两句"这又何必"，便抛下猎物，反身出了门。

吕禄走后，吕媭犹自愤恨，急唤左右来，将室内珠宝箱笼，尽都搬上堂来。吕媭上前，掀开盖子，将箱笼全都翻倒，霎时珠宝倾泻一地，堂下各处，一片狼藉。

吕媭双手叉腰，眼望堂下，怒道："留此物何用，还要为他人守财吗？"

左右不禁目瞪口呆，全不知女主为何发火。有几个婢女心中不忍，默默流泪，欲弯腰去捡拾那珠宝，吕媭却高声喝止："莫动！拿去赏了门外乞丐。吕家的饭食，不知能吃几日，无须你们心痛！"

那侯邸门外，郦寄见吕禄满面阴沉而出，心中一惊，忙问："临光侯不欲你之国？"

吕禄叹口气道："妇人之见，唯重眼前，我不与之计较。"

此后数日，郦寄唯恐吕禄变卦，便撺掇吕禄离了大营，搬回府邸去住。又每日上门走动，呼朋唤友，饮宴终日，令吕禄更无意恋栈。

如此，秋光易老，人心纷乱，堪堪已近八月末梢。庚申这日午间，曹参之子曹窋在朝房值守，正与吕产商议朝中事。此前，因任敖患病，已由曹窋代行御史大夫职，执掌朝政。

两人正说话间，忽有郎中令贾寿，出使齐国归来，到朝房来交还符节。吕产、曹窋见了，忙问："齐王事如何？"

那贾寿乃一本分之臣，恪守上下尊卑，二吕当朝，他也并无二心。日前，奉吕产之命出使齐国，劝齐王息兵。一番言说，并无收效，只得黯然而归。想想二吕种种失策，心中自然有气，这时便数落吕产道："相国日前不早些之国，如今欲往梁国去，还去得了吗？"

吕产便一怔："此话怎讲？"

"相国端坐朝堂，仅凭着文牍获知天下事，其谬误，就是神人亦不可免！"

"你这是如何说？莫非灌婴那边，有了闪失？"

"岂止是闪失？灌婴率军进至荥阳，便按兵不动，已与齐王暗中有约，合纵抗旨。眼下无声息，只是在坐等时机罢了。"

吕产惊呼一声，腿一软，险些跌坐于地，愤然道："难怪近日传回的军书，都是在搪塞。这灌婴……岂不是反了吗？"

贾寿道："灌婴此举，朝中大臣岂能不知，怎的将相国瞒到今日？大乱或在眼下，请相国速回宫，早做防卫。"

曹窋在一旁听了，心中一惊，知大臣密谋已然泄露，忙以虚言劝吕产道："相国勿虑，灌婴将军并未明发檄文，便是尚未反，事犹可转圜。"

吕产想了想，便道："你二位请在此，容我回宫稍作应对。"说罢，便疾步奔出公廨，上了车，往宫中狂奔而去。

曹窋、贾寿眼望吕产背影，一时都怔住。

曹窋望望贾寿，低声问道："此去所见，大势如何？"

贾寿冷笑一声，应道："大势去矣！相国若不先发制人，就只有秦王子婴一条路了。"

曹窋闻之，更加急不可耐，便推说有事，匆匆出了公廨，跨上坐骑，往右丞相府飞驰而去。

到得丞相府外，曹窋滚下马来，一迭连声地呼道："速去通报，中大夫曹窋求见！"

司阍通报后，便将曹窋引入，陈平闻声，忙迎出屋门来，见曹窋满头大汗，神色不宁，便笑道："贤侄，何事张皇，竟貌似逃人一般？"

曹窋气喘吁吁道："小侄确是逃出来的。"

陈平又瞄了他一眼，心中有了数，便低声道："贤侄，请随我入密室谈，太尉也恰好在此。"

曹窋不由惊喜："甚好甚好，真是天意也。"

待曹窋见过周勃，陈平便请他坐下，笑道："贤侄平素稳重，今日却衣冠颠倒，汗流浃背，莫非出了大事？"

曹窋面露忧色道："适才，下官与吕产在朝房议事。有郎中令贾寿使齐归来，言灌婴已与齐王盟约，伺机西向讨吕。吕产闻此言，转身就回宫中去了。"

周勃大惊，拍案道："密谋已泄，二吕若先动手，则吾辈命将不保矣！"

陈平道："吕产必已猜到，你我二人也有参与，故此，才仓皇逃回宫中。"

周勃道："事不宜迟，这便发动吧。"

陈平略作沉吟，道："诸吕所恃，唯南北军耳。南军守在宫内，我辈无可奈何，然北军却在未央北阙之外，吕禄又搬回了府邸，这便有隙可乘。"

周勃凛然道："那么，老夫就赌上这条老命，直入北军，策动将士倒戈。"

陈平迟疑道："然太尉无符节在手，可入北军乎？"

周勃道："往日前往北军，并无人阻拦，今日唯有舍命一试。"

曹窋急道："事有凶险，太尉不可轻动。"

周勃并未应答，起身正了正衣冠，才从容道："求生求死，都只此一途了！"

陈平也起身，向周勃深深一揖道："太尉保重，我这便知会张释、刘章、刘兴居，在宫中策应。"

"张释那阉宦，可与我一心乎？"

"人同此心，无人情愿做贼。在下早已与之有约。"

"那好！若死，只死我一个，总强于诸臣皆死。若闻听我在北军遭不测，速知会众臣逃出城去。今日，即便二吕得手，他二人也活不到落雪之日！"

周勃与陈平作别，带了曹窋及随从，便疾奔北军大营。至辕门，本想如往日一般，昂然而入，不料众多卫卒挺起长戟，拦住了去路。

周勃厉声喝道："放肆！连老夫也不认得了吗？"

只听为首一校尉答道："太尉请息怒。大将军吕禄有令：无符节者，断不可入。恕下官有所冒犯。"言毕一挥手，数十士卒便一字排开，长戟向外，堵住了辕门。

周勃只得退回，勒马在营前空地上徘徊，不由得急出满头汗来。点数身边的随从，计有五六名，便命他们分头去请人，将那纪通、郦寄及典客刘揭等人，一并请来。

那纪通，乃汉将纪信之侄。纪信早在荥阳被围时，就做刘邦替身赴死了。纪通因伯父之功，得封襄平侯，在朝中掌符节事。

他平素敬重周勃，事之如父，视诸吕则如寇仇。此时闻召，立时遵周勃之嘱，持了符节赶来。

周勃一见纪通，便面露喜色，心知大事必成，遂嘱道："贤侄，你乃忠烈之后，应知大义。汉家运祚，今日即在你手中，请速持节，传令卫卒：君上命太尉周勃统领北军，命北军速迎太尉入营，听候调遣。"

纪通闻之，热血上涌，知平吕大计已然发动，便欣然从命，拨马驰至辕门前，高声宣谕"诏令"。那些北军卫卒听了，又见纪通高擎符节，自是无话可说，便闪开了辕门通道。

说话间，郦寄、刘揭也都骑马赶到。周勃便问郦寄："吕禄今日可在家中？"

郦寄答道："在。"

周勃便吩咐道："你与典客往他府邸去，劝他交还将印，从速之国，从此万事皆消。"

郦寄拱手道："世伯放心，小侄定然能说动他。"说罢，便带了刘揭，飞马驰至吕禄府邸。

吕禄见郦寄来，全不知大祸将至，只顾笑道："一日不游猎，你便心痒，今日又请了刘揭兄来？"

郦寄答道："非也。朝中有事，弟已无心玩耍。今晨有诏命，命太尉周勃领北军，令吕兄尽早之国，从速归还将军印。不然，恐将有祸至。"

吕禄闻言，蓦然惊起，望望典客刘揭，疑惑道："上命将印信交予你？"

刘揭朗声答道："然也。"

吕禄喃喃自语道："如何有此等诏命？莫不是宫中有变？"

郦寄便笑道："有相国在，宫中怎能有变？无非吕兄欲之国一事，相国已经准了。"

吕禄便一振："也好，从此不为天下事担忧了。"便解下腰间大将军印，交给刘揭。案头上还有些军中文牒，也请郦寄转交周勃。

郦寄见吕禄面色快快，便安慰道："临行前，吾当为兄饯行。待明春，弟便往赵国去，与兄同乐。"

吕禄心神不宁，惨然一笑："彼时若无寇犯，你自可前往。嗟乎，朝中数月，恍如一梦。我此去，或将终老于塞下也未可知。"

郦寄便笑："兄将去逍遥，却如何要感伤？明日我来，与兄再作一日游猎。"

吕禄神色却愈发黯淡，略一揖道："多谢郦兄好意。你二人，便复命去吧。"

待郦寄、刘揭驰返北军辕门前，见门前已聚起多人，皆为功臣及其子弟。各个神情激奋，摩拳擦掌。

周勃接过大将军印，高高擎起，喊了声"好也"，便系在了腰间，而后一挥手，带领众人驰入了辕门。

进了中军大帐，众人略作收拾，周勃便发下号令，令众军在校场集齐，有话要说。

此时北军大营中，尚有八千余名士卒，闻太尉奉诏掌北军，都大感振奋，不消片时，便齐集于校场。

周勃自大帐虎步而出，率曹窋、郦寄、纪通等一干人，登上校阅台，环视众军，一时沉默。

此时秋风萧瑟，可闻黄叶簌簌作响。头顶天穹淡远，白云渺渺，越发多了些苍凉意。众士卒眼望周勃立于台上，战袍飘飞，若天神下凡，便都心存敬畏。

指顾之间，周勃忽觉时光倒流，似又回了楚汉交锋时，顿时血脉偾张，决意冒险一试。遂将左襟拽下，露出了左臂来，高声道："儿郎们，苍天在上，为吕氏者右袒，为刘氏者左袒！"

众北军将士闻此言，心中顿时豁亮——这世道，要变了！

十五年来，吕氏跋扈，刘氏衰微，民间多有怨言。北军将士耳闻目睹，亦是人同此心。闻太尉这一声猛喝，多年积怨顷刻涌出，都一齐左袒，呼声震天。

周勃大喜，又道："诸吕猖獗，狐假虎威，将那高帝骨血，逐一诛灭。去年春正月，赵幽王刘友于上元节遇害，临终前，仍念念不忘两字，那便是——'平吕'！"

众士卒顿时狂喜，以戈击盾，齐声呼号："平吕！平吕！平吕！……"

此时，北军虽仅八千，然亦遍布校场内外，望之如海。兵士之玄色甲胄，与汉家旗色相映，气势雄浑。儿郎面容，个个黧黑如铁，其怒声一出，便地动山摇，外人闻之丧胆。

周勃举起臂，猛向下一劈道："儿郎们，且执戈待命，养好精神，即日起将有大用。"

众军皆大呼："愿从太尉之命！"又喧腾雀跃多时，方才各自回到帐中。

步下校阅台时，纪通悄悄拽住周勃衣袖，问道："太尉，何不趁势攻南军？"

周勃摆手道："汉军自家相攻，终是不妥，勿轻开此例。"

此时在右丞相府中，陈平闻周勃得手，顿觉忧喜参半，只怕周勃一人独力难支，忙唤了刘章来，命他速往北军大营，助太尉一臂之力。

刘章闻之大喜，片刻不留，翻身上马，疾驰往北军大营。周勃闻刘章来援，连忙召进，急急道："来得好！那吕产如何了？"

"禀太尉，吕产闻灌婴已与齐王盟约，便急返未央宫，在东阙与南军诸校尉商议，拟据武库，挟天子，举旗作乱。"

"哦！天子竟被他所挟？"

"幸而尚未。天子仍居前殿，暂无恙。南军诸校尉还在议论不休。"

"这真是，天不予逆贼活路！你便为我守住这辕门，兵不得出，将不得入。今日掌了这北军，便是掌了汉天下。"

刘章领命去守营门，周勃便又急唤曹窋前来，询问道："未央宫卫尉，如今是哪个在任？你可熟否？"

"俞侯吕他，今为未央宫卫尉，下官与他倒还熟。吕他也是太后之侄，却并不服吕产、吕禄，平素只恨二人跋扈。"

"好！你这便入未央宫，知会吕他，便说今上有令，不放吕产入前殿之门。你一向为帝近臣，又兼代御史大夫职，依你看，如此矫诏，他可否听命？"

"小侄以为：以我二人交情，他定当不疑。"

"那你便去，成败皆在于此。即是杀身成仁，亦不能退！"

"小侄明白。天雷轰顶，亦决不瞬目。"

曹窋当下奔回未央宫，见到吕他，便假传诏令。吕他闻言，也不疑有诈，笑对曹窋道："莫说皇帝诏令，即是你曹大夫有令，我亦不许他吕产入殿门。"便立调郎卫上百名，将前殿之门严密守住。

曹窋不放心，问道："若吕相国拥兵闯门，俞侯将奈何？"

"他若敢攻殿门，便是作乱。本官一声令下，南军人人皆可诛之。"

曹窋大喜，朝吕他揖了两揖，这才离去，寻了个僻静处远远观望。

此时，吕产并不知吕禄已弃北军而去，只道是南北军互为应援，谋变之事，何愁不成；便与几个南军校尉商议好，欲劫持少帝，矫诏杀尽功臣。

将大计议罢，吕产便率诸校尉离了东阙。一行人执戟提剑，来至前殿，忽见殿门紧闭，门前有郎卫群集，剑戟如林。为首者，乃未央宫卫尉吕他。

吕产便大呼道："吕他，无事关闭殿门作甚？我有急事，要面谒陛下。"

往日吕他见了吕产，不得不客气三分，今日则换了一副面孔，冷冷答道："奉帝命，无论何人，均不得入殿门。"

吕产闻言，大出意外，立时质问道："相国入殿奏事，也不许吗？你身为未央宫卫尉，何人命你阻挡相国？若有诏令阻我，你拿少帝错金符来！"

吕他正不知如何应对，殿门忽然打开，里面走出一娉婷妇人来。

众人一齐注目看去，原是皇太后张嫣。张嫣闻听殿外嘈杂，听出是吕产欲闯殿，不由就警觉，唯恐二吕与群臣争斗，殃及少帝，便命郎卫打开门，走出来道："帝今日疲累，须小睡片刻，都不要再喧嚷了。"

吕他连忙告状道："相国吕产不从帝命，欲闯殿门。"

张嫣便望着吕产，高声问道："吕产，何事心急，片刻也等不得了？ 且退下去！"

吕产见张太后出来，气便短了三分，连忙拱手道："遵太后懿旨。 臣不过有急事，欲面奏陛下。"

张嫣平素就看不惯二吕跋扈，此时便叱道："高后驾崩，不过一月，汉家莫非要礼崩乐坏？ 不奏而行之事，你也做了许多，如何今日非要面奏？ 且去稍歇，我只不想听到喧哗。"说罢，掉头向吕他伸出手道："殿门钥，你都交我。"

吕他连忙解下一串门钥，递与张嫣。

张嫣收了门钥，回首瞄一眼吕产，对众郎卫道："前后门及掖门，全都落锁，我不发话，便不许开。"

吕他应诺了一声，便要随张嫣进殿门去落锁。 张嫣却伸臂拦住，道："你且在门外，亲执戟戈，任是谁也不得入。"说罢转身进门，两扇松木殿门便重重阖上，门内再无声息。

吕产左右亲随见了，大为惶急，对吕产道："情势有异，不如杀进去便罢！"

吕产却摇头道："不可。 少帝与张太后在殿内，此时动武，便是作乱。 名既不正，人人皆可来诛，我贸然撞门，惊动内外，便是自陷死地。 帝既小睡，且稍候再说，事尚有可为。"

如此，一行人拔剑在手，望殿门而却步，只得按下性子来等。

曹窋在旁殿远远望见，知吕产并无急智，便略微放心，然仍恐情势有变，若吕产侥幸进了殿，后事便难料。 于是急忙出宫，骑马驰入北军大营，催促周勃领兵逼宫，以诛吕产。

周勃低头稍沉吟，而后道："北军仅有八千，两宫各处，南军计有两万余。 一旦相杀，难有胜算，故此时不可声言诛吕产。"便急唤刘章来，吩咐道："吕产率属官，欲入前殿劫持少帝，暂为未央宫卫尉吕他所阻。情势危急，你这便入宫去，护卫少帝。"

刘章怔了怔，脱口道："职下仅一人，如何能成大事？不如拨与我一彪人马，伺机行事。"

"也好，这便拨一千兵卒与你。只须与吕产相持一日一夜，便是大胜，我这里自有调遣。"

"谢太尉！人心向刘，这一千兵卒，便可当万人来用。"

当下，刘章便率了一千北军士卒，疾步奔至北掖门。卫卒见北军络绎而来，心便起疑，正要拦阻，见是朱虚侯领军，便不疑，闪避开放行了。

入得宫门来，一军疾行至前殿外，恰好望见吕产在。此时，吕产在中庭徘徊往复，不知所为。其所率南军校尉，也在殿门前或立或坐，与守门郎卫僵持。刘章望见，便未敢造次，令千名兵卒单膝跪下待命。

那边厢，吕产忽见有上千北军突入，吃了一惊，立即遣人来问。刘章从容答道："奉帝命，未央宫内外不靖，调北军来助相国。此部千人，奉上将军吕禄之命前来。"

吕产闻报，这才放下心来，嘟囔了一句："此处何用吕禄操心？"便仍去痴等少帝睡醒。

至日交申时①，天色已暮，残阳血红，四面有薄雾泛起。北军兵卒等候了多时，皆不耐烦，队中便略起骚动。刘章见此，心知不能再拖了，便举剑大呼道："起来！"

千名北军一同起身，眨眼间，竖起了一片长戟。

---

① 中国古代采用十二时制，表示每日时间。申时，即下午3时整至下午5时整。

刘章豪气冲天，下令道："众儿郎听令，今日将有大用！"

众军闻令，便是一激，长戟铿锵相碰。

刘章便剑指殿门，一股怒气冲口而出："帝有命，诛吕产了——"

北军士卒便发了一声喊，挺起剑戟，向殿门步步挺进，一面大呼道："吕产不要走！"

吕产在殿门前猛回首，望见残阳殷红，有如滴血；暮光中，千名北军挺戟逼近，心下不禁大骇，惊呼道："北军如何能反？"便喝令南军校尉列队，阻住乱兵。

望见刘章仗剑，正冲在前面，吕产便怒喝道："吕禄之婿，你也要反吗？"

刘章剑指吕产，斥道："天下姓刘，我如何要反？ 欲谋反的，正是你！"说罢，又回首高呼："诸吕无道，罪不可赦！ 众儿郎听好，得吕产头颅者，赏千金。"

众北军便齐呼道："愿得赏！"遂各个疾步往前。

吕产见势不妙，也顾不得属官了，往殿外夺路便逃。

此时，南军校尉尚能听命，都提剑在手，疾呼道："宫禁之地，岂容作乱！"遂高声召集前殿南军，欲与北军格斗。

恰在此时，忽有大风骤起，飞沙走石，对面看不见人。 南军将士正是迎风而立，脚便立不稳。

刘章见此，腾跃大呼道："我乃朱虚侯。 南军亦属汉家，勿为诸吕死！"众北军也齐声呐喊，趁机进击，一时刀剑相撞声四起。

南军校尉闻喊声，都心慌意乱，顿失斗志。 加之吕产平素并未格外施恩，众人也无效死之心，抵挡了片刻，便一哄而散。 南军兵卒见官佐遁逃，更无心卖命，都纷纷弃戟，伏地请降。

北军兵卒也不去理会，只瞄住了吕产一路狂追。吕产慌不择路，窜入前殿之外的郎中府内，见有一茅舍，便慌忙奔入。原是吏舍的茅厕，当下也顾不得肮脏了，蜷缩于角落，欲躲过一时再说。

不过片时，便有一彪北军追至，将吕产搜出。吕产持剑不降，斥骂道："贼子作乱，必遭天谴！"

北军中有校尉回骂道："谋害高帝之子，你才是个贼子。"众军卒便一拥而上，将吕产团团围在核心。

吕产环顾众军士，仰天叹道："刘氏子侄，哪个是我吕产所杀？鼠辈居心，无非在篡逆，名既不顺，竟以流言灭我，天道何其不仁也！"

那校尉啐道："恶贼居庙堂，不知己恶，反自认是善人。可知民间怨愤，已恨不能食你辈之肉！昨日跋扈，便是你今日罪状，死到临头了，还有何怨？"说罢上前便是一剑，将吕产砍翻在地。

众军卒见了，都欢呼向前，一阵乱砍，割下头颅来，提着请功去了。

刘章见斩了吕产，精神大振，提剑来至殿门，对诸郎卫道："请速报陛下，朱虚侯刘章奉太尉之命，率北军入宫除逆，已诛吕产。"

吕他在人丛中闻之，魂飞天外，怕乱兵杀红了眼，株连到自己，连忙抽身而退，逃出宫去了。

前殿之上，少帝刘弘闻报，方知殿外出了大事，忙去问张太后："外面兵乱，刘章已诛吕产，奈何？"

张嫣略一惊，默然片刻，方应道："孩儿，你我妇孺，能如何？既如此，须安抚好刘章，不得激怒。"

刘弘便向张嫣索要了门钥，吩咐谒者苟贞夫，持节出了殿门去，慰劳刘章。

刘章一面遣人安抚南军，一面谋划夺取长乐宫。此时见谒者出来劳军，忽生一念，便去抢夺苟贞夫手中节杖。

苟贞夫不肯放手，死死将节杖攥住，只道："朱虚侯可杀我，然苟某不敢失节。"

刘章怒气上来，欲挥剑斩杀苟贞夫，转念又觉不妥，于是拉住苟贞夫衣袖，拽他上车，命道："谒者请随我来。"遂带了五百北军兵卒，往长乐宫而去。

长乐宫卫卒早知未央宫有变，虽不知出了何事，然闻听隔壁有喊杀声，便知是动了刀兵。日暮不久，忽见刘章率数百北军，各个擎火把，杀气腾腾来叩北阙，众卫卒便大骇，一面持戟阻住宫门，一面飞报长乐宫卫尉。

那长乐宫卫尉，是吕后的另一侄儿，名唤吕更始，年前新封了赘其侯。闻说有谒者及北军至，连忙迎出。见是苟贞夫持节与刘章同来，便不疑有他，施礼道："足下持节来，不知君上有何诏命？"

刘章便抢先答道："赘其侯听好，我奉帝命，前来诛杀诸吕，一个不留！"

吕更始浑身一震，脸便惨白。刘章不由分说，掣出剑来，对他当头就是一剑！

只听吕更始闷哼了一声，便缓缓倒下，颈血如喷泉般涌出。转眼间，便有士卒围上来，割下了他头颅。

长乐宫卫卒见此，皆大惊，纷纷挺起长戟，准备厮杀。那苟贞夫身不由己，只在车上僵立，并无一语。刘章望了苟贞夫一眼，便高声矫诏道："今上有诏，诛杀诸吕，与他人无涉！"

众南军闻听此言，知并无性命之忧，便都松了口气。稍事商量，便一齐向刘章喊道："愿从帝命！"

至此，两宫南军都愿臣服。刘章大喜，对南军士卒道："相国吕产欲谋乱，今已伏诛。南北军之权，均归太尉，诸儿郎只须守好宫掖，便是立了大功。"

此时，刘章身后的北军将士，都一齐呼道："平吕！平吕！"其声如巨浪拍岸，一声高过一声。

诸南军见吕产已死，北军都听命于太尉，知吕氏败亡已成定局，便也无人愿为吕氏卖命，都跟着高呼"平吕"。两宫各处，一时喊声如雷，成排山倒海之势。

刘章在两宫宣抚毕，命南军各尽职守，勿信谣诼，便率千名北军驰返大营，去向周勃复命。

周勃坐于军帐中，连连接到刘章捷报，已是大喜。至入夜后，见刘章率队浩浩荡荡返归，提了吕产、吕更始头颅来，更是喜不自胜。周勃起身离座，伏地向刘章一拜，欢欣道："贤侄有虎威！吾所患，唯吕产一人耳。今吕产已诛，天下即定矣！"

刘章连忙上前，扶起周勃，脸红道："太尉，使不得。你是祖辈，小儿当不起。"

周勃起身，执刘章之手道："天有眼，天有眼呀！"两人便相视大笑。

当夜，周勃与陈平、刘章、曹窋、纪通、郦寄等人商议，既诛了吕产，诸吕或有耳闻，必连夜潜逃，故应围住诸吕府邸，不教他脱逃一人。至天明，待与右丞相陈平会齐，再行处置。

曹窋忽然想起，急忙道："俞侯吕他，从我之言，未放吕产入殿门，其功可以抵罪，请勿追究。"

周勃想想，便道："吕氏之恶，人人切齿，已无可转圜，宽纵俞侯，怕是不易。此事勿张扬，嘱俞侯潜逃便是。"

当下，刘章、曹窋等一干文武，便分领兵卒，去围困诸吕府邸。

次日辛酉，将至平旦，陈平便偕同廷尉冯围、代御史大夫曹窋，前来北军大营，与周勃会齐。

众臣当日要务，是要将诸吕悉数逮住，如何处置，便是一桩大事。陈平率先道："凡吕氏三代，须斩草除根，勿留后患，免得三十年后朽木复生，吕氏子遗来掘我祖坟。"

周勃道："正是。拨乱反正，对余孽不存仁心，便是最大仁心。"

曹窋忽想起问道："张太后及鲁王，应如何处置？"

陈平应道："张太后到底是高帝血脉，且无大恶，究竟该如何处置，日后再议吧。鲁王张偃，可废为庶民，任其在民间生息，如何？"

诸人想了想，皆曰可。周勃笑道："如此甚好，高帝的面子，也顾到了。"

陈平也一笑："诸君既无异议，我便代帝拟诏了。"于是亲自挥毫，草拟诏令，分派吏员偕兵卒四出，捕捉都中所有诸吕眷属，无论男女长幼，皆解往诏狱。诸吕在封邑之地的，则遣使携赐死令前往，会同有司，勒令其阖家自尽。

此令一出，各地的诸吕王侯被一网打尽，如燕王吕通、沛侯吕种、扶柳侯吕平、吕城侯吕忿、东平侯吕庄等，皆是全家赐死，无一孑遗。

那吕禄在府邸中，昨夜听到些风声，也知宫内有变。欲往宫内探听，却为府门前的北军士卒所阻，半步也不得出。由是彻夜未眠，绕室徘徊，却无计可施。

晨间，尚未至朝食，曹窋便领了一队兵卒，闯入吕禄府邸。吕禄在堂上，见是曹窋带人来，便明白了七八分，心下一沉，勉强寒暄道："曹窋兄，平日有所得罪，今日时势易耳，还望兄手下留情。"

曹窋也不理会，只高声道："奉诏，捕逆贼吕禄全家入狱。"

吕禄眉毛便一挑，惊道："逆贼？全家？高后尸骨未寒，尔等便来捕我，是何心肠？"

曹窋睨视吕禄，微微一笑："朝堂上的事，心慈不得！否则被缚者，还不知是谁人。"

"曹窋！高后待你父不薄，我亦敬你三分，怎忍心做这不仁不义之事？"

"此事无关恩怨，你兄弟是开罪了全天下。否则，我怎能得此诏令，又怎能进得你府中？"

吕禄愤然道："昨日尚同堂共事，今日便成寇仇，人心便是如此吗？后世又岂能怨赵高歹毒！"

曹窋喝道："谋害赵王之日，怎不闻你嗟叹？今日才来问人心，迟了！"言毕，便一挥手。

众兵卒见了，一拥而上，将吕禄按在地上，一根绳索捆了。又将他全家亲族聚拢，全都绑缚了。

此时，忽有廷尉冯围飞骑而至，下马奔入大门，对曹窋道："奉太尉之命：吕禄罪大，全家无须解至诏狱，当街斩了便是！"

吕禄闻听，挣扎而起，怒道："汉家还有王法吗？我本赵王，岂能说杀便杀？"

冯围叱道："这话，昨日还可当作圣旨，今日便是屁话！ 汉家怎无王法？ '非刘氏不得王'，难道不是王法吗？"

吕禄顿时怔住，无言以对，少顷才又道："高后不该诛刘氏子，然高帝亦曾诛杀过功臣，前代之事，后辈何辜？ 诸君亦可问闾里百姓：哪个刘氏子，是死于我吕禄之手？"

冯围呵斥道："吕氏兴，汉家君臣，便如黄叶飘落，死无葬所。 此乃世人所共睹，狡辩还有何用？ 能瞒住百姓，能瞒住苍天吗？"

曹窋在旁亦道："吕氏得意时，可知冤魂有多少？ 至天道已移，尚不知收敛，岂不是自寻死吗？"

吕禄遂大悲，仰天哀号道："吕产无能，害我灭族呀——"

冯围哪里还想听他啰唣，一声令下，众兵卒便将吕禄及家眷拖出大门，拔出剑来，恣意砍杀。 不多时，吕禄阖府数十口，便都人头落地。

此时吕禄府邸门口，观者如堵。 每落一头，便有欢声四起，热闹犹如围观赛龙舟。

另一边，那吕媭府邸中，则由刘章亲率军卒上门，将家小捉拿净尽。 吕媭不服，虽被捆绑，仍是一路狂骂："刘章小儿，你父是野种，果然你也不正。 以吕氏之婿，竟敢犯上作乱，任是谁坐天下，也容不得你这等禽兽！"

刘章气盛，焉能忍受如此詈骂，然吕媭屡屡提及吕禄，便也不好回嘴，只得忍了，一路面色铁青。 至诏狱，廷尉冯围收了人犯，便命狱卒为诸人戴上枷锁，分室关押。

狱卒来戴枷时，吕媭劈面就是一掌，回首怒骂不止："廷尉，你是哪家的廷尉？ 我堂堂临光侯，是汉家皇亲，今日坐汉家何罪？ 犯汉家何法？ 敢打我入牢狱？！"

冯围叱道："有诏令，吕氏尽捕，不留一个。 你若是识相，只管闭嘴。"

"刘弘为我亲侄孙，他怎能有如此乱命？ 尔辈乱臣贼子，矫诏欺瞒天下，总不得好死。"

"临光侯，你从未入过诏狱，可知这诏狱是何处？"

"是恶狗成群之处！ 你主子，无非陈平、周勃者流，食汉家禄，却存反啮之心，还能是甚么好物？"

冯围旋被激怒，喝道："诏令虽未教你死，然诏狱可教你死！"

吕嬃也气极，戟指冯围道："你敢！"

冯围便回首唤道："狱令！ 此妇闹狱，你且稍作教训，笞一百杖即可。"说罢，掉头便走。

吕嬃不禁狂怒，大骂道："恶狗，下世亦是变狗！"

狱令大喝一声，即有狱卒上前，将吕嬃按倒，以竹杖一阵乱笞。 吕嬃一老妇也，哪里禁得住这般打？ 起初尚能哀号，后来渐无声息。 狱卒有恃无恐，也不知打了几百下，再看人，早已一命呜呼了。

将近午时，宫中又有诏令传出：将所有已捕诸吕眷属，无分老幼，都解至西市，斩首弃市。

至正午，数百诸吕男女，皆是五花大绑，背插斩标，解至西市街面跪下。 内中有那嗷嗷待哺小儿，也都弃置于地，任由哭号。长安百姓闻讯，蜂拥而来，将刑场围得水泄不通。

在场监斩官，正是廷尉冯围。 待三通鼓擂过，冯围一声号令，一队刀斧手便应声而出，人人赤膊，头系红巾，手提鬼头刀，在刑场当中站定。

冯围望望日影，静默片刻，便一挥袖道："吕氏重犯，全数在此。儿郎们，开刀问斩！"

众犯跪在地上，闻令便是一片哭声。观者也知好戏将要开场，都争相向前。

霎时，刀斧手齐声低喝，震人心魄。当下便有差役出来，将人犯十个一排提出，刀斧手轮番上前，但见刀起头落，血光四溅。

围观人众顿时一片哗笑，喝彩声阵阵，随刀光阵阵腾起，如浪拍岸。

至此，单父吕公一门，几近全数灭门。仅俞侯吕他一家，因曹窋报信，得以趁夜逃匿，陈平、周勃亦有意放过，不予追究。这一支吕氏，便藏匿民间，后改姓为"喻"，竟也繁衍了下去。

这一日过去，不知有多少人头滚落，市井小民看得尽兴，流连忘归。至日暮，陈平、周勃复召大臣商议。陈平道："今日灭了诸吕三族，杀气未免过重，须适可而止。诸吕猖獗十五年，附庸者众，若究治太急，或激起变乱，那便不好了，我意须略施宽怀，以安人心。"

周勃未料有此议，亢声道："我正嫌杀得少呢，如何便要宽大了？"

陈平笑笑，对周勃一拜："太尉除孽之心，人皆有之，然朝政即是调理人心，不可操切。吕氏一党中有一人，若得宽恕，则所有附吕之官吏，闻之必安心，不至于生乱。"

周勃笑道："何人能有此神通？"

陈平缓缓道："便是审食其。"

周勃不禁一怔："审食其？此贼亦可不诛乎？"

陈平道："陆贾老夫子，于平吕之事居功甚伟。今日大臣能同心，咸与平吕，全凭他当初奔走说服。然陆贾素与审食其友善，早就为审氏说情在先，我迫于彼时情势，便应允了。今日诸吕已平，则不可背弃前诺。"

"竟有此事！"周勃大出意料，想想便叹道，"那么，这个面子，也只得卖与老夫子了。"

这日大臣之中，多半也受了平原君朱建游说，都纷纷附和陈平，以为审食其曾追祭赵王如意，尚存仁心，可不诛。原来，当年朱建曾受审食其赠金葬母，有心报答，昨夜闻诸吕被逮，知审食其将有大难，晨起便四处游说公卿，为审食其解脱。

众人保下审食其，诸吕余党自是亦概不追究。议定，陈平遂知会张释草拟诏书。

次日，便有后少帝诏下，命审食其复任左丞相，称：审食其曾于高后未崩之时，顺天应人，为赵王如意修墓祭扫，存大仁之心，堪为天下楷模，故复其原职，以示嘉勉。

此诏一下，原阿附于诸吕的大小官吏，都松了口气。朝野上下，人心渐安。此举可谓深谋远虑，那吕氏党羽得了宽恕，都心存感激，自此再无异念，心甘情愿归附了老臣。

此后，又过了六日，朝中接连下诏，将那后少帝之子、济川王刘太徙为梁王。此前被吕后幽禁而死的刘友，有一子名曰刘遂，今尚在，遂立为赵王。如此，吕产、吕禄死后空出的王位，便有人接替了。

同日，陈平、周勃又遣刘章出使齐国，通告诸吕伏诛事，请齐王刘襄罢兵；并诏令灌婴亦罢兵，自荥阳还都。

行前，陈平唤刘章至近前，殷切道："平吕大义，乃兄刘襄功不可没，然诸吕既伏诛，则诸侯便不宜拥兵，你此番去，务必劝乃兄罢兵，不得借口拖延。"

刘章当即慨然应诺："此番去，定不辱使命，勿使天下生乱。"

陈平又密嘱道："至于废少帝、立新帝之事，今日看来，须经大臣共推。请嘱乃兄，万不可造次，勿留千古之憾。"

刘章领命，便道："下官谨记，以天下为重。丞相可放心。"

半月之后，刘章驰驱千里入齐境，见了长兄刘襄，便将都中诛吕之事详述一过。

刘襄听罢，也觉惊心，呆了半晌，方道："诸臣既有此意，我罢兵就是。看来拥立新帝事，非你我兄弟所能左右。"

刘章道："正是。老臣在朝中，深根固蒂，非同寻常。吕氏专擅十五年，竟一朝覆亡，况乎他人？故万不可莽撞。"

刘襄颔首道："天不助我，只得隐忍，你且回去复命吧。"

当日，驷钧在营寨中见到刘章，便觉惊奇："朝廷如何不召齐王入都，却遣了你来？"

刘章答道："是为宣谕齐王罢兵。"

"是何人遣你来？"

"甥儿奉诏命，然实是陈平、周勃之意。"

驷钧仰首想了想，猛然一甩袖，顿足道："我辈今日是输了！那陈平、周勃之流，到底是狠辣之辈，岂肯将天下让与我？夫复何言，唉，夫复何言呀！"说罢，扬了扬手，扭头便走了。

此时，灌婴也于同日，得了朝中罢兵诏令，探得齐王已准备罢兵，便传令三军，收拾齐备，拔营还都。

北军离长安时，是为扑灭齐王而发，然返回之时，却似平吕大军得胜还朝。入都门那日，引得阖城百姓都来观看，热闹异常。

眼看内外事定，陈平、周勃便召夏侯婴、灌婴、张苍、张释等人，商议大事。此时刘泽蛰居于长安郊野，闻诸吕伏诛，才敢现身。陈平便也唤了他来。

原本也曾邀郦商前来，然郦商为周勃设计所绑，扣为人质，至吕禄伏诛日，方才放归，于此事羞愤难当，拒不入朝，此后又大病一场，不久竟薨了。自此，郦寄便袭了曲周侯，然并不得意，皆因天下人都说他卖友求荣，令他百口莫辩。此为后话了。

且说这日，诸臣在右丞相府聚齐，便拉低帷幕，屏退左右。几位重臣欲密议之事，是一桩惊天的大事——谋立新帝。

陈平先开口，一语便道出诸臣心中所虑："少帝及淮阳王、常山王、新立梁王这四人，名为孝惠子，实则，有哪个是真的？都是吕后使计，以他人之子调换，杀其母，养于后宫，令孝惠认作亲子。其用心，无非是借此壮大吕氏。今已诛灭吕氏，若置这几人不顾，将来年长，追怀吕氏，则我辈便要无活路了。不如尽行废黜，在诸王之中，觅一贤者，另立新帝。"

此言一出，众人知事大，都沉吟不语。稍后，张释才试探道："另觅贤者，便是要回避吕氏遗脉。齐悼惠王刘肥，乃高帝庶长子，与吕氏无缘。其嫡子刘襄袭为齐王，又首举讨逆之旗，天下皆赞。追本溯源，刘襄为高帝长孙，名正言顺，可立为帝。"

话音刚落，张苍便大有异议，刘泽也不住摇头。

张苍道："吕氏乱政，是因皇帝外家恶，故而几欲危宗庙、灭功臣。今齐王母舅驷钧，亦是个大恶人。若立齐王，则又来一个吕氏，天下将何以堪？"

刘泽便苦笑道："那驷钧之恶，我是领教过的。"

张苍又道："幸而齐王为灌婴所阻，未能一路打到长安来。否则，重现吕氏之祸，恐也难免。"

周勃闻言赞道："说得好！ 遣刘章去劝齐王罢兵，正是陈丞相所出的万全之计。"

夏侯婴此时便提议道："淮南王刘长，为高帝幼子，年少可教，其母为赵姬，与吕氏并无血缘，不如将他立为帝。"

众人又一齐摇头，纷纷道："淮南王母家，终究还是吕后，此议不妥！"

陈平见此，便道："数日来，我食不甘味，于此事翻来覆去想了个遍。 目下有一人，想来诸君定无异议，那便是代王刘恒。 高帝之子，今尚存二人，代王刘恒年为长，仁孝宽厚，天下闻名。 代王太后薄氏，又是恭谨温良，颇有美名。 若立刘恒，便是立长，名正言顺。 母贤子孝，立为帝，也好向天下万民交代。"

诸人纷纷颔首，又都一齐注目刘泽。 刘泽低头想想，复抬头，拊掌笑道："此子甚好！ 实乃汉家之福。"

周勃拍掌道："如此便好！ 今日即可遣密使赴代，迎刘恒入都。"

于是，大事就此议定。 陈平唤从人进来，拉开重重帷幕，阳光顿时透入，满室明亮，众人心中便是一松。

陈平眯起眼，凝望窗外片刻，方叹道："社稷安危，天下归属，尽皆于密室中议决。 待何时无须如此，方才是圣人之世吧？"

众人也都生出些感慨，周勃更自嘲道："早年在故里织席，一便是一，二便是二。 入了这仕宦场，却是一不能直，二不能白。"

陈平笑笑，忙叮嘱众人："说是说，此事却是万不可泄。 若事泄，内外皆有怨望者，必起而作乱，我辈老臣便难堪了。"

周勃道："这个自然。 在座仅数人，各个都闭好嘴就是。"

陈平注视周勃良久，对众人道："高帝识人，天下无人可及。以今日观之，安刘氏者，岂不正是绛侯？ 往日萧曹在，我辈饱食终日，不知其苦心。 今日方知：天下只这一个'安'字，竟是如此之难！"